惊异之城

Thrilling Cities
Ian Fleming

"007"的城市旅行

[英] 伊恩·弗莱明 著

刘子超 译

Ian Fleming

IAN FLEMING PUBLICATIONS LIMITED

北京联合出版公司
Beijing United Publishing Co., Ltd.

伊恩·弗莱明（Ian Fleming），1908 年 5 月 28 日生于伦敦。于伊顿公学（Eton College）毕业后，曾在欧洲大陆学习语言多年。他的第一份工作是在路透新闻社，此后还短暂当过股票经纪人。二战爆发后，他担任海军情报部门负责人约翰·戈弗雷（John Godfrey）将军的助理，并在英国和盟国的间谍行动中起到了关键性作用。

战争结束后，弗莱明加入凯姆斯利新闻集团，担任《星期日泰晤士报》（Sunday Times）海外部的负责人，并领导驻外记者网络密切参与到"冷战"当中。他的第一本小说《皇家赌场》（Casino Royale）出版于 1953 年，将 007 特工詹姆斯·邦德介绍给世人。小说在一个月之内就销售一空。首战告捷后，弗莱明每年都会发表一部邦德小说，直到去世为止。雷蒙德·钱德勒（Raymond Chandler）称赞弗莱明是"英国最强劲且有影响力的惊险小说家"。第五本邦德小说《来自俄罗斯的爱》（From Russia With Love）尤其受到好评，也是肯尼迪总统最爱的书籍之一。邦德小说已经销售 6000 万册以上。从肖恩·康奈利（Sean Connery）出演 007 的《诺博士》（Dr.No，1962）开始，根据小说改编的电影亦取得巨大的成功。

邦德小说写作于牙买加。战争期间，弗莱明爱上了这里，并在此修建了别墅"黄金眼"。1952 年，他与安妮·罗瑟米尔结婚。1961 年，他为独子卡斯帕写的小说，后来改编为深受喜爱的电影《飞天万能车》（Chitty Chitty Bang Bang，1969）。1964 年 8 月 12 日，弗莱明因心脏病去世。

www.ianfleming.com

关于作者

在我们大部分人看来，作家伊恩·弗莱明大约就是他笔下身经百战、吸引了几代读者的詹姆斯·邦德（James Bond）的真身。然而《惊异之城》提醒我们，这位007的创造者可能更属于他自身的时代——特别是20世纪60年代。他的想象力深深切中了那个时代的脉搏。

1963年，当这本书出版时，弗莱明55岁，阅历已经相当丰富。二战前，他曾在日内瓦和慕尼黑的大学学习，当过银行家和股票经纪人。战争期间，他在英国海军情报部门服役，中年后开始从事报纸经营工作，并且从1952年开始创作詹姆斯·邦德系列小说。

《惊异之城》中的随笔最初是为报纸而写，内容却显示出对精英文学的蔑视。我想这对他来说有点奇怪，因为正是这种精英感塑造了邦德小说的风格。在本书中，这些随笔并不是正统的旅行写作。弗莱明极为富有，交游甚广，文名卓著，事业有成。他出身高贵，品味高雅，昂然自得。他对所到世界各处的评价常常尖酸刻薄，这样做不仅是为了取悦读者——他们中的大多数在那时已经是邦德迷，也是为了自娱自乐，让思路保持活跃。他很少参观博物馆，也不喜欢雇用导游。在那些马提尼摇匀而不搅拌[1]（还是相反？）的地方，他像007一样旅行，不断寻找着极具吸引力且意味深长的事物，对一切都挑着一对高傲的眉毛。

就像他自己所说，到了1963年，他总是会以一个惊险小说家的眼光打量世界，因此这本书中的大部分内容都与现实生活中那些影响他小说创作的隐秘乐趣有关——黑帮、警察、赌徒、妓女和间谍，当然也少不了明星、名流和古怪的天

1　邦德的标志性鸡尾酒——干马提尼，摇匀而不搅拌。

才。在邦德的电影和小说里，以上这些人物并无时间定位，而在这本书里，他们则定格在弗莱明观察的一瞬。这是一部颇具时代感的作品，而邦德的世界就取材于本书所处的时代。弗莱明飞往东方时，乘坐的是德·哈维兰彗星飞机（De Havilland Comet）——最早的喷气式飞机。他觉得有必要向读者介绍寿司与彩色电视。当时，纽约的五星级酒店不到 20 美元一晚；也能与健在的查理·卓别林和诺埃尔·科沃德[1]共进晚餐；而在那不勒斯，黑帮老大"幸运的"卢西亚诺[2]还会彬彬有礼地来喝下午茶。

如果说，替我们观察这一切的是畅销小说家的目光，那么对这些加以剖析的则是一位观察者精明而有富有底蕴的头脑。无论在伦敦还是在纽约、火奴鲁鲁、香港或者日内瓦，弗莱明总能透过纸醉金迷、激情四射或是声名狼藉的表象，捕捉到城市背后的深层意义。他从不刻板乏味，但也绝不庸俗。《惊异之城》是三重性的缅怀：缅怀一个不朽的小说人物，缅怀一段逝去的历史，也缅怀一位精妙严谨的英文散文作家——或许，伊恩·弗莱明之于惊险小说，就如同 P.G. 伍德豪斯[3]之于幽默小说。

简·莫里斯（Jan Morris）　2009

1　诺埃尔·科沃德（Noël Coward, 1899—1973）：英国剧作家、演员，曾影响英国当时的流行文化。

2　查尔斯·卢西亚诺（Charles Luciano, 1897—1962）：意大利裔美国人，被称为现代黑帮的教父。

3　佩勒姆·格伦维尔·伍德豪斯（Pelham Grenville Wodehouse, 1881—1975）：英国幽默小说家，作品大部分是关于一战前的英国上流社会。写作生涯长达七十多年，作品广为流传，被公认为英文散文大家。

书名已经恰如其分地概括了本书的内容，作者没有更多话要说。但是关于本书的缘起，尚有一两点有待说明。

这 13 篇旅行随笔曾于 1959—1960 年发表在《星期日泰晤士报》上。它们描写的是这个世界上最激动人心的城市：六座欧洲城市，以及七座其他洲的城市。

用出版界的行话说，这些随笔是所谓的"性情之作"。我希望它们如今或者曾经符合那些城市的状况。不过这些随笔并不希冀面面俱到，恰好相反，它们所提供的信息更偏向于新鲜稀奇，或者说城市生活中鲜为人知的一面。

我一生热爱冒险。在国外旅行时，我时常会离开宽敞明亮的街道，走进危机四伏的暗巷，捕捉一座城市隐秘而真实的脉动，这样的刺激感令我乐在其中。或许正是这一习惯使我成为一名惊险小说家。当我进行这两次旅行并写作这些随笔时，我显然已经习惯了以一个惊险小说家的目光观看世界。

这些随笔曾愉悦过《星期日泰晤士报》的读者，但偶尔也会让他们感到愤怒。在报纸上发表前，编辑部的蓝色铅笔删除了很多段落，如今在本书中全都加以恢复（也许这是相对于"删除"的专业术语）。早就有人建议我出版这两次旅行的随笔集，但由于太过忙碌，或者说过于懒惰，我直到现在才将这个建议付诸实施。尽管又有朋友说，我当年所写的内容可能已经过时了。

我并不认为过时。至少对我来说，当我重读这些文字时，我仍能感受到新鲜感。城市或许每分钟都在变化，这家餐厅或者那家餐厅有可能消失不见，一些人可能与世长辞，但我所坚持的是"风景有其存在的价值"，因此我以粗线条描摹它们的特质，出版前又为每一章增补了"前线情报"——这些"情报"都是为《星期日泰晤士报》的驻外记者们提供的内参。因此我想，对于今天的旅行者来说，这本书应该仍然具有价值。

最后，我想把这本不乏偏见和坏脾气，但至少还算得上风趣幽默的随笔集献给在《星期日泰晤士报》工作的朋友和同事们——无论他们身在伦敦还是海外。特别要献给负责拍板的"C.D."先生。同时，我也要将本书献给罗伊·汤普森（Roy Thomson）先生——是他慷慨而欣然地资助了本书中异常昂贵又任性放纵的旅程。

作者的话

目录

01

Hong Kong

香港

如果你写惊险小说，人们会认为你一定过着惊险的生活，喜欢做惊险的事情。从这一错误的认知出发，《星期日泰晤士报》编辑部多次催促我干点刺激的事，然后写下来。1959 年 10 月底，他们想出一个点子：我应该环游世界上那些最激动人心的城市，然后写几篇文笔优美的随笔。他们说，旅行大概能在一个月之内完成。

我将信将疑地与特稿和文学编辑莱昂纳德·拉塞尔（Leonard Russell）讨论了一番。我说，这个计划必然花费不菲，劳心劳力，也没人能在三十天内环游世界，还能以平均三天一个城市的速度，既优美又准确地写出报道。我也坦白承认，自己是这个世界上最拙劣的观光客，甚至经常鼓吹在博物馆和美术馆门口提供轮滑鞋。我也受不了在政府大楼吃午饭，对访问诊所和移民安置点更是毫无兴趣。

莱昂纳德·拉塞尔的态度十分坚决。"我们不要那类文章。"他说，"在你的邦德小说里，人们就算不喜欢詹姆斯·邦德，不喜欢那些你臆想出来的'邦女郎'，也会喜欢小说里的异国情调。你肯定也想为小说搜集更多的素材吧？这可是绝佳的机会。"

我反驳道，我的小说都是虚构的，发生在詹姆斯·邦德身上的事情不会在真实生活中发生。

"胡扯。"他一口咬定。

就这样，不管这个旅程将会多么浮光掠影，我还是暗自期望：趁世界尚存，去四处看看。我用 803 英镑 19 先令 2 便士买了一张环球机票，从财务处支取了 500 英镑旅行支票，又接连干掉几杯令喉咙火辣、脑袋发蒙的烈酒。然后，11 月 2 日，我带着一打签证、一套有装钱暗兜的旅行西装、一只行李箱（一如既往，里面装了太多用不上的东西），还有我的打字机，从索然无味的伦敦启程，前往世界上那些激动人心的城市——香港、澳门、东京、火奴鲁鲁、洛杉矶、拉斯维加斯、芝加哥、纽约。

在那个温暾暾、灰蒙蒙的早晨，"彗星 G/ADOK"型客机从伦敦机场南北向的跑道上陡然升空，遮挡盥洗室和驾驶舱的米色帘布以 15 度角向客舱倾斜。飞机穿过云层，跃升至 3000 米的高度。在穿越低处云层的底部时，我们遇到了一阵轻微的颠簸。当我们钻出云层、飞入一片艳阳天时，又遇到了一次颠簸。

我们继续爬升了 6000 米，穿过像棉花或羊毛的云毯，来到总是风和日丽的云上世界。这时，我的头脑开始自我调节，以适应未来 24 小时将出现的以下情况：发热的脸和冰冷的脚，被外面光亮刺痛的双眼，英国海外航空公司为乘客提供的伊丽莎白·雅顿（Elizabeth Arden）和雅德莉（Yardley）化妆品的气味，机舱里各种各样的牢骚，无数根香烟中的第一根和邻座交谈的开场白。坐在我旁边的是一个有趣的新西兰哥们儿，满嘴土著人的玩笑。前往香港的途中，他除了说话，并无其他事可做。

飞机飞过苏黎世和瑞士平淡无奇的美景，便是石头嶙峋、撒了糖霜似的阿尔卑斯山。意大利湖泊有着蓝色的水洼，雪水融化后一路流淌到意大利平原上正被太阳炙烤的梯田。我的邻座评论说，我们的座位不错，适合观景，不像他上次坐飞机横越大西洋，一个美国女人登机后发现自己的座位在机翼上方，于是大声抱怨起来："每次都是这样，坐在飞机上，只能看到机翼。"坐在她旁边的另一个美国人说："嗨，夫人，你就盯着那个机翼看，什么时候看不到了再担心吧。"

在我们身下，威尼斯像一块形状不规则的棕色松饼，周围散落着碎屑一般的小岛。松饼上一条散乱流窜的裂缝是大运河（Grand Canal）。飞机时速960千米/小时，亚得里亚海（Adriatic）和远处南斯拉夫参差不齐的边缘在30分钟内就消失不见了。希腊被云层笼罩着，而我们飞临地中海东部的时间刚好够吃完一杯英国海外航空公司奉上的水果沙拉。（我的邻座说他喜欢甜食，建议我到洛杉矶后千万不要忘记去吃树莓派。）

此时是格林尼治时间下午两点，我们正朝着黑夜加速前进，黄昏逐渐降临。一个小时缓慢而壮美的日落后，夜空变成了蓝黑色，然后贝鲁特（Beirut）出现在了前方——在阿拉伯夜空的新月下，那是一片闪烁的星星点点。"彗星"飞机倾斜着机翼，一头扎进这片石油大地，准备降落。贝鲁特是一个犯罪频发的城市，当我们下机休息时，我建议我的邻座不要把小物件落在座位上，尤其是他那台格外昂贵的相机。我们已经进入了偷盗泛滥的地区，难免有人会顺手牵羊。舱门"咣"的一声打开了，东方气息扑面而来。

我们在黎巴嫩的朋友过来和我碰面，他知道很多集市里的小道新闻。贝鲁特是世界上著名的走私中心，从塞拉利昂偷运来的钻石先被转运到这里，再继续运到德国，还有从丹吉尔[1]来的走私香烟和色情杂志、卖给阿拉伯酋长的军火，以及从土耳其进来的毒品。有黄金吗？有，我的朋友说。他问我记不记得英格兰银行曾把一个犯罪团伙告上意大利法庭，说他们伪造与真币含金量一致的英国金币。英格兰银行最终在瑞士打赢了官司，但后来又冒出一个变本加厉的团伙。他们在阿勒颇[2]铸币，还欠了一点含金量，之后金币被贩进印度。上个星期，贝鲁特来了一位印度大买家，买了几麻袋金

---

1 丹吉尔（Tangier）：摩洛哥北部港口城市，与西班牙隔直布罗陀海峡相望。1923—1956年，丹吉尔为"国际共管区"，由欧洲八个国家和美国共同管理，成为非洲大陆上的一块飞地。

2 阿勒颇（Aleppo）：叙利亚与土耳其边境的古城。

币，运到附近的港口，放进私人游艇，然后开到印度的葡属果阿（Goa）。在串通一气的印度海关人员的帮助下，金币继续流向孟买的黄金代理人。印度人对黄金依然有着疯狂的渴求，加价虽不像战后那么疯狂——现在只加价60%，而战后是300%——但还是相当有利可图，值得费上这些功夫。

鸦片呢？也有，土耳其的供货相当稳定。还有海洛因——提纯的鸦片，从德国经土耳其和叙利亚运到这里。美国联邦麻醉品局罗马分局追查贩毒团伙的线索时，隔三岔五就会追查到贝鲁特。在当地警方的协助下，一场缉捕上演了，然后就有人被送进监狱。但是我的朋友极力主张，国际刑警组织应该在贝鲁特设立分支机构，这里有很多事让他们忙。我问他这些毒品的最终去向，他告诉我：先流向罗马，再到那不勒斯，从那儿上船运往美国——那里是消费毒品的地方，也是卖出好价钱的地方。由于塞浦路斯的局势多少稳定了一些，现在军火走私的行情一般。此前，贝鲁特一直是走私军火的中心——主要是意大利和比利时的军火，如今只剩下一些"涓涓细流"。阿拉伯酋长们已经拥有足够多的轻型武器，他们想要坦克和飞机，而这些个头太大，不便走私。

我们坐在浮夸而空旷的机场里，喝着柠檬汽水。墙皮已经脱落，空荡、开阔的地板上全是沙漠吹来的沙粒。大门对我们紧锁着，护照则扣留在脾气不好的黎巴嫩警察手里。机场广播把阿拉伯语放在最前面，仿佛一个小国在炫耀肌肉。因此，我很高兴再次回到彗星飞机舒适的座位上，由穿着翠绿色镶金边莎丽的印裔美女空乘送上口香糖——这不仅是踏上"魔毯"的例行公事,而且有助于适应刚上来的一群当地旅客。我们再次升上美妙的夜空,下面除了沙漠,再无他物。一万米下,油井在夜色中闪闪发光。(我的邻座说贝鲁特的洗手间十分可怕。他又补充说,美国艾奥瓦酒店的洗手间都标着"提示"和"规定"。)

为了这次飞行,我给自己准备了一本对于任何旅行都堪称完美的书——埃里克·安布勒[1]出色的《武器之路》,它是海涅曼(Heinemann)出版社的弗赖里(Frere)先生送我在路上享用的样书。此前我刚读了几页,打算接着读。我递给邻座一本书,但是他说他没时间看书。他说,每次有人问他读没读过这本或那本书时,他都会说:"没有,先生。你有红色胸毛吗?[2]"我说,很抱歉,因为要写书评,我必须开始读书了。这句谎言立竿见影,我的邻座转身睡去,胳膊贪婪地霸占了原本属于我的那部分座椅扶手。

毫无疑问,巴林拥有这个世界上最肮脏的国际机场。就算在监狱里我也无法容忍这样的洗手设施。慢腾腾的风扇挂在一塌糊涂的棚屋墙上,连苍蝇都懒得动一动。从沙漠吹来的热风

---

1 埃里克·安布勒(Eric Ambler, 1909—1998):英国间谍小说大师。《武器之路》(*Passage of Arms*)曾获"金匕首"奖。

2 原文为"But have you red hairs on your chest?"因为"read"的过去分词和"red"发音相似,因此听者也可以理解为:"你读过《你的胸毛》这本书吗?"

有股奇怪的味道，一些身份不明的昆虫"吱吱"叫个不停。有几个看热闹的人经过，卖力地踮起脚尖向我们张望，一边搔着痒痒，一边吐着痰。这里便是你巴不得迅速逃离的东方。

再次飞到阿拉伯海上空，偶尔可以看见海上偷渡的单桅帆船那一闪一闪的灯火。这些帆船满载着印度偷渡者，就像运输货物一样，从印度的海岸出发，前往亚丁湾和东非。他们将在肯尼亚和坦噶尼喀¹的廉价劳动市场里，与他们的父亲、叔叔和表兄弟会合。这些身无护照的偷渡者在赤道以南的非洲大陆随便找个什么地方下船，消失在破烂不堪的棚户区里，也比待在孟买要怡人一些。从现在开始，我们就要进入由小费、拥挤和贿赂主宰的国度了。这一法则从最卑贱的苦力到政府部门的大人物，一概适用。

3000 米以下，一场小雷暴闪着紫色的电光。我的邻座说他必须拍照留念，于是在座下一阵摸索。怎么回事？价值 150 英镑的照相机和镜头不翼而飞了！估计赃物此刻早就顺着传递路线到达集市了。一场与空乘组长关于责任和保险费的漫长争论开始了，一直持续到我们飞过印度漆黑一片的夜空。

喜马拉雅的山麓雷雨交加，英国海外航空公司再次像给斯特拉斯堡（**Strasbourg**）鹅喂食一样，给我们塞满了食物和饮料。我不知道几点了，也不晓得在四五个小时的时差里何时才能

---

1 坦噶尼喀（**Tanganyika**）：坦桑尼亚的大陆部分，曾为德属东非的一部分，一战后由英国接管，改称坦噶尼喀地区。

香港

睡上一会儿。我的手表显示格林尼治时间是午夜 12 点，这促使我在矫揉造作的新德里机场喝了一杯威士忌苏打。凄凉的橱窗里，悲伤的印度贝拿勒斯[1]铜器（各种形状和大小都有）因为无人问津而积满灰尘。噢噢，在我喝完威士忌之前，天空就渐渐发白，成群成群的乌鸦从头顶悄无声息地飞过，奔赴印度首都郊外的垃圾堆，去享用一顿早餐。

印度总是让我感到沮丧。我无法忍受它随处可见的尘土和污秽，以及每个人都没有工作而靠着邻居过活的印象——尽管我知道这个印象是错误的。我也不喜欢两种伟大的印度宗教的外在表现。无知、狭隘、偏执？我的确如此，但也许这些偏见是从印度的主流报纸上得来的。1959 年 11 月 21 日《政治家报》（*Statesman*）的背面，有一行加了框的黑体字，它解释了我的偏见的来源：

绑架将判处 10 年监禁
新德里，11 月 16 日

这是内政部长潘迪特·潘特（Pandit Pant）在国会下院提出的一项法案，旨在震慑绑架和致残儿童，然后雇用其乞讨的行为。

---

1 贝拿勒斯（Benares）：印度圣城瓦拉纳西（Vārānasī）的旧称。

这项法案试图修订印度刑法中的相关条例，对绑架和获得儿童监护权后再雇用其乞讨的行为处以最高 10 年的监禁和罚款，对致残儿童的行为则处以终身监禁和罚款。

回到飞机上，空乘已经换上了暹罗风格的服装——曼谷就在 5 小时航程之外。我拒绝了睡眠和早餐，因为下面的景色是如此壮丽：喜马拉雅山骄傲地闪着光芒，珠穆朗玛峰的白色峰顶看上去小巧而易攀。为什么从来没有人告诉我恒河的入海口是世界上最壮观的景色之一？巨大的棕色河流蜿蜒曲折于墙垣和青色的岛屿之间，上百条支流，每一条看上去都比泰晤士河大上 10 倍。飞过孟加拉湾，飞过缅甸的稻田，遍地绿意的泰国铺展在四下流淌的河流和箭头般笔直的运河间，如同一座迷人的花园。这是目前我所看到的第一个真正让人感到惊艳的地方。尽管在柏油停机坪的阴凉处，气温仍然高达 92 华氏度（33 摄氏度左右），但这丝毫不影响这个国家给人的冲击。我也建议其他旅行者把见识东方芳容的首站选在这里。空姐一边初次展露货真价实的微笑（不是从伦敦开始的那种空姐式的微笑），一边对我们说："请跟我走。"

除了像梅塞施米特战斗机¹那么大的蚊子和能拧出水的潮湿空气之外，每个人似乎都认为曼谷是一座理想之城，而我也埋怨自己还要匆匆赶往香港。虽然只有一个小时，但你仍然可以体会到这个国家忙乱却不乏童真。一双老暹罗人的手，

1　梅塞施米特战斗机（Messerschmitts）：二战期间德国空军使用的飞机。

香港

一段偶然的交往，再用曼谷报纸上的一则报道加以总括。一位警界高层写了一篇笔调忧伤的文章，建议游客不要和街上的女孩搭讪，因为这些站街女无法代表暹罗女性。游客应该给最近的警察局打电话，从而获得城里那些长得漂亮又受人尊敬的女孩的名字、地址和价格。

彗星飞机飞了 9700 千米，可看上去还像在伦敦机场时一样清新、整洁。我们回到飞机上，又在南中国海上空飞行了半个小时，衣服才不再粘着身体。又飞了半个多小时，香港出现在身下。我们开始向去往世界最美丽风景的最后一小段柏油路俯冲。此时已近 5 点，距从伦敦出发已 26 小时，约 11 300 千米，却只延误了 20 分钟！帮我写封表扬信，特鲁布拉德[1]小姐。

"现在好些了吗，主人？"

我心满意足地咕哝了一声。那双丝绒般的手从我的肩上移开，指尖抹了一点虎牌万金油，又回到我身上。这回按摩的是脖颈下部，带着温柔的权威感。透过敞开的法式窗棂，夜莺的歌声从一棵开满紫色花朵的高大的紫荆树上传来。两只喜鹊在木麻黄树丛中叽叽喳喳，斑鸠在远处"咕咕"地叫。1 号男孩（这所房子里一共有七个男孩）走进来说，早餐已经在露台上准备好了。我谢了那个面带笑靥的按摩师，穿上衬

1　特鲁布拉德（Mary Trueblood）：邦德小说《诺博士》中，英国情报局加勒比分局负责人约翰·斯特兰韦斯的助理。

衫、裤子和拖鞋，走到外面浸润着阳光的美丽风景中。

我刚要享用美味的培根炒蛋，一只黑色、淡黄色和深蓝色相间的蝴蝶翩然飞来，毫不惧怕地停栖在我的手腕上。在石澳翠绿幽静的半山，可以一览港岛东南一隅的大浪湾，景色足以令人心旷神怡。我想，在这里，就算是上天堂也可以先等会儿。

这是我在香港第一天的早晨。这个小小的天堂是我的朋友休·巴顿夫妇的私宅。休·巴顿大概是仍然身处东方的英国大班¹中最有权势的一个，他这个私密的住所与他渣甸洋行（怡和洋行）总裁的身份颇为相称。渣甸洋行是远东地区最大的贸易公司，有 **140** 年历史，由两位精力充沛的苏格兰人创建。人们说，在香港，权力大小按顺序排列是赛马俱乐部、渣甸洋行、汇丰银行和港督政府。作为赛马俱乐部的理事、渣甸洋行的总裁、汇丰银行的副总裁和政府立法会的成员，休·巴顿可谓样样皆占。所以当我抱怨长途飞行后脖颈稍稍有些僵硬时，拥有这般权势的大班之家能够变戏法似的在早餐前招唤来一名漂亮的按摩师，自然并非难事。这虽是待客之道，但拥有这般权势的人如此细致周到，确实罕见！前一天晚上，当我感谢巴顿太太为了欢迎我，安排了一轮如此戏剧化的新月时，我都还没敢想得这么不切实际。

香港除了是世界上封建奢华的最后堡垒，也是我所见过最

---

1 大班：指旧时在中国的外国公司经理。

生动、最刺激的城市。我毫无保留地向任何拥有足够旅费的人推荐香港。这里似乎什么都有——在戏剧般的东方背景下拥有的现代化的舒适；除了台风季节外都很怡人的气候；适合走路或骑行的乡间；一切体育设施，包括东方最好的高尔夫球场——皇家香港高尔夫球会，和装备最为奢华的赛马道，以及美妙的浮潜场所；令人兴奋的植被和动物，包括著名的香港蝴蝶；与其他任何旅游城市相比都颇有竞争力的生活成本。小优点还包括：十分正宗的中西餐馆，充满异国情调的夜生活，1 先令 3 便士可以买到 20 根香烟，还有厚实的山东绸西装和衬衫，48 小时专业定制。

有了这些和其他数不胜数的优点，你就一点都不会奇怪为什么这个弹丸之地会拥有 300 多万人口，比整个新西兰还多出 100 万。6.5 亿人口的社会主义中国就在边境几千米外，这似乎只是给香港生活的各个层面又增添了一分刺激。从港督到老百姓，就算可能存在某种潜在的紧张感，但恐慌感则是完全没有的。显然，中国只要稍微动一动手指，就能把香港收入囊中，但是中国并没有释放出任何想这么做的信号。就算对内陆余下的 40 年租约到期，一小部分人口还是可以转移到港岛和我们永久控制的地区。¹

---

1 第一次鸦片战争后，按照《南京条约》规定，清政府实际上是将香港岛和九龙半岛南端割让给了英国。后来签署的租借条约只针对九龙半岛北部的新界地区。因此弗莱明在这里说，租约到期后英国人还可以转移到港岛和永久控制的地区。但是在 20 世纪 80 年代的中英谈判中，英国政府最终同意将割让部分也一并返还给中国。

不管未来如何，现在还没有任何险恶和"末日"倒计时
开始的迹象。的确，香港不时会吓得哆嗦一下，1958 年金门岛
危机发生时，一家美国银行竟然吓得关门停业，这就只能被
当作笑话了。港英政府继续在租借区大兴土木，建起整个东
方最大的医院，并且平均每月建起两所学校，以应付从内地
涌入的难民。中国和欧洲的私人建筑企业同样没闲着，他们
至今也在大兴土木，为中下层民众盖起 20 层的公寓大楼。总
而言之，这是一个欢快、辉煌、充满活力且不断发展的城市，
对感官和情绪而言，同样是纯粹的欢愉。

在香港和之后的日本旅途中，除了接待我的主人、向导、
哲学家和朋友，还有"我们常驻东方的人"——《星期日泰晤
士报》的远东记者理查德·休斯¹。他是一个澳大利亚大个子，
有着欧洲人的思想和堂吉诃德式的世界观，证据便是他创建
了贝克街小分队²的日式格斗³分部。日式格斗是包括柔道在内

---

1 理查德·休斯（Richards Huges, 1906—1984）：澳大利亚记者，长期为英国媒体报道远东
事务。他是邦德小说《雷霆谷》（*You Only Live Twice*）中迪科·安德森和约翰·勒·卡雷
（John le Carre）小说《荣誉学生》（*The Honourable Schoolboy*）中"Old Craw"的原型。后文中有
时称为"迪克·休斯"。

2 贝克街小分队（Baker Street Irregulars）：指在多部《福尔摩斯探案集》中出现的被福尔
摩斯雇用、为其提供情报的一群街头小孩。

3 日式格斗（Baritsu）：实际是英国人 Edward William Barton-Wright 融合了日式柔道和摔跤、
散打等技法的自创功夫，曾在英国风行一时。Bartitsu 是 Barton 用自己的姓和柔术的
英文 Jujitsu 结合而成的词语。柯南道尔在《福尔摩斯的归来》中写福尔摩斯因会
Bartitsu，所以没有和莫里亚蒂一起跌进瀑布丧命，这个人造词语因此也流行开来。
不过，柯南道尔在书中把 Bartitsu 错写成了 Baritsu。

的日本自卫术的统称，也是已知的福尔摩斯使用过的唯一日本词。

在香港的第一晚，我和他一起出去逛了一下。

香港夜晚的街道是我走过的街道中最迷人的。黑红黄色的组合最惹眼——这是在伦敦和纽约早已家喻户晓的乏味事实，好在这里的广告公司对此还一无所知。摒弃了这些俗气的主色调，香港的街道充分证明了霓虹灯也可以不那么吓人。那些中国的表意文字紧密地排列在一起，有淡紫色、粉色、绿色，也大量使用白色。它们的迷人之处不仅在于色彩的丰富，还在于你并不明白它们所传达的意思。街上是清新的海洋气息，偶尔还能闻到些许炒洋葱味、香厂的檀香味，以及做中式料理时冒出的香味。女人穿着旗袍，有一种灵巧活泼之美，西方女性徒有羡慕的份儿。旗袍高高的硬领既给人以权威感，也使头颈和肩膀始终保持优雅的姿态。旗袍两侧撩人的开衩，可以开到美丽的大腿所允许的高度，就连迪奥（Dior）或巴尔曼（Balmain）也从没想到女人的膝盖内侧可以显得如此性感。当然，香港也有肥硕矮胖的中国女人，只是我一个都没看到。即便是男人，穿上纤尘不染的白衬衫和深色长裤，看上去也比西方人身材优美。孩子们更是一如既往地漂亮。

我们从香港最好的酒吧开始了夜的旅程。这是海明威爱写的那种酒吧，摆满了轮船的徽章和战利品，墙上还挂着一只短吻鳄标本，背上趴着一只鬣蜥。酒吧主人杰克·康德尔之前在上海当过警察，以枪法精准著称，两个硕大的拳头像是依然瞄准着他记忆里那些桀骜不驯的下巴。他不准女人在楼下一层喝酒，因为他认为真正的男人应该有自己独酌的空间。1941 年日军进攻上海时，留守的康德尔一度被俘，后又逃走。他一路徒步到重庆，白天睡在墓地里，这样阴森的环境为他提供了有效的保护。他是真正海明威类型的人，以合理的价格售卖优质的酒水。他的酒吧是"同一类酒鬼"的聚会之所——这群人没那么"海明威"，他们中的大部分是本地记者。"入会仪式"是喝掉 16 瓶 Sam Migs 啤酒——这是当地人对生力啤酒的昵称。在我喝来，味道相当一般。

在用几杯"西方毒药"筑防之后（据我所知，尽管威士忌已经像当年攻占法国一样迅速攻占了东方，但地道的中国人仍然绝不会在晚饭前喝酒），我们去了一家出色的本地餐厅：北京餐厅。作为一个死硬的东方派，迪克·休斯认为我应该尽快"东方化"，他也没有浪费每一次有助于我转化的机会。北京餐厅明亮、干净，我们依次吃了鱼翅蟹羹、油焖虾球、竹笋海藻、宫保鸡丁，主菜是北京烤鸭，佐以热红酒。莲子糖水则画上了最后慷慨的一笔。

迪克坚持让我这顿饭和之后一起吃饭时都用筷子。我满怀热情，笨拙地举起那两根雅致又荒谬的工具，啄来啄去。这里侍者服务周到，菜品制作精良，无论从哪个方面看都是出人意料的美味。所有菜品的味道都未曾尝过，令人难以捉摸，但格外打动我的还是东方料理的另一个特质——每道菜都显得喜气洋洋，再配以低调的装饰，使得将食物塞进嘴里这一本质上毫无美感的行为成为一个优雅的过程，无论你喜欢与否。这一餐和此后我在东方每次进餐的背景都充满了喜气——人们快乐地交谈，面带饕足的笑容。从这餐开始，只要我在正宗而未被游客侵袭的中国或日本餐厅吃饭，就会远离西方那种沉闷的餐馆里无趣的进餐过程。在那种餐馆里，客人、邻座和侍者似乎都在隐隐嫌恶彼此，嫌恶与对方同处一室的事实，很多时候也嫌恶他们所吃的东西。

迪克·休斯讲了些香港街头巷尾的小道消息，这给晚宴又增添了一番情趣：政府无力彻底解决香港唯一真正的问题——缺水，他们为什么不把缺水问题交给私人企业呢？煤电由嘉道里家族[1]供应，运作良好，他们当年在上海的口碑也不错。酒店严重短缺的问题，渣甸洋行为什么不想想办法？日本情妇比中国情妇更受欢迎。如果出于这样或那样的原因，你和日本情妇闹翻了，她仍然会保持优雅，泰然处之；而中国女孩可能会大发脾气，甚至可能跑到你的公司，向你的上司告状。仆人？有很多优秀的仆人，但是大多英美主妇都不知道怎么对待优秀的仆人——她们会拍手大喊"伙计"来掩饰自己的不自信，这种行为不仅过时，还令西方人蒙羞。（在其他"有色"国家，你会经常听到人们这样谈论英国主妇吗？）

最近，大量按摩房和色情电影院（有声有色）在香港涌

1　嘉道里家族（Kadoorie Family）：祖居巴格达，18世纪时迁至孟买，后在上海发迹，继而转到香港发展。家族拥有半岛酒店品牌，包括香港尖沙咀半岛酒店。

Hong Kong

1962 年 7 月 4 日，香港街头排队打水的难民

现，尤以九龙港附近为多，这算是一件公共丑闻。《英文虎报》（*The Standard*）曾试图充当卫道士，但是那篇报道的细节反倒给色情业做了广告。迪克朗读了其中一段："《情色日报》在这里自由发行，黄色电影公开放映，香港警方逮捕了按摩女。"《英文虎报》继而给出名字和地址：千乐安小姐，士丹利街 23 号，2 层，营业时间自上午 9 点起……温柔乡小姐……天上人间小姐和爱莲小姐，17 号咖啡公寓，113 房，一层（法国医院对面，有暖气）……纯贞小姐，波斯富公寓 A 座，6 层（有电梯）。"报道中还有更多美妙的名字，如"香滑小姐……碧欧芹小姐……桃溪潭小姐（保证满意）"之类。

迪克解释说，长久以来对东方女性"善于取悦人"的幻想，以及失业和高昂的生活成本，是造成这一现象的部分原因。增加轻工业的数量，尤其是增加一直令兰开夏郡（Lancashire）和美国头痛的纺织企业的数量，将会有助于解决问题。他问我是否想去今天的纺织厂看看，我说，不。

话题从北京餐厅很自然地转到了《苏丝黄的世界》（*The World of Suzie Wong*）。

靠着那本出色的《苏丝黄的世界》，理查德·梅森[1]为一家普通的海滨酒店做了广告，就如同海明威为威尼斯那家别具

---

1 理查德·梅森（Richard Mason，1919—1997）：英国作家。二战结束后长居香港，并以此经历创作出小说《苏丝黄的世界》，描写一个英国男人罗伯特·洛马克斯爱上风尘女子苏丝黄的故事。该书 1957 年出版后一度风行，后改编为歌舞剧和电影。苏丝黄也成为西方世界中东方女性形象的代言人。

一格的哈里酒吧做了广告一样。尽管此书和韩素音[1]的《瑰宝》（*A Many-Splendored Thing*）一样为香港文化人广泛阅读，却稍稍遭到非议。据我所知，主要是因为这本书写了白人和漂亮的中国女孩通婚。可以想象，在大不列颠妇女联盟里，这并不是太受欢迎的话题。但是苏丝黄神话依然在香港风行，如果理查德·梅森知道这个故事是如何被香港人添油加醋的，一定会觉得好笑。

比如，事实——也许是唯一已知的事实是：理查德·梅森在香港时的确住在一家叫"六国"的海滨酒店，在书中则被写成南国酒店。在那里，画家罗伯特·洛马克斯与迷人的风尘女子苏丝黄相识，在一段好笑、温柔、浪漫，最后又有些悲情的经历之后，两人终于结为连理。

由于此书之故，靠着码头和英国海员之家（**British Sailors' Home**），得地利之便的六国酒店发达了。不过，在拥有数台华丽点唱机的宽敞酒吧里，女孩仍然不准单独落座，你必须从外面把她们带进来，就像洛马克斯那样。这样一来，酒店在法律上就不是一个扰乱治安的场所了。如今，酒店重新粉刷成舰船的灰色（为了勾起海员的思乡之情？），主墙上贴着柯林斯出版社制作的理查德·梅森作品的海报，作为荣誉的象征。另

---

1 韩素音（1917—2012）：英籍华裔女作家。《瑰宝》描写了主人公与记者伊里奥·马克在香港邂逅的感情故事。此作品奠定了韩素音在欧美文坛的地位。《瑰宝》曾改编为电影《生死恋》（*Love Is a Many-Splendored Thing*，1955）。

一面墙上的一幅巨大而吓人的仿布拉克¹的绘画，还有收银台上方时髦的万向台灯和一水缸暹罗斗鱼，也是酒店发达起来的标志。（备受敬仰的老挝总理和外交部长曾在访问香港时下榻六国酒店，这同样是酒店荣誉的象征，令斗鱼的主人十分自豪。）

如果你追问苏丝黄本人的后事，人们会向你忧郁地摇摇头，然后告诉你一个悲伤而戏剧性的消息：在婚姻失败后，苏丝黄又开始抽大烟了。你问到哪儿可以找到她，人们会说，她一心等待洛马克斯回来，不见别的男人。她的处境不算太坏，因为洛马克斯会定期从伦敦给她汇款。但是这里还有很多和苏丝黄一样漂亮的女孩，你想认识一个吗？一个和苏丝黄关系很好的朋友怎么样？

对于这个故事，我不知道水手们能相信几分，但我估计他们都乐意和"苏丝黄的朋友"厮混几晚。我则被传奇笼罩的六国酒店的霓虹广告给逗乐了：有小姐，但不强制买酒！环境优雅！消费低廉！极致享受！

迪克·休斯误解了一个作家对另一个作家的辉煌传奇的兴味，抗议说有更好的酒吧等待我光顾呢。但为时已晚，长途飞行的后遗症——头昏脑涨、胸闷气短惹上了我。我们在人头攒动的码头走了一会儿，然后打了一辆出租车，结束了这个

---

1 乔治·布拉克（Georges Braque, 1882—1963）：20 世纪法国画家，与毕加索共同创立了"立体主义"画风。

夜晚。

在回去的路上，我发现整个香港的海港都没有一只海鸥。迪克指了指那些密密麻麻的平底船和舢板——它们大多停靠在港口，不少家庭就生活在船上。对海鸥来说，和 300 万人争夺生存权实在是太难了。

在这个沮丧的想法中，我为迷人的第一天画上了句号。

20世纪40年代的香港阿伯丁港口

酒店

传统上认为（或许这么认为也有其道理），位于九龙半岛的半岛酒店（Peninsula）是游客来到香港的下榻首选。现在，半岛酒店新建了一座附楼（Peninsula Court），房价为 70 港元（单人间）到 100 港元（双人间）。这里极有殖民风情，舒适而规范，房间通常提前数月就会订满。随后是米拉马尔酒店（Miramar）和君临海域酒店（Gloucester）。米拉马尔酒店位于半岛酒店后面，但更有活力，在经营和扩张方面甚至超过半岛酒店，房价从 36 港元到 75 港元不等；君临海域酒店位于港岛，房价则是 40~75 港元。

如果你是来度假的，位于港岛另一侧，面朝一片优美沙滩的浅水湾酒店（Repulse Bay）值得推荐，房价为 30~95 港元。酒店在一座美丽的花园中，每周日的下午茶舞会上，可以看到当地盛装出席的美女、太太和姨太太们。这里的餐饮优于半岛酒店和米拉马尔酒店，但是你需要花半个小时横穿港岛，才能到达香港的商区、购物区和社交中心（正式的称谓是"维多利亚"）。

六国酒店（Luk Kwok），苏丝黄下榻的原址，拥有更活跃的客群。单人间价格为 11 港元，双人间为 35 港元以上。

相比之下，当地的中国人可以在工业区 6 人合住的木头小屋或"仓库"里弄到一个床位，价格是 8 港元一个月。

---

1 本书此部分内容是作者在 1963 年原著首次出版前所写，涉及的位置、价格等信息可能已经失效。

餐厅

西餐：半岛酒店附楼的马可·波罗餐厅（Marco Polo）价格最贵也最好。同样推荐位于半岛酒店一楼大理石厅的 Gaddi's 餐厅。港岛方面，"巴黎人烧烤"（Parisian Grill，简称"PG"）是历史最悠久也最负盛名的餐厅，午餐时间人满为患。"吉米的厨房"（Jimmy's Kitchen）和君临海域酒店（如今正致力于后厨团队的年轻化）在出品质量和价格上大体与 PG 相当。Maxim's 餐厅和"巴黎咖啡馆"餐厅（Café de Paris）的价格稍高。相比于 PG，中国人更愿意去 Maxim's，那里在晚上还能跳舞。在 Maxim's 的鸡尾酒时间，香港女性的优雅光芒四射。你可以在君临海域酒店吃到有过誉之嫌的熊掌。（注意：君临海域酒店的墨西哥酒吧有香港最好、分量最大的马提尼酒。）

游客们都喜欢去香港仔的水上餐厅用餐。从维多利亚打车前往需要 40 分钟，虔诚的食客可以将这段路分成两段：先在浅水湾酒店下车，在酒店游廊上喝几杯小酒，欣赏落日；之后再继续剩下的 15 分钟路程，在黄昏时分到达水上餐厅。

Carlton 餐厅距九龙 6.5 千米，位于通往新界的主干道上。在这里可以欣赏到令人难忘的全景：九龙的万家灯火、港口和港岛。

中餐：就中餐的种类和质量而言，能和香港媲美的只有台北。九龙天香楼餐厅的叫花鸡美味无比，如果可能，最好提前一天预订。北京烤鸭是九龙的王子花园餐厅（Princess Garden）和港岛的北京餐厅（Peking Restaurant）的招牌菜。Ivy 餐厅（位于港岛）能吃到充满异国情调的四川料理。在维多利亚中心的一座十层大楼的顶层，"华人咖啡馆"拥有两间宽敞而彼此相连的餐厅，供应粤菜。一位经常从旧金山来香港的中国客人常去大东酒楼吃烤乳猪。每个人都有自己的最爱，在这里花很少的钱就能大快朵颐。

夜生活

大体来说，香港的夜生活与其他地方差不多。这里有 25 家注册的夜总会。在某些夜总会的二楼有歌舞团体枯燥无味的亚洲巡回演出（新加坡—吉隆坡—曼谷—香港—马尼拉—东京）。香港的夜总会比不上东京。香港夜总会的支持者们总是狭隘又高傲地辩称：香港夜总会的好处是凌晨两点前不会打烊，而东京夜总会在午夜时分就关门大吉了（除了酒吧）。

顾客可以预约陪舞女郎，但不是通过电话，而是通过 76 家"舞厅"的私人安排。姿色最好的女郎和最出色的乐队通常在杜老志舞厅、金凤凰舞厅（位于港岛）和东方舞厅（位于九龙）。大部分顾客是中国人。舞厅不提供酒精饮料，只有茶水、软饮和瓜子。

香港有 8000 名注册在案的陪舞女郎，每 20 分钟的费用从 0.6 港元到 5.5 港元不等。在杜老志舞厅或者大都会舞厅（你可以翻阅像电话黄页一样厚的相册，上面有当晚陪舞女郎的名字和照片），陪舞 1 小时的费用是 16.5 港元。大部分在高档舞厅工作的女郎都很漂亮，能讲英语。如果支付给舞厅一定费用，她们也可以离开舞厅，陪游客前往夜总会。当然，这样的邀请对她们来说也很有面子。满怀爱国之情的游客们会感到欣慰，因为港督政府会从每个舞女的收入中征收 10% 的所得税。

骆克道两侧、湾仔、北角（位于港岛）以及九龙的一些小巷里，有很多盛气凌人、吵吵嚷嚷的酒吧。当海员进港时，人们会依稀想到当年上海烟花巷的景象。

铜锣湾（位于港岛）的一些小舢板上提供老上海和老广东的花船娱乐，这在正式的官方旅游手册上没有写。花船或随波逐流，或按照客人意愿前往水上集市和茶馆，还有撑着竹筏的歌手和乐手表演节目，价格约每小时 1 港元，或 10 港元包整晚。

02

Macao

02

Macao

澳门

黄金和鸦片一道，在远东扮演着极其隐秘的角色，而整个地下交易的中心是香港和 60 千米外的葡属澳门。

在英格兰，除了黄金代理人，没人会把黄金当作交易物或私人财产的重要组成部分。但是自印度以东，黄金则是人们挂在嘴边的话题。每份日报上必有金条、英国金币、拿破仑金币和金路易的价格，几乎每天都有黄金案件的报道：有人因为走私黄金被捕，有人因为私藏黄金被杀，还有人伪造金币。黄金之所以受到如此热烈的追捧，是因为东方人完全不信任纸币。他们根深蒂固的想法是：如果一个人身上或者家中的秘密储藏室里没有藏着金条或金叶，这个人就是穷人。

东方的黄金大王是神秘的罗保（Lobo）博士，他住在澳门的维德别墅。一股难以抗拒的吸引力将我拉了过去。作为惊险小说家，我内心的盖革计数器[1]疯狂直跳。

我和理查德·休斯坐上泰兴号，这是每日前往澳门的三趟

1　盖革计数器（Geiger-Counter）：探测和测量放射性物质的设备。

著名渡轮之一。这些渡轮不是电影里喝得醉醺醺的苏格兰水手驾驶的那种濒临报废、黑烟滚滚的破船，而是宽敞的、有三层甲板的汽船，由技术娴熟的船工精确操控。三个小时的航行十分美妙，波澜不惊。澳门半岛位于后海湾北部的尽头，面积是怀特岛 [1] 的 1/10，也是欧洲人在中国最早的定居点。它始建于 1557 年，尤以"整个中国海岸线上的第一座灯塔"而闻名。这里还有几座名人墓：罗伯特·莫里森（Robert Morrison），新教传教士，于 1820 年编纂了第一部中英辞典；乔治·钦纳里（George Chinnery），以东方风景画闻名的爱尔兰大画家；约翰·斯宾塞·丘吉尔勋爵（Lord John Spencer Churchill），温斯顿·丘吉尔爵士的叔叔。这里还有圣保罗大教堂（St Paul's Cathedral）的巨型废墟，始建于 1602 年，1835 年毁于大火。最后——愿上帝宽恕——这里是世界上最大的赌城之一。

据澳门尊贵的公民罗保博士说，澳门最有趣的地方是不征收所得税，也没有任何形式的汇率管控，黄金和各种外币都可以完全自由地出入。仅以黄金为例，无论是坐船还是坐飞机，抑或是从中国内地过来，任何人都可以轻松地购买任意数量的黄金，上至一吨，下至一枚金币，然后大大方方地带着它们离开澳门。至于之后是把黄金走私回中国内地，带进香港，还是飞向更广阔的世界（如果有飞机的话），这一切全

---

1 怀特岛（Isle of Wight）：英国南部岛屿，靠近英吉利海峡北岸。

Macao

罗保博士

运送金条的澳门人

由购买人自行决定，与罗保博士或澳门警察局局长无关。这样的便利使澳门成为世界上最有趣的交易市场，同时也暗藏了各种门道。

接近码头时，我们的眼前是一片绚烂的景象：夕阳西下，成百上千条平底船和小舢板停靠在落日渲染的港口，乘客们兴奋地交头接耳。第二天早上，当这些小船和外岛的其他船只纷纷出海，在渐渐升起的太阳下驶往珠江入海口时，我们才知道昨天是怎么回事：原来中国内地的海洋捕捞合作社召开了一次大会，颁布了全新的海洋捕捞条例，规定小型捕捞船只能在一定半径内的领海捕鱼，大一点的捕捞船和舢板可以在稍远一点的海域捕捞。

守卫内港的葡萄牙海军只有一艘吉卜林笔下的那种小型炮艇，方形护盾后面架着一挺机关枪（显然是格林机关枪）。它和泰兴号之间没有致意，也无法致意，因为系在短桅杆和机枪之间的信号升降索上晾满了士兵们五颜六色的衣服。

岸上的陈列令人惊愕：废弃的仓库上写着诸如"气泡水制造商"或"广鸿泰烟花制造厂"的字样，字体已被太阳晒得剥落。仓库间散落着断壁残垣，可以看出过去曾是宏伟的私邸，装饰着精美的巴洛克石雕，如今却已破败不堪。整座城市都是如此，混杂着18世纪和19世纪早期繁复的欧式雕刻、华而不实的现代钢筋混凝土，以及或漂亮或丑陋的别墅。一半的街道是鹅卵石小巷，另一半是宽阔而空旷的现代公路，高调的十字路口偶尔会有一辆人力三轮车，正等着信号灯变成绿色。总而言之，这地方和漂亮的墓地一样清幽，但更加死气沉沉。

　　我们去了位于岸边枢纽的澳门旅馆和卑第巷，与我们在澳门的朋友碰面，然后坐在榕树下喝了一杯不怎么冰的金汤力。我得知：澳门有"四大巨头"，和他们身后的葡澳政府一道，几乎控制了这个神秘地区的所有事务。在美国，这类人被统称为"辛迪加[1]"，但在这里他们只是友好的生意伙伴，依靠通力合作，使贸易在正轨上运行。按照当时的影响力排序，这四个人分别是此前提到的罗保博士，从事黄金生意；傅德用，从事博彩和相关娱乐产业，后来还经营中央酒店；C.Y. 梁，一位低调的生意人；何贤，负责澳门与内地的商业来往。

　　这四人的财富在战争期间和战后迅速积累。在战争期间，他们靠的是和当时占领中国内地的日本人做生意；在战后的黄金时代，他们靠的是那些挤满港口的欧洲商船，它们专向中国内地走私军火。正是在后一阶段，澳门才真正繁荣起来。纵贯半个城市的"快活街[2]"两侧是一家挨一家的声色场所。在这条街上，傅德用建起九层的中央酒店[3]，这是世界上最大的赌场和娱乐城，用以捞取纵情享乐者身上的油水。如今黄金时代已经过去，中国不再需要走私军火，"快活街"也因为缺少

---

1 辛迪加（Syndicate）：资本主义垄断组织的一种基本形式。

2 快活街：指福隆新街。

3 中央酒店（Central Hotel）：现为"新中央酒店"。

喧哗作乐的水手而变得萧条。澳门如今的享乐全都集中在中央酒店，客人多是从香港过来的游客。

搞明白这些之后，对我和迪克而言仅剩的问题显然是：在回到中央酒店前，到哪儿吃晚饭？有人建议我们去"快活街"上以乳鸽闻名的佛笑楼，或是做鱼出色的龙记餐厅。我们选择了佛笑楼，美餐一顿后，回到中央酒店。在此，我不吝以最大的热情，将中央酒店的功能和设计推荐给那些充满英式道德感的人。

中央酒店并不是完全意义上的酒店——它是一栋九层的摩天大楼，是目前澳门最高的建筑，也是专为满足所谓"人性恶习"的地方。它还有一个特别之处：楼层越高，小姐就越贵、越漂亮，赌桌上的赌注就越大，音乐也越高雅。因此，老实巴交的苦力可以在最下层找到同阶层的小姐，把几分钱的赌注通过一个类似钓竿的装置，穿过地面上的小孔押到下面的赌桌上。有钱人则可以往上走，进入不同层级，直到六楼的"人间天堂"（六楼以上都是客房）。为了获得与《星期日泰晤士报》的读者定位相吻合的信息，一回到酒店，我和迪克·休斯就理所当然地乘电梯到了六楼。

六楼空间宽敞，灯火通明，伪现代装潢，这在那些曾经昂贵但如今已经走下坡路的法国咖啡馆里很常见。穿过大堂，我们被赌场里传来的骰子声和女人的惊呼声吸引了。在这里，荷官都是由女性担任的。我们看到有人玩番摊 [1]，也有人玩一种复杂的骰子游戏"押大小"（hi-lo）。我在傅满洲 [2] 系列小说里读到过番摊，当时就认定这是地球上最邪恶的游戏，所以我径直走到番摊桌前，换了 100 港币的筹码，笃定地坐在有些空旷的桌前，紧挨着杏眼绿旗袍的女荷官。赌桌对面，筹码堆的后面，站着一位神色威严、穿着相似旗袍的女孩。游戏由她主持，而我右边的女孩只做必要的辅助。

我必须承认，一个人年轻时读过的历险记，常会给他留下错误的印象。番摊其实不过是一种华丽、幼稚又不可避免的输钱方式。首先，赌场有多出 10 个百分点的胜率，相比轮盘赌的 1.35 个百分点，任何玩这种游戏的人要么是疯了，要么是专为输钱而来。

游戏的玩法如下：桌子中央是一块方形着色木板，分成四个区域，标着 1、2、3、4，你须把注押在这四个数字上。荷官面前有一堆白色塑料纽扣，约有两三百个，还有一个倒扣的黄铜杯，和一根大约 0.6 米长的小细木棍。下好注后，荷官把高脚杯罩在纽扣堆上，然后把罩住的这部分拖到身前，接着用小木棍把剩下的纽扣每次移去 4 个，直到最后剩下 4 个或少于 4 个为止。胜者就是猜中剩下纽扣数的人。如果你猜中了，

1　番摊：一种赌博游戏，类似轮盘赌。

2　傅满洲（Fu-Manchu）：英国通俗小说家萨克斯·罗默（Sax Rohmer）1913 年创作的傅满洲系列小说中的虚构人物，是一个狡猾奸诈的华人。

押一得二，但赌场要从赢注中抽头 10%。之后荷官就把杯中的纽扣倒回纽扣堆，搅动一番，开始下一轮。

这是一种精致的、让人放松的游戏，有意思的地方只有一处：在分到 1/3，或接近一半时，尽管还剩下许多纽扣，明显看不出什么端倪，而且大多数纽扣都重叠在一起，然而有经验的番摊玩家——当然包括荷官——就会伸出 1、2、3、4 根手指，来预测获胜数字。我不出所料并心情愉快地输掉了 100 港币。我很喜欢这种温柔的仪式，而我对面那位面目威严的女荷官却从没猜错过一回，这实在令人费解。我礼貌地鼓掌，她朝我一笑作为感谢。

等我和迪克受够了这套文雅的劫掠，我们就走到旁边的赌厅，在更成年人一点的"押大小"中试试我们的运气。这个游戏在绿色呢面长桌上进行，桌面分成若干区域，很像美国双骰子游戏的玩法。桌子后面通常坐着美丽的荷官，前面摆着一个发亮的铝制装置，看上去好像高压锅上的十字阀门或原子弹的核弹头，实际上是一个能锁住的容器，里面装着三个骰子。在一连串繁文缛节之后，荷官摇摇那个容器，打开盖子，就算完成了。里面的骰子可以显示 3 个 1 至 3 个 6，总点数即从 3 到 18。你既可以押小，即 3 到 8；也可以押大，即 10 到 15。中间的数字 9 代表零。这样赢钱和输钱的概率是相等的。你也可以押 3 到 18 中的特定数字，或某种组合，比如"3 个某数字"或"1 个什么数列"，如果另有人押"大"或押"小"，出来的却是"3 个某数字"，他们就输了。其中的窍门很复杂，我想不出什么占便宜的方法。坚持押"大"或押"小"似乎容易点，在让《星期日泰晤士报》的又一张百元大钞付诸东流前，我就是这么干的。

"押大小"赌场里有一个有趣的细节：玩家身后的墙上有一个阳台，里面坐着小厮。荷官在即将揭开决定命运的盖子前，会按一下电铃，整个房间和下面楼层的房间都会响起铃声。此前，下面楼层同样玩"押大小"的玩家也一直在下注。当盖子揭开，坐在阳台里的小厮会把获胜的数字传到下面，同时数字也通过电子显示器传到舞厅，在那里玩家可以通过荷官下注。因此我在六层看到的骰子数，关系着整个中央酒店许多赌桌的输赢。

了解过这些之后，我和迪克·休斯回到六楼舞厅，想去见识一下傅先生是怎么摆平人性的第二恶习的。舞厅里有一个明亮的中央舞池和一支训练有素的八重奏乐队，正在演奏好听但中规中矩的爵士乐。舞厅四周的暗处坐着二三十个小姐。我和迪克找了一个人少的房间，在舒适的长条软凳上坐下，点了金汤力，又叫了两个小姐。我的这位叫嘉宝。"和那个电影明星同名。"她解释说。她穿了一件浅绿色镶边旗袍，留着玛米·艾森豪威尔[1]式的长刘海儿，凝脂般的肌肤毫无瑕疵，传统的杏眼明眸流盼，露出取悦之意。令我惊奇的是她似乎涂

---

1 玛米·艾森豪威尔（Mamie Eisenhower，1896—1979）：美国总统艾森豪威尔的夫人。

着黑色的口红，不过当我的眼睛适应了房间的光线后，黑色又变成了深红色。迪克的小姐年龄稍大，可能有 **35** 岁，穿着米色旗袍，态度比嘉宝更直接、更活泼。她们要了柠檬汽水。有那么一会儿，我们的谈话就像在夜总会通常的谈话那样，喋喋不休、兴高采烈又虚情假意。直到感觉自己快没词儿了时，我就玩起给女孩看手相的老把戏。

凭借从少年时代积累起来的经验，我对看相驾轻就熟。我开口道出嘉宝有三个孩子，便中了彩头。两个姑娘一阵兴奋的叽喳，并惊惧地意识到她们的手正被一个来自西方的算命大师握着。嘉宝的手心变得有些潮乎乎的，纸巾也挡不住渗出的汗珠。接下来，我们都虔诚地屏气凝神，我时而看看她潮湿的手心，时而看看她恭敬的杏眼。我一脸庄重地告诉她：她的心不受大脑约束；她有艺术细胞，只是还未显露；她在 **40** 岁左右会得一场大病。最后我挑逗她说，她在性上不太满足。最后这句话招来了姑娘们的嬉笑否认，这又把另外两个姑娘吸引到我们这桌。于是接下来的一个小时里，我又看了几个手相，喝了几杯金汤力。

我们跳了一个小时舞。跳舞时，嘉宝说我长得像斯图尔特·格兰杰[1]，舞跳得像弗雷德·阿斯泰尔[2]。她还说我是典型的英国绅士，特别幽默，而我听成了"缺乏幽默"，感觉被浇了一

---

[1] 斯图尔特·格兰杰（Stewart Granger, 1913—1993）：英国电影演员。

[2] 弗雷德·阿斯泰尔（Fred Astaire, 1899—1987）：美国电影演员、舞蹈家、歌手。

盆对英国人来说早就习以为常的冷水。不过这片小小的阴云很快就被欢乐的交谈驱散。那晚快结束时，我感觉自己已经是继平克顿上尉[1]之后，英国和东方关系中最重要的人物了。

读者们将宽慰地获悉，这个夜晚以一场 20 美元的小"钱雨"和一番海誓山盟结束，十分高雅。我和迪克满怀幸福和快慰感，也带着对傅先生和他备受诋毁的九层娱乐宫殿的祝福，离开了豪华的中央酒店。

这是我第一次接触东方女性。这次和此后的调研证实，东方女性在西方男人眼里具备一大优点：一种堪称无穷无尽的取悦本能。同时她们也有这样一种能力：让男人将信将疑，甚至确信自己在各个方面都比他们最虚幻的梦里所梦到的还优秀。此外，东方女性看上去（或者说"的确"）对你一星半点、微不足道的表示也心怀感激。每次约会之后她们都让你心情愉快，觉得自己变成了一个更好的人。即便这个看法缺乏足够的依据，但东西方女性之间的差异就是如此巨大！我们在西方都受过女人的挤对，尤其是美国女人，她们对羞辱男人乐此不疲。"你就是想要个奴隶。"我听到朋友提出异议。"唔，怎么说呢……"我小声嘀咕着，"不完全是这样，不完全是奴性，只是……一种取悦的本能。"

但是，我不能让这些亵渎的评论和神圣的事实混为一谈。

---

1 平克顿（Pikerton）上尉：指普契尼（Puccini）的歌剧《蝴蝶夫人》（*Madama Butterfly*）中的男主角美国海军上尉平克顿，他曾娶日本艺妓为妻。

第二天一早，我被一阵欧洲大教堂的钟声和远处若有若无的号角声吵醒。我们爬起来，准备和罗保博士共进午餐。自从《生活》（*Life*）杂志在 1949 年报道了一回澳门，博士就对作家和记者倍加小心，但在提到香港一位朋友的大名之后，这道便利之门就为我们打开了。没过多久，我们就被一个外表霸气，开着一辆褐色旧奥斯丁汽车的"秘书"接走了。那天上午，我们隔河观望了一下正在劳动的合作社社员，仰望了一番圣保罗大教堂令人惊叹的外墙，还去看了看 1906 年孙中山兴建的医院。

无论是奥斯汀汽车，还是载我们去渡口的旧雪佛兰，抑或是位于热带版温布尔登（**Wimbledon**）的维德别墅，都看不出罗保博士是拥有 500 万或 1000 万英镑身家的大亨。博士穿着修身蓝色西装，白色硬领，戴着无边框眼镜，第一眼看上去就像一位你在气候更怡人时的温布尔登见到的银行经理或者牙医（实际上博士的确当过眼科医生）。罗保博士是一个身材瘦小的马来华人，七十来岁，有一张嘟嘟嘴和一双茫然的眼睛。在那间没有什么家具，甚至可以说有点土气的客厅里，他极为正式地欢迎了我们。客厅大门上有一个罗马天主教的神龛，一幅巨大的 19 世纪版画上画着天堂和地狱，还有一幅我不太确定是哪幅名画的彩色复制品———一个女人低着头，裹着奶油色的披风，大概代表着信仰、希望或仁慈。管家身材壮硕，倒更像是柔道黑带选手，他给我们奉上尊尼获加（**Johnnie Walker**），于是谈话就以烟、酒的利弊开场。罗保博士说，他对这两样兴趣都不大。

我听说罗保博士是一位业余作曲家，当我提到这点时，他的眼睛终于亮了一下。博士说他会拉小提琴，还在香港举办过音乐会。不过他谦虚地承认，自己还到不了梅纽因或海菲茨的水平。现在空闲时，他仍会尝试作曲。我问是否能有幸听听他的曲子，罗保博士欣然递给我们一张黑胶唱片，这是他自己录的，名为《东方瑰宝》。与此同时，他忙着打开一台巨大的唱机。罗保博士所作的曲名如下：《哀伤的灵魂》《一闪念》《南海的浪花》《山中百合》和《长久的记忆》。

博士把《南海的浪花》放到唱机上，转了几个旋钮，结果从隐藏式喇叭里传出的只是电流干扰所发出的刺耳的咆哮声。他又转了几下，尖叫声依旧。罗保博士尽力盖过噪音高喊着唱机出问题了。秘书被派去叫家庭检修员。我和迪克抿着威士忌，不去看对方的眼睛。检修员来了，他把罗保博士刚才转过的旋钮又转了一遍，噪音仍和刚才一样。检修员在机器后面鼓捣着，我们礼貌地在一旁看热闹，罗保博士的脸上则是一副有钱人的玩具坏了的熟悉表情。

没过多久，包含着《维也纳森林传说》（*Tales of the Vienna Woods*）、《寺庙花园》（*In a Monastery Garden*）和《罗斯·玛丽》（*Rose Marie*）的旋律隐约回荡起来，那纤细、颤抖的乐音，让所有人的表情都定格为凝神倾听状。我低着头，用手遮住眼睛，摆出平时听音乐会和歌剧的姿势——其实除了想想其他事情，实在没什么可做。毫无疑问，这是我听过最长的唱片。等到正反两面总算播放完了，我和迪克轻声赞叹着，好像我们终于从音乐的天堂悻悻地回到了人间。我低声嘟囔了几句"精湛的技艺""全面的才华"之类的恭维。然后，感谢上帝，总算该吃午饭了。

罗保博士的餐厅里摆满了落地柜橱，里面陈列着雕花玻璃器皿。玻璃闪得人双眼刺痛，好像坐在一个巨大的枝形吊灯内部。半冷不热的通心粉和蔬菜汤给这顿饭定下了平庸的基调，所以我礼貌地提起了黄金的话题。"是的，这确实是相当有趣的行业。""我是否熟悉英格兰银行和塞缪尔·蒙塔古[1]先生？是的，他是个十分优秀、靠谱的人。""不，实际上他在欧洲大陆没有办公室。一家生产婴儿奶粉的公司负责代理他在欧洲的业务。"博士本人从没去过比香港更远的地方。

我继续追问黄金的事。我说，据我所知，葡萄牙将澳门排除在了世界上大多数国家都签署的布雷顿森林体系之外，这一体系将金价确定为 35 美元／盎司。举例而言，由于黄金在中国内地的价格大约是 50 美元／盎司，这中间显然有很大的利润空间。于是我提出猜测，罗保博士是否从英格兰银行以 35 美元／盎司的价格买入黄金，再以更高的价格卖给别人？至于黄金如何从澳门运到外面就不是罗保博士操心的问题了

1　塞缪尔·蒙塔古（Samuel Montague, 1832—1911）：英国银行家、政治家。塞缪尔·蒙塔古银行创立于 1853 年，1976 年被汇丰银行收购。

吧？罗保博士说，是的，他所起的作用大致如此。现在生意不好做，过去的价格比官价高得多，那时候更有利可图。走私？是的，显然有这类事情发生，这里的人喜欢拥有一些黄金。罗保博士宽容地笑着。我追问说，如果他们在澳门买入黄金，怎么带出去？罗保博士一脸茫然。对于这类问题，他所知不多。他此前听说，人们会把单个金币缝到衣服里，把金箔钉在皮带上，甚至还发生过一起在奶牛体内发现黄金的案子。此外，竹制的舢板有不少空的地方可以藏金子。他岔开话题，问我对雕花玻璃有无兴趣，这些器皿都是他上一位太太的收藏，斯图亚特玻璃[1]，最好的。

我执着地问道："现在印度的黄金市场怎么样？""我听说不太好。"罗保博士说。现在印度人很穷，没有外汇买黄金，也没人想要卢比。据他了解，之前有人向印度卖黄金发了大财，但是现在（他的眼睛冷淡地眨了眨），"可能买报纸更有得赚。""是吗？"我感到惊奇。罗保博士一针见血地举例：《星期日泰晤士报》不是刚换了东家吗？如此看来，他果然颇有眼光。

我又问了几个更私人化的问题：作为如此富有的人，他担不担心被绑架？在新加坡和香港，我听说类似的事情时有发生。"澳门有吗？"这个问题显然引起了罗保博士的警觉，

---

1 斯图亚特玻璃：英国高级玻璃制品商，创立于 19 世纪 80 年代，后被 Wedgewood 公司收购。

他的肢体动作大了起来。"我有预防措施，"他说，"都处理好了，而且澳门有很不错的警察。香港发生的事情很愚蠢，那家人收到了一只耳朵，于是报了警。这是错误的，他们应该交赎金。果不其然，再没有人见过那家的家长。这是非常愚蠢的！"我又问："这些事情和在每个东方城市都有的黑社会组织'洪门'或'三合会'有没有关系？""可能有。"罗保博士想了想。他听说这些人势力很大，尤其是在鸦片走私方面。"鸦片是让人哀痛的行业。"罗保博士的话显得很有说服力，"鸦片是非常可怕的东西，弗莱明先生。这些人把所有的钱都用来抽鸦片，他们很快就会对食物失去了兴趣，然后就是女人。他们变成无性人、阉人、废人。喝啤酒则好得多，即便是酗酒。据我所知，贵国的酗酒情况很严重。你觉得我的咖啡怎么样？这是自家产的咖啡，我在帝汶有咖啡园。"

谈话慢慢枯竭，变成了客套，也快到我和迪克搭渡轮回去的时间了。不过罗保博士说，走之前我们应该去看看他的电台。我们走到外面的花园，果然看到一个球场大小的混凝土建筑，这就是维德别墅电台，主要向澳门居民播放娱乐节目。我们走进去，看到大玻璃窗后面的导播正在播放一张唱片。坐在控制台前的中国女孩一下子跳起来，向我们鞠躬，耳机还戴在头上。在我看来，电台是博士在世界黄金市场叱咤风云的完美助力。良好的沟通是商业成功的关键——我是这么说的。

罗保博士显得很悲痛："可是这个电台只用来娱乐，弗莱明先生。"然后我们走出去，以这个不谙世事的建筑为背景，让秘书给我们和罗保博士拍了一张合影。博士还送了我们一张《东方瑰宝》唱片，写下了最良好的祝语。

当我们窃窃私语地坐在陈旧的雪佛兰里远去时，我又最后看了一眼神秘的罗保博士。他招完最后一下手，转过瘦小的身躯，往别墅走去。身边一侧是强壮的秘书，另一侧是强壮的管家。对于罗保博士这位让所有东方人满怀敬畏的黄金大王，我了解了什么？什么都没了解。关于罗保博士，我又是怎么想的？我想，虽然他的经历于我还有未知的一面，就像很多成功的百万富翁都有不为人知的一面一样，但他就像他所表现出来的样子：一个谨慎、精明的操盘手，选择了一个特殊的行业。他可能会给他的零售商带来痛苦和悲伤，尽管作为批发商的他无疑会为此感到遗憾。他现在享受着所有上了年纪的富豪所能享受的敬仰，同时还有作为一个好公民的桂冠——科学方面的博士头衔。在我们离开两周后，他又被任命为澳门议会的主席，相当于市长。

关于这一任命，《南华早报》有这样一段评论：

罗保博士可能是本地最著名的人物，他三年前刚从澳门经济统计处负责人的位置上退休。当时人们以为罗保博士总算可以颐养天年了，然而他又重返公共事业……罗保博士在行政管理方面的丰富经验和与生俱来的解决问题能力，一定会令他再创辉煌。

澳门

干得漂亮!

和罗保博士一样有钱的傅先生就没那么走运了。自从我们离开他的风月之地后,黑社会的人就在找他的麻烦。就像当地报纸写的:一个自称"伐木佬"的黑帮组织给傅先生写了几封恐吓信,之后他们在中央酒店包房餐厅的盥洗室里安了三颗炸弹。此前,他们还从酒店楼顶抛撒传单,让赌客和寻开心的人不要再来,"因为酒店被安了炸弹"。

有人想帮大家找点乐子时,总有些爱管闲事的人出现。

坐在回香港的渡轮上,我回想起罗保博士提到的"洪门"(现在也叫"三合会")。我暗自思考着他们与黄金和鸦片走私(两者或多或少相互联系)可能存在的关系。我请教对远东无所不知的迪克·休斯,"三合会"究竟是什么组织。下面是他说的重点:

"三合会"在香港有很多帮派,大部分集中在九龙地区。成员从皮条客、擦鞋童到商人、教师,有上万人之多。起初"三合会"是行善、爱国的组织,成员必须通过严苛的考验,要求无私、讲义气,并且遵守道德和宗教准则。然而"三合会"堕落的程度也相当严重。先是干涉政治,然后是压榨和密谋,最后是犯罪、敲诈、勒索、恐吓和走私,这些行为贬损了"三合会"早年的崇高理想。

"三合会"在澳门并未被禁,迪克猜测罗保博士和其他辛迪加成员可能被迫向他们缴纳了保护费。(傅先生显然没缴够，所以中央酒店的盥洗室才被安了炸弹。）不过"三合会"在香港是非法的，他们只好转为地下活动。他们使用秘密符号和暗语，残酷地惩罚和报复对手。起初成员的标志是硬币或棉布徽章，如今早已废弃不用。现在成员之间仍可通过言行举止来辨认彼此，比如怎么点烟，怎么在客人面前放茶杯，等等。

香港今天最大、最有势力的"三合会"帮派是令人生畏的"14K"。叫"14"是因为帮派最早的发源地是广州宝华路14号，后来加上"K金"的"K"，是为了纪念与敌对帮派的火并，那个帮派也用黄金指代自己的名字，但没有"K金"坚硬。"14K"的历史可以追溯到17世纪，后由国民党特工葛肇煌振兴。1950年，葛肇煌被从香港遣返回台湾，但又化名潜回香港。他在1953年去世前重新激活了"14K"下属的18个令人恐惧的分支。如今"14K"总共约有8万名成员，按名字分成若干派系。

迪克·休斯解释说：比如，"诚"字派是一个暴力团伙，负责保护九龙地区的非法用地；"孝"字派有约1.5万名成员，专门走私毒品，经营色情场所。正是这两个帮派制造暴乱、杀人、抢劫、纵火，在最近的九龙暴动¹中负有主要责任。

"14K"的入会仪式持续一晚，入会者要经历一套历经几百

---

1 九龙暴动：指1956年10月10日发生在香港九龙地区的"双十暴动"。"14K"成员鼓动市民纪念"双十节"，遭到港英政府阻拦，遂发生暴力冲突。港英政府随即宣布戒严，并派军队镇压。暴动导致400多人死伤，300多家店铺、学校、机构等被毁。

年传下来的复杂仪式。仪式中有"十戒",包括一盏红灯(分辨真伪)、一根红棍(用于刑罚)、一把白色纸扇(打倒叛徒),以及一把胡桃木宝剑(表示具有神威的利刃,在空中挥舞一下就能斩去敌人的首级)。神坛上点着香,新人要对着它发三十六大毒誓,然后喝下一碗用糖、酒、朱砂、斩首的公鸡血和新人左手中指的一滴血构成的血酒。仪式之后,新成员把香摔在地上,表示如果违背了誓言,他的生命也会和香一样熄灭。处死方法种类繁多且颇有诗意,从注重细节的"凌迟"到不可预估的"雷劈"。

香港媒体所报道的所有没有正式作案动机的神秘凶杀案和袭击案背后,几乎都包含着"三合会"不同帮派之间的敌对、火并和密谋。不久前,香港发生了一起和"三合会"有关的杀人案。香港警方和内地警方进行了不太常见的合作:一个"三合会"大佬在打完麻将后,被人从身后捅了一刀。凶手来自敌对帮派,他算计好时间,杀完人后刚好可以赶上午夜去澳门的渡轮。香港警方驾驶着摩托艇追赶,却徒劳无功,只好通知澳门警方,然而凶手已经越界进入了内地。一周后,内地警方看到香港媒体上的通缉令,将凶手抓住并遣返回了澳门。

迪克解释说,"三合会"成员和黑手党一样,从来不会向警方告密,因此对于走私和经营渠道来说,"三合会"几乎可以没有限制地提供一支可靠的运输大军,把从罗保博士那里购买的合法黄金,通过香港分销到整个东方。就在几年前,怡和集团一艘颇有名望的客货两用船在加尔各答被扣留下来，警方在船上发现了价值 20 万英镑的黄金，装在被重新漆过的木箱里，混在正常货物中间。黄金的目的地是印度。尽管嫌疑人被逮捕，怡和集团（或者说他们的保险公司）还是因为不当防护和运送走私黄金——无论事实与此相差多远——被印度政府罚款 10 万英镑，这令他们愤愤不平。事件发生后，除了依靠得力的香港海关和警察部门，怡和集团不得不开始雇用自己的安保人员。

我问迪克，罗保博士如何保证自己运往澳门的黄金在运输途中不被"三合会"劫持？迪克给我讲了伦·科斯格罗夫（Len Cosgrove）和他那架老式水陆两栖卡特琳娜飞机的故事。我后来见到了伦·科斯格罗夫（当然是在杰克·康德尔的酒吧里），被他深深吸引。他是苏格兰人，也是海明威的类型，别人都叫他"科斯"。他个子不高，但身体强壮，性格开朗。他经历的那些冒险能让听者毛发竖起。战争期间，他在皇家空军服役，也干过民航，后来做起了刀刃上的活计：从新加坡运送黄金到罗保博士在澳门的金库。他每次都做好了被其他成员火并或被军用飞机击落的心理准备。他跟我解释道，做这份孤独的工作可能会出现很多问题：他有一个澳大利亚朋友也驾驶卡特琳娜飞机，一个中国大佬雇用他把一批鸦片从新加坡运到澳门，再从那里运进内地。他在半路遇到了季风，油已经不够返回新加坡了，只好继续往前飞。他飞到一片海岛上空，澳门的港口完全被云层遮蔽，而油也快耗尽了。他只能冒险向下穿过云层，发现自己正处在与澳门相邻的岛屿上方，这里是由共产党控制的。海上风疾浪高，飞机其中一个引擎熄火了，他决定在海上迫降。由于角度没掌握好，飞机一头栽进了海里。飞机缓缓解体，而共产党的炮舰开了过来，发现水上漂起来的全是装生鸦片的金属桶。他和领航员因为贩毒，坐了两年共产党的大牢，出狱后不久就死了。科斯在谈到自己从事职业的危险时，态度十分淡然，但口风很紧——这是可以理解的，他并非要保守秘密，而是因为在最后五年的合同期满后，他打算自己写回忆录。我很期待读到他的回忆录。

接下来，我在香港的数日比在澳门正派得多——在距内地几千米的香港皇家俱乐部打了场高尔夫。靶场里布伦机枪的"嗒嗒"声和不时经过的坦克不断对挥杆造成干扰。戴着宽边草帽的客家女人在绿色的大麻地里采摘大麻，这倒是给打高尔夫球制造了不错的背景。有天早上，我去了被称为"猫街"的摩罗街，在那里拒绝了五花八门的所谓十世纪的中国珍玩。还有天晚上，我在迷人的海上宫殿吃饭，置身于香港仔码头无数小舢板之间。最后的放纵是坐在怡和集团香港跑马场的豪华包厢里——这无疑是世界上设备最豪华的跑马场，拥有全景镜头，可以从任意角度拍摄整场比赛。此外，还有最大的赌金计算器（每场比赛至少有 3 万英镑的赌注）和连接各层的现代化电梯。我在怡和集团有经验的老手和累加器的帮助下，把我和《星期日泰晤士报》在澳门赌场输的钱又赢了回来。

　　然后，在一个星光灿烂的晚上，说再见的时候到了。我将坐上彗星飞机，飞过台湾和冲绳，到达我的下一站——东京。

　　在离开一个地方时，我很少会感觉如此遗憾。

20 世纪 50 年代的圣保罗大教堂

前线情报

Bella Vista 酒店是下榻的首选，最好订一个有露台并且可以俯瞰珠江入海口的双人间，价格为 45 港元一天。从早到晚都有渔船忙碌地进出。

最好的餐厅：共和大街上的 Macao Inn 餐厅，与英国领事馆和"赌王"傅德用的私宅相距不远。可以在这里享用秘制澳门乳鸽，或者选一种加了胡椒的葡萄牙菜，也可以选择在椰壳中烤制的非洲烤鸡。这里还有价格便宜、味道清爽的葡萄牙干白葡萄酒。

中央酒店的赌场 24 小时营业。板球季在秋天，11 月初还有赛车比赛。

香港高级酒店里的旅行社可以为你购买往返澳门的船票，也能帮你处理签证问题。无须将港币兑换成澳币——港币与澳币的汇率相同，就像英镑在都柏林一样，可以直接使用。

03

Tokyo

03

TOKYO

东京

我曾对日本充满怀疑。二战前和战时，日本是邪恶的敌人，我的许多朋友都深受其害。但我也有许多意见值得重视的朋友，他们喜欢这个国家和它的人民。我的向导迪克·休斯和我一起搭乘彗星飞机来到日本。他是澳大利亚人，原本应该对日本满怀成见，可他非常迷恋这个国家。我只好让自己忘却香港的美好，做好面对很多嘘声和鞠躬的准备。

飞机降落得很平稳。迪克·休斯的日本友人已经在机场等候。我立刻就被这位"老虎"斋藤吸引。他是《这是日本》（*This is Japan*）的主编。《这是日本》是一本厚重而精美的年刊，每年圣诞节前后会由日本大使馆赠送给社会各界名流。斋藤是个五短身材、性格内敛的男人，他谈吐风趣、机智，显得颇为沉稳，但又有些许紧张。他长得很像军人——日本电影里演军阀的人。事实上，他以前是只比红带低一级的柔道黑带。我喜欢他身上那种令人敬畏的气质。我们挤进一辆汽车，飞驰在夜色中。一个小时里，窗外始终是漫长而压抑的郊区（东京有 900 万人口，是世界上人口最多、土地最贵的城市）。

从香港飞到这里用了四个半小时，此刻是凌晨一点。每个人都喋喋不休地聊着我不认识的人。我开始想念床铺和独处。

迪克原想给我们安排一家西式酒店，但成群赶时髦的美国游客选择在秋天来这里赏菊，城里还有 600 名参加"关贸总协定"的会议代表，最后迪克不得不改选了日式客栈。"日式客栈特别好，"他兴奋地说，"比那些差劲的西式酒店强多了，我们也可以体验一回真正的日本生活。"

我们在黑暗的小巷里一路颠簸，不时停车确认方向，打听下一个转弯处。我觉得更郁闷了。不久，我们开进一条小巷，地上有着很深的车辙，从宝塔形状的巷口透出来一丝光亮。我们鱼贯下车。门口立刻出现了两个身着和服的女人，向我们鞠躬问好，看上去非常清醒。随后又是一番客气的寒暄。门廊后面是小巧的日式庭院，有低矮的灌木和杉树，可以看到别墅的轮廓。我的同伴异常兴奋。我则摆出一个日式微笑，随着众人走到前门，在门口脱掉鞋子，试着把脚塞进日本的木屐——这是第一次，以后还有很多次。

屋里十分明亮，干净得闪闪发光。我"啪嗒啪嗒"地爬上一小段擦得发亮的楼梯，侍者一路微笑鞠躬。我们穿过一道推拉门，进入一个在日本杂志上经常看到的房间。我被独自丢下，看着我的行李，而迪克欢快的声音从楼下走廊里传来。透过墙面，还能听到其他客人窸窸窣窣的起夜声。

我痛恨这些小小的、过分注重细节又易碎的东西，我的个子超过了 1.82 米。

房间是用胶合板和宣纸搭建的。地上铺着长方形、有黑边的灯芯草席，让我想起没写字的吊唁卡。房间中部是一尘不染的寝具：薄薄的羽绒床垫、洁白的床单和丝质鸭绒被。又小又硬的枕头后面，有一只小茶壶、一只有木盖的杯子、一个装着牙签的漆盒和一盏床头灯。旁边靠墙的位置上摆着一张很宽的红漆木桌，约 30 厘米高。桌子上方的墙上挂着一幅笔意稀疏的风景画。一边的角落里，有一个很大的废纸篓，似乎是陶制的，里面堆满灰色的灰状物，上面插着两根铁簪和一把铁梳。另一边的角落里立着一个很高的粗陶花瓶，里面插着两根枝条，长的那根结着小红莓，短的那根开着雏菊。我在英国海外航空公司的宣传册上读过一篇关于日本花艺的文章，所以我推测这两根树枝一定有着丰富的内涵，只是我还不得其解。此外，唯一的家具是墙边一个窄小的木架，上面放着漆盒，里面是一根尖笔和一瓶乌贼墨水。地上还有一个蘑菇形状的黑色漆盒，上面不怎么安稳地搁着一部电话。

我小心翼翼地沿着墙壁摸索，想在这个不可名状的迷宫中找到储藏室，结果摸到的只有宣纸和三合板。其中一个门拉开是衣橱，里面有一个衣架和额外的寝具；拉开另外一个，里面竟是一个自来水洗脸盆。我又看看我那鼓鼓囊囊的旅行箱，它正碍眼地立在这个精致的房间中央。屋顶太低，我不得不一直保持大猩猩的站姿，感到腰酸背痛。我一屁股坐在精美的红漆木桌上，小声而流利地咒骂了一声。

迪克兴高采烈、咋咋呼呼地上来了。"到底在哪儿挂衣服？"我问，"那个装灰的废纸篓是干吗用的？还有，先告诉我厕所在什么地方？"我这一通外国佬的怒气，让迪克颇为伤心。他顺从地领着我穿过走廊，来到一个日式蹲坑前。"楼下还有一个西式的，"他说，"挨着日式浴池。"

"日式浴池是什么东西？"

"啊，我没跟你说过吗？进浴池前，要先在外面的淋浴冲洗干净。浴池里可能还有其他人，但你不必理睬。"

"非常感谢。"

"你最好把衣服放在桌子上，那个盛了灰的桶是烧炭用的。"

我又恼怒地说了一句"非常感谢"，然后各干各的。

我将不再赘述我在这个精致的木头鸟笼里所遭受的苦难。最后，我吞下一颗安眠药，把酸痛的四肢安放在地板上的床上，回想着萨基 [1]《巴巴利猿大闹闺房》（*Barbary Apes Wrecking a Boudoir*）里的情节。

迪克说，我需要什么东西时就拍拍手。第二天一早，一场轻微的地震让旅馆像骰子筒一样摇晃起来。我醒过来，拍了

---

1 萨基（Saki）：指赫克托·休·芒罗（Hector Hugh Munro, 1870—1916），笔名萨基，英国短篇小说作家，风格类似欧·亨利。《巴巴利猿大闹闺房》的典故出自萨基的短篇小说《被拖住的牛》：有一个爱画田园牧歌的画家。一天一头牛闯入画家邻居的花园，邻居请画家帮忙把牛赶走。画家没能把牛赶走，牛反而进了客厅不出来。邻居讽刺了画家，然后出去报警。画家则拿出纸笔，画了一幅《晚秋，客厅中的牛》。凭借这幅画，画家一鸣惊人。两年后，他的另一幅画《巴巴利猿大闹闺房》在皇家艺术院隆重展出。

拍手，可一直拍到自己都烦了也不见人来，最后只好轻手轻脚地下楼，和不停鞠躬、咯咯娇笑的女仆连说带比画，才换来一顿早餐。无论我说什么，她都乐不可支，这让我的幽默感瞬间膨胀起来，并且在日本剩下的行程中始终保持着。我甚至有点喜欢上这个傻气又可爱的小房间了。我也想办法学会了在30厘米高的小矮桌上吃饭时，把双腿痛苦地扭曲成莲花坐。总之，我热情推荐这家离英国大使馆不远的福田屋旅馆。衷心祝愿那些小矮松不会变得更矮！

因为只在日本待三天，我决定一切随心所欲。我告诉迪克，不见政客，不去博物馆、寺庙、皇宫，不看能剧，更不要感受茶道。我告诉他，我想见见刚来日本并受到热烈欢迎的毛姆，参观高级柔道馆，看一场相扑比赛，游览银座（世界最著名的商业区之一），泡一次最奢华的日式温泉，找一回艺妓，让日本最著名的算命大师给我算一卦，最后去农村来个一日游。我还要大吃特吃生鱼片——这是我的软肋，然后验证清酒到底含不含酒精。多亏了迪克和"老虎"斋藤，我的心愿全部圆满达成，除了相扑比赛是在电视上看的。

我们从会见毛姆开始。我和毛姆碰巧是朋友，我们的友谊很大程度上建立在毛姆也想娶我太太这一事实上。他总是很高兴和我见面，为的是能打听一点我太太的新闻。我们在帝国大酒店碰面，共进了一顿愉快而美好的午餐。席间，毛姆不时恶毒地吐槽我们在伦敦的朋友，不时又为30年来第一次造访东方感到心满意足。吃完午餐，我们一起参观了讲道馆和柔道学会，这同样是令人难忘的经历。

简而言之，柔道是一种哲学或处世方式，而柔术是建立在柔道基础上的自卫技巧。从上伊顿公学开始，我就对这个话题颇有兴趣。两个大块头的教官也常常展示他们是如何用手腕的力量就把对方摔出去的。"老虎"斋藤是个很好的摄影师，随行为我们照相，而道馆馆长带领我们——毛姆先生、他的秘书、迪克·休斯，还有我——进行参观。柔道学会是一座雄伟壮观的建筑，一层用于授课。一个房间里，50 个年轻人正在练习防摔技术；另一个房间里，4 个美国人、1 个法国人和 1 个土耳其人正在一边等待老师，一边练习各种擒拿；还有一个房间里全是女孩，正积极地进行模拟柔道比赛，尽管这并没有听上去那么刺激。

我们随后上到二楼，目睹了令人惊奇的一幕：在这个宽敞的大厅里，超过 200 场一对一的比赛和授课正在进行。黑带到处都是，但吸引我们的是对 8~10 岁孩子的授课。老师 60 岁，是著名的红带选手。就像在英国学校里有些体育课程一样，几位母亲坐在场边的板凳上，骄傲又焦虑地看着她们的孩子互相练习。

不过，最吸引我们注意力的是那位上了年纪的红带老师。他正在教一个生猛活泼的 10 岁小男孩如何踢腿。一切都严格按照传统进行，包括上课前和每一次动作完成后的互相鞠躬，以及始终保持微笑凝神状。红带老师花了大约 10 分钟，教小男孩如何反制从后面踢扫自己下盘，要想防住这招有不同的反制法。红带老师一次又一次地从下面扫倒小男孩，然后抓住他柔道服的翻领，轻轻地，但也不是那么轻地把他摔在地上。小男孩则一次次爬起来，勇敢地用自己瘦弱的腿内侧去别老师肌肉鼓胀的小腿肚。最后，他终于做对了。为了让小男孩知道自己做对了，红带老师退了一步，毫不掩饰地跪下来，向击败他的小男孩鞠躬认输，然后继续练习。

这个场景的绝妙之处在于它的庄重感。老冠军"摔倒"在地上，不带一丝嘲弄，只因为小男孩完全做对了那个动作。他这样做也是为了告诉小男孩，在柔术里，无论你的个子多小，同样可以扳倒巨人。这一幕非常惊艳，"老虎"斋藤拍到一张照片，博得了毛姆的赞赏。

在这个忙碌下午的最后，我去了一趟日本航空（Japan Air Lines）。我选择乘坐日本航空的飞机前往夏威夷，因为我已经有点不想回到西方世界了，只希望尽可能久地停留在东方世界的怀抱中。直到出票我才意识到，我飞的这条东西航线的日期是 13 号星期五[1]，但这又有什么关系！在《俄罗斯之爱》（*From Russia With Love*）中，关于詹姆斯·邦德打算飞往伊斯坦布尔的情景，我是这样写的：

前一天，当他离开 M 夫人，回到办公室安排飞行的具体细

1　在西方文化中，数字 13 和星期五都代表着坏运气，两者结合则更加不吉利。

东京

练习柔道的少年

节时，秘书坚决反对他在13号星期五坐飞机。

"但13号坐飞机一直都很顺利，"邦德耐心地解释说，"没有什么乘客，坐得更舒服，服务也更好。如果可以，我会一直选择在13号坐飞机。"

我想，我也应该向我的主人公学学。不过那天晚饭时，我把这个巧合告诉了迪克·休斯，他显得若有所思。"我想你应该知道，"他说，"你会穿过国际日期变更线，这样就会再过一遍13号星期五。两个13号星期五，听起来可没那么好玩了。"我大笑起来，然后就把这件事抛在了脑后。

第二天早上10点，我在房间里等待日本最著名的算命大师濑木龙志，还有"老虎"斋藤的翻译朋友小陈。

我对让别人给我算命并没有特别的兴趣，但我对算命和所有超感官知觉的事都十分着迷。迪克还给我讲了许多关于东方算命的真实故事，很有意思，因此我决定亲眼见识一下。我们坐在濑木龙志先生的客厅等待。客厅里看不到什么算命的道具，只有一个放在木架上的放大镜，和一个你在旧货店里能找到的那种陶瓷头盖骨。大脑部分标出了爱情、未来、智慧等不同区域。助手向我委婉地暗示大师很忙，让我们稍等片刻。随后，大师走了出来，我却没太被打动——对于一个通灵者来说，大师显得有点太喜气洋洋了，也吃得太胖了。从无框眼镜后面，他的眼睛闪出快活的光芒。我们相对坐在日本典型的矮桌前，互相鞠了个躬，好像接下来要进行一场柔道比赛似的。他让我写下自己的名字和年龄，我照办了。他扫了一眼我写的字，然后就向小陈自夸起来。他说了一大通，比如他预测了艾森豪威尔在最近两次大选中获胜，还预测了他患的各种疾病。当温莎公爵和辛普森夫人结婚时，他预言他们会有长久而幸福的婚姻。我心里暗自哼了一声，调整了一下已经坐痛的双腿，等着他开始预测我的命运。

他拿起大号放大镜，让我把脸凑过来。透过放大镜，他一寸寸地察看着我的脸。与此同时，我也察看着他的脸：他有一双小鸟般欢快的眼睛，鼻子下面那几处胡子不易刮到的角落刮得相当敷衍。此外，我就没再看出什么了。他和小陈说了一大段话，小陈同声传译给我。他说我是一个有独立灵魂的人，这样的人应该浪子独行，不应该陷入固定关系。这和我那晚在澳门夜总会跟嘉宝说的差不多，简直如出一辙。

大师花了将近一个半小时告诉我，我正处在顺风顺水的黄金期，这个时期会在今年 3 月中旬结束，不过未来 10 年大体上还是相当不错的。他还说，我会一直幸福地活到 80 岁[1]；明年 5 月前，我会再次回到日本（不太可能，而且我确实没再回来）；我对妻子不能太"一意孤行"；相比我的父亲，我更像我的母亲。我只记住了这些，其他的全都忘了，唯一让我感激的消息是：虽然要飞过两个 13 号星期五，但幸好我正处在

---

1 此时是 1959 年，伊恩·弗莱明于 1964 年 8 月因心脏病突发逝世，终年 56 岁。

非常幸运的时期。

尽管有些唐突，但我还是问了濑木龙志先生能不能给自己算命。他说不能，如果他想知道任何关于自己的事情，他就会去问他的对手高岛素山，他总会给出正确的答案。我本应该问问他是否也能同样准确地预测高岛先生的命运，因为此时可怕的厄运正在向高岛先生步步逼近。大约两个星期后，下面这则新闻出现在了日本的报纸上，我完整引述如下：

算命大师没能预知自己的死亡
东京，11 月 25 日

日本著名算命大师未能预知自己的命运，他没有料到这一天早上会被一个手持匕首的歹徒刺死。

71 岁的高岛素山先生是日本最著名的算命大师，事业正隆。他被 24 岁的年轻同行堂本俊之刺死。经查明，杀人动机为职业方面的嫉妒。

堂本还重伤了高岛素山 40 岁的儿子，他也正在研习算命。

——法新社

现在回想起来，这个奇妙的巧合赋予了那个上午一些意义，不然就只能说是白白浪费时间了。

前一晚，我和迪克在银座附近的一家餐厅吃了很多刺身，喝了更多清酒。清酒是一种加热的米酒，我喝得乐此不疲，导致现在仍然宿醉未消，因此急需泡一泡日本最著名的温泉——东京温泉。泡完温泉后，我们又吃了一顿美味佳肴后才回去，那顿饭包括一道鹌鹑料理，配有生鹌鹑蛋（请注意，伊丽莎白·戴维[1]女士！），味道着实令人难忘。

在日本，许多家庭没有浴室，因此每周去两三次公共澡堂成为人生大事。我现在完全理解了这个习惯。我在宽敞而单调的一楼大厅的前台付了 15 先令，被一个我在日本见过最漂亮的女孩手拉手领了进去。她的名字叫宝贝，今年 21 岁，长着一张碧姬·芭铎[2]的脸，但更小也更干净，一头黑发也剪成了碧姬·芭铎的样子。她只穿了一件又短又紧的白色比基尼。

她拉着我的手，引导我穿过走廊，来到一个分隔成两个屋的小房间。外面的屋里有一个梳妆台，上面放着各种精油、细粉和软膏，还有一把椅子用来放衣服。她温柔地让我脱掉衣服。此时羞涩是完全没有必要的，所以我乖乖地遵命。她拿着我的西装，用刷子刷干净，挂在衣架上，然后拉着我的手走进里屋。里屋有一个上面带孔的大木箱，她扶我坐进木箱，这就变成了单人的土耳其浴。她把箱子盖上，和我亲切而略显客套地说了几句话，然后卖弄风情地对着镜子把头发盘了起来。在这个非常热的盒子里，我蒸了 15 分钟，然后

---

1 伊丽莎白·戴维（Elizabeth David，1913—1992）：英国美食作家。20 世纪 20 年代，她关于欧洲饮食和英国传统饮食的文章深刻影响了英国的家庭料理。

2 碧姬·芭铎（Brigitte Bardot，1934— ）：法国著名女影星。

她掀开盖子，扶我站在一尘不染的瓷砖地上，命令我坐在下沉式的蓝瓷浴缸旁的小凳子上。她在我的头发上抹了激发活力的香波，给我的身体打上香皂，再用丝瓜络帮我从头擦到脚——基本算是从头到脚，只避开了中间区域。她笑着把丝瓜络塞给我，脸上露出酒窝："你自己擦这里。"接着，她用装水的木桶将我身上的肥皂泡冲干净，扶我下了两级台阶，坐到很深的椭圆形池子里，池水是非常热的天然温泉水。

泡了10分钟温泉后，她帮我擦干身体，让我躺到按摩台上，然后手法娴熟地给我做了彻底的按摩——不是那种轻按，而是日本著名的深度按摩。我必须说，整个过程中任何可能产生的西方式的粗俗臆想，都被房间里的热气和身体散发出的疲劳完全冲走了，但这并不是说我在按摩中没有感受到一丝挑逗和刺激。我怕她觉得我太过矜持，于是问她会不会偶尔碰到"坏人"，暗示她做"坏事"。她明白了我的意思，或许也料到我会问这样的问题。她以一种迷人又不露声色的礼貌态度回答说，那种人会去别的地方，银座那边的地方，这里只针对"绅士"。她的口气中没有任何责备的意味。

在东方，性是一种令人愉快的休闲方式，完全与罪恶无关。相比西方的观念，性在东方更轻松，也更随意，因此我担心我对日本浴室的描述很可能会令西方读者感到震惊，实际上没有任何一点值得大惊小怪的。当我们走到前台，亲切而友好地告别时，已经有一个清瘦、严肃的日本人在等着进去了——这确实和我们去看牙医差不多。当然，比看牙医舒服得多。

我花了一下午在银座闲逛，看着橱窗思考——我每次走在商业街上都会思考——是谁在买这些充斥着世界的相机、太阳镜、手表和钢笔。我讨厌拍照，就算拍了照也讨厌看照片，而且我已经有了手表和钢笔，于是我的消费就局限在一张浮世绘上了，这张浮世绘上画了一个被砍头的男人。大部分时间我只是四处闲逛，看看周围的人，将无处不在的皮条客打发走。他们向我兜售各种项目，有一两项我甚至闻所未闻。

我首先注意到的是：日本的年轻人是多么积极乐观、目标明确。其次是以米饭为主的饮食是多么健康。相比在皮卡迪利（Piccadilly）广场或香榭丽舍（Champs-Elysées）大街上轻松踱步的人群，这里的人走得出奇地快。他们的眼睛十分明亮，有一种你在小动物眼睛中所能看到的聪慧。很少有男人戴帽子，因为那样会显得很傻，可是你看不到哪个男人的头发是凌乱的，或是卷曲的、不整洁的。西方人走在这里，就像到了小人国的格列佛一样，会看到一片由黑得发亮的脑袋组成的海洋。日本人走在街上时非常粗鲁、凶悍，与平时的彬彬有礼形成鲜明的对比。他们横冲直撞，也不道歉，其实倒也没有冒犯之意。日本女人的眼睛不是杏仁状的，而是蒙古人那种细细的单眼皮，看起来有点向下耷拉。我后来从"老虎"斋藤那里得知，做双眼皮手术在整个国家都非常流行。女孩们也会模仿西方的其他时尚潮流，比如大长腿被认为是性感的，所以难看的木屐换成了细高跟鞋。我觉得，迷人的东方发式正逐渐被大波浪和鬈发代替，传统和服和系在背后那小包裹似的丝质腰带也在迅速消减。仅就城市而言，和服、大蛋糕似的发髻以及蝴蝶夫人式的长发簪只在家庭场合才会出现。

日本人其实并不是黄皮肤，他们的肤色在象牙色和阳光晒成的浅棕色之间。很多女人脸上有着天然的红晕。无论男女都干净得无懈可击，他们的房子和东西也是如此。尽管我无法想象在到处是建筑扬沙的东京，他们是怎么做到这一点的。

一辆接一辆的出租车全都开得像在奔向地狱，尤其是那种小型雷诺车，它们又叫作"神风敢死队"。不过司机的技术很好，我甚至没看到过一起剐蹭事故。他们是世界上唯一不期待，或者说拒绝小费的出租车司机。实际上，在日本干任何事情都不用给小费，尽管在酒店会有 10% 的服务费加到你的账单上。迪克·休斯十分坚定地认为我们应该适当地支付小费。他说，在日本生存是十分艰难的，小费在很多情况下决定了一个日本人在那天是吃一顿饭还是两顿。在银座也能感受到这一点——这里有太多的导购员了。酒店至少有一个门童，很多时候会有三个门童给你开门。假如巴黎有一个皮条客，这里就会有十个。这是由于日本的人口极度过剩——不仅有 9000 万人口，还有世界上最低的死亡率——人口以每年 150 万的速度增长，还不包括记录在案的堕胎数量（堕胎在日本是合法的）。那天下午在银座，我充分领略到了这里的人口密度之大。最后，我身心疲惫地回到我那小巧的旅馆，梳洗一番，准备晚上和艺妓的约会。

关于艺妓，我必须马上解释清楚。我不妨从官方旅行指南中引用一段话："多数外国人对艺妓没有正确的概念。艺妓不是妓女。"我将再引用一段话，这是迪克·休斯说的，他提醒我："实话跟你说，艺妓这套玩意儿其实有点无聊。"

艺妓的英文是"Geisha"，"Gei"意为"艺术"，"sha"意为"人"。艺妓实际上是艺人的一种，在舞蹈、吹笛、打鼓、茶道和花艺方面接受过严格训练。此外，她还要相貌端庄、性格活泼、能说会道。艺妓通常有一个有钱的恩客，她可能是恩客的情人，但是她仍住在艺馆中。艺馆类似学校，大约六个女孩和负责照料她们生活的妈妈桑住在一起。找艺妓不在艺馆，而是在餐馆的包房，比如我们就是在新桥（Shimbashi）一家俯瞰墨田（Sumida）河的鱼料理店里找的。此前我并不知道东京有河穿城而过，因此颇为惊奇。

我们的主人"老虎"斋藤订好了一个非常漂亮的包房，可以俯瞰河水，装潢大致类似我旅馆的房间。我和迪克刚艰难地落座，把腿盘成莲花坐的姿势，三位盛装的艺妓就翩翩而入，依次跪坐到桌前，先向主人鞠躬，再向我们鞠躬。然后，她们分别坐到我们中间，给我们蛋形的小酒杯里不停地倒上热清酒。我之所以说"不停"是因为只要你放下杯子，杯子就会再次斟满，除非把酒杯扔出窗外，否则没有办法停止这样一杯接一杯的斟酒，直到酒壶空了，或者你倒了。

我的艺妓叫长泽，是一个30岁左右的迷人姑娘，不仅相貌美丽，而且整个晚上都表现出对遇见我发自内心的喜悦，

穿着艺妓服装的日本妇女

就像我此前说的在东方女孩身上能感受到的那种喜悦。迪克的艺妓也类似，只是身材更苗条。而陪着"老虎"的女人则完全是另外一种类型，她可能有 40 岁，鹅蛋脸上化着浓妆，一头黑发盘成高高的发髻，这在日本杂志上常能看到。她有一种女皇般的姿态，细细的眼睛，面容几乎像爬行动物一般平静，却又不时显露出非同寻常的机智和凌厉。我觉得她是我遇到过的最令人敬畏的女性。尽管在我身边有一位更符合传统的美丽艺妓，可我的目光还是时常会被对面光芒四射的"女皇"摄走。她不会讲英语，但似乎能够听懂。她总能把"老虎"逗得哈哈大笑，我怀疑她说的大部分话都是在取笑坐在对桌的这两个粗笨的红脸鬼佬，包括他们粗鲁的举止、粗俗的习惯和令人生厌的外表。

配着几壶清酒，我也吃了数道美味的鱼料理，包括一种西方没有的鳗鱼浓汤。所有东方料理的卖相都配得上它们绝妙的味道。只消片刻欣赏完料理的色泽和装点后，就打乱静物画般的摆盘，这简直是一种亵渎。不用说，我每次都毫不犹豫地亵渎了。

我通常不是抛出话题的高手，但我想，那天晚上我可以公正地宣称：是我推动了聚会的进行。我是通过"挑战"我的艺妓实现这一奇迹的。我对她说，她所受的各方面教育肯定为她提供了丰富的知识储备，我让她挑选一句她认为最机智的格言。"我一直认为艺妓就是做这件事的。"我逗她说，"我跑了大半个地球就是为了看你会说什么。"两个艺妓咯咯地笑起来，就连对面的"女皇"也抿嘴一乐。"快点，快点，"我催促道，"说一句就好。"

我知道接下来会发生什么，所以我的大脑也在飞速运转。果不其然，一番你来我往的打趣之后，我被要求先说。我举起一只手，摆出一副但愿可以被称为"儒者"的表情。"唯一的好菊花，乃凋谢的菊花。"我抑扬顿挫地说道。听众响起一阵怀疑的笑声，眼睛瞪得圆圆的，但目光相当迟疑。在日本，冬季也被称为"菊花季"，因此我刚才这句话等于是对日本传统文化开了个玩笑。"女皇"的目光一闪，和"老虎"说了句什么。"老虎"翻译道："她问你何出此言？"我亲切地注视着"女皇"。"因为，"我说道，"只有等菊花凋谢以后，玫瑰才会开放。"我承认这有点过于深奥，"女皇"愣了一会儿，才不由自主地点起头，兴奋地鼓起掌，对我所说的大加赞赏。而我的艺妓抓起我的手，说我可以亲她，于是我亲了一口。

我对这次社交的成功扬扬自得，因为我以前很少取得这样的战果。我示意我和迪克的艺妓，说该轮到她们了。她们二人娇笑着起身，退出房间，过了一会儿，迪克的艺妓拿着鼓和一个类似三角铁的乐器回来了。她坐到房间一角，演奏起来。我的艺妓则拿来了文房四宝，她在纸上画了一支竹。我让她在墨色竹子右侧空白的地方写上意味深长的题词。"你得蘸着你的血写，"我说，"红色很配墨色。"在一番嬉笑的抗议后，她用淡红色的墨汁写了一句诗，翻译过来是："新竹高于老竹，但不会忘记供养老竹。"我们都高声喝彩，不过我心下哼了一声，自认为我那句更高明。

作为对我那句"玫瑰"格言的回应，长泽为我画了一枝玫瑰，旁边写了一句优美，或者不如说意味深长的诗句："吾之花园朝向东，众人皆可来观赏。"

所有这些，加上恭维赞赏和其他各种趣事，让时间在不知不觉中飞速流逝，到了互道珍重的时刻了。（"女皇"的脸颊是冰凉的，她回吻在了我右耳的外侧。）然后，当三只蝴蝶漂亮地挥动"翅膀"，笨拙的西方佬就带着一身酒气和美好的念想，快活地飘向了夜空。

现在唯一剩下的事情就是去农村转转了。不过因为路线传统，又遇到了大雨，我就简单地写上几句：

在"老虎"斋藤的带领下，我们乘火车前往汤河源（**Yugawara**）。富士山在低云中若隐若现，而汤河源就位于富士山以南约 16 千米处。我们去的是一家只有日本人才会光顾的日式旅馆，有传统的浴室。我们三个人一起坐在滚烫的圆形浴池里。之后我们在沼沼雾气和瓢泼大雨中翻山越岭，来到宫之下（**Miyanoshita**）一家著名的旅游酒店。酒店的老板刚过世，他是国际八字胡俱乐部（**International Moustaches Club**）的主席。墙上显要的位置上挂着一张照片，我很高兴地发现，照片中有我的叔祖父。记得小时候，他那 5 厘米长的八字胡常把我吓得够呛。我们又去了大和，然后搭乘火车返回了东京。这是我坐过的最漂亮的火车，由私营的小田原火车株式会社（**Odawara Express Train Company**）经营，亮橘色的铝制流线型，看上去仿佛来自火星。车厢里播放着轻柔的管乐，美丽的女乘务员身着酒红色制服，为旅客分发茶水和日本威士忌（作为苏格兰人，我还是得说非常好喝）。这些都值得英国铁路公司学习一二。

之后就到了收拾行囊、说"再见"的时候。在和我的东方向导、哲学家、好友迪克·休斯最后吃了一顿让我备感忧郁的刺身配马提尼大餐后，我的出租车一头扎进东京的郊区。我搭乘的飞机将带我飞越太平洋，前往火奴鲁鲁。

就像游记里写的那样：沙扬那拉，日本！阿罗哈¹，夏威夷……在这个双 13 号星期五！

1　阿罗哈（Aloha）：夏威夷人打招呼的用语，意为"你好"。

前线情报

酒店

不管什么季节来东京，都要尽早订房，做好平时预算两倍的准备，因为你访问的是世界上最昂贵的城市。

不差钱的人经常蜂拥前往帝国酒店的新楼（Imperial Hotel Annexe），这里一晚的价格是 6000 日元（6 英镑）。你也可以选择帝国酒店的老楼。很多人喜欢在春天和秋天时来东京，因为此时房间用不着开空调，价格只是正常价格的 2/3。如果有 3000 日元预算，你可以在芝公园酒店（Shiba Park Hotel）订到一个相当不错的房间。这家酒店临近帝国酒店，也由帝国酒店管理。日活酒店（Nikkatsu）的价格和帝国酒店差不多，但经营方面更自由、宽松。由于需求很旺，多数大型酒店的前台都不能讲价。

距银座和东京市中心 15 分钟车程的酒店，或许是不错的折中之选。其中一家是松平酒店（Matsudaira）——一间小型空调套房 4000 日元一晚。松平酒店内设典雅的泳池，氛围安静而私密。外国航班的机组成员经常选择在这里过夜。像福田屋（Fukudaya）这样的高档日式旅馆，外国人入住通常需要有人介绍才行。

即将举办第 18 届奥运会的东京，正在大规模兴建酒店。这些新酒店的出现，或许有望让那些老牌酒店不再那么独断专行。

餐厅

正如一句古老的谚语所说，东京是名副其实的美食天堂。和牛、鳗鱼、水果、菌子和蔬菜，比任何地方都更胜一筹，而广岛生蚝会使人想起科尔切斯特[1]生

---

1 科尔切斯特（Colchester）：英国东南部城市，位于埃塞克斯郡。这里的生蚝颇为有名。

蚝。想吃西式海鲜料理，你可以去东京会馆（Tokyo Kaikan）、帝国酒店或朝日新闻社（Asahi）对面的餐厅。另外，我推荐由京都的辻嘉一主理的两家辻留餐厅。著名的新喜乐餐厅（Shin Kiraku）和锦水餐厅（Kinsui）都位于筑地（Tsukiji）。新月餐厅（Crescent）是目前东京最热门的西餐厅——换句话说，也是价钱最贵的餐厅。帝国酒店新楼的维京厅（Viking Room）供应传统而奢华的会席料理。日本的神户牛肉和松坂牛肉都非常有名。你可以在外国记者俱乐部（Foreign Correspondents' Club）吃到超级棒的牛排，前提是能让俱乐部会员为你订到午餐时段的座位。游客或许更喜欢纯正日式的小川轩餐厅（Ogawa-ken），在选择牛排前，侍者会邀请你用手指按压牛排：如果按压的凹痕会很快恢复，则证明牛排的品质上乘，值得享用。

日本料理花样繁多，不要将自己限制在寿喜烧和天妇罗上。寿喜烧和炖牛肉差不多，日本人通常不会一个人去吃；天妇罗类似炸鱼，虽然好吃，但并不算出众。如果你一定要吃这两样的话，去任何一家日式餐厅都可以吃到寿喜烧；吃天妇罗有上百家好餐馆，最好的一家是位于新桥的桥善餐厅（Hashizen）。

烧鸟很容易接受，算不上冒险。所谓烧鸟，就是炭烧的鸡肉或鸭肉，穿在竹签上，其间点缀着甜椒和日本葱。银座周边迷宫般的小巷里有很多价格便宜又气氛热烈的烧鸟店，也有很多天妇罗店和拉面店。

一定不要错过美味的甲鱼。在银座背后高级餐厅的私人包厢里，侍者会将甲鱼肉和汤一起端上桌供你享用。（在东京几乎很难给出确切的地址，不过你的酒店会把上述任何一家餐厅的位置告诉出租车司机。）只有性格保守而可悲的人才会拒绝品尝刺身（生鱼片），只有味蕾不发达的人才会拒绝再点。所有东京老饕都知道，不管喝了多少酒，只要回家前去一家值得信赖的酒吧开怀小坐，再吃点寿司，第二天保准不会宿醉。

对那些真正敢于冒险的人来说，历史悠久而著名的百兽屋餐厅（Momonjiya）是个好去处，在那里仍然可以吃到猴肉、猴脑和野猪。在筑地海鲜市场附近，有专做河豚的小餐馆——只有注册过的餐厅才有资格做河豚，因为这种鱼含有剧毒。最后，Taiko 餐厅（隔壁是 Show Boat 夜总会）的菜单上直白地写着：牛鞭汤、子宫烩蘑菇和酸甜牛鞭——价格均为 300 日元（6 先令）。人们文雅地称这类菜为"壮阳料理"。

夜生活

东京是一座开放的城市——只不过没有赌场。夜总会的选择令人难堪——这既体现在价格上，也体现在种类上。**Copacabana** 夜总会可能是最好的一家，由身材高挑、受人尊敬的樱桃夫人（**Madam Cherry**）经营。这里的漂亮小姐全都是从神户招来的——在西方人的眼里，那里是盛产日本美女的摇篮。（日本人则认为最漂亮的女人来自北海道和新潟。）在夜总会请小姐作陪的价格是 1000 日元（1 英镑）/ 小时。银座周边人声鼎沸、挂满灯笼的小巷里有不少酒吧，在服务、价格和选择类型方面更适合自助游游客。酒吧叫什么名字不重要，因为虔诚的日本酒鬼总是会拥向新的地方，寻找新酒和新人，这些小酒吧的命运自然就是不停地开张、倒闭和转让。

有两家名气很大而气氛亲切的酒吧值得光顾和对比："希望"酒吧（**L'Espoir**）优雅的老板娘曾经当过舞女，花名"美丽水晶"（**Beautiful Crystal**）；**Osome** 酒吧体态丰腴的老板娘来自京都，此前是一名艺妓，花名"爱的黎明"（**Dawn of Love**）。两家酒吧争夺着东京的精英客群，包括作家、艺术家和政客等（当然，只接待男性），接待外国人则会比较谨慎。

给饮清酒者的提示

不要被上等清酒表面上的柔和所欺骗——清酒的酒精含量为 20%。清酒最适合温饮，搭配食物。对严肃的饮者来说，直截了当地用厚瓷大杯倒酒，比用传统的瓷制小酒壶更过瘾，因为后者只会让酒鬼们联想到茶道。清酒会随时间继续发酵，即便装瓶、封口，也难以保存一年以上。清酒也不适合长途运输，因此没有清酒酒窖或者清酒优质年份的说法。

精致的甘口清酒称作 amakuchi，而强劲的辛口清酒称为 karakuchi。tokkyu 意为"特级"，ikkyu 意为"一级"。任何大仓公司（Okura）出品的清酒都非常出色，尤其是月桂冠（tokkyu Gckke ikan）。另一个顶级品牌是神户东滩区的菊正宗（辛口清酒），这种酒适合搭配烤鱼和章鱼，但不适合搭配天妇罗。这些酒厂都是皇室的供应商。

山形产的特级樽平（Taruhei，辛口）是清酒中的勃艮第，由于酒体过于厚重，不适合搭配刺身。要想搭配刺身，可以喝温热的一级太平山（Taiheizan，甘口），这种酒有柔和的松香味道。特级两关（Ryozeki，产自秋田）是另外一款值得推荐的甘口清酒。搭配天妇罗可以点剑菱（Kenbishi）。吃河豚时，店主会将一根鱼翅插进你酒杯中的辛口清酒里。

不要用清酒搭配西餐。吃完米饭，结束一餐后，也不要再饮清酒。战前，日本的海军军官们喜欢用冷清酒代替啤酒作为消暑饮料。令这些老武士阶层遗憾的是，如今的日本年轻人越来越喜欢日本威士忌而非清酒了。

04

Honolulu

Honolulu

火奴鲁鲁

"一路顺风。"当我走出东京机场的"最终出发大厅"（听上去不太吉利）时，漂亮的女服务员端庄地鞠躬说道。我向着飞往火奴鲁鲁的日本航空 614 号航班走去，这是一架结实的四引擎 DC-6 型飞机。此时是 13 号星期五晚上 10 点 30 分，多亏了国际日期变更线，我们到达火奴鲁鲁的时间为 13 号星期五下午 2 点 35 分，比出发时间还早。双 13 号星期五，我来了！

我很喜欢坐飞机。我喜欢相对的隐私感，也享受坐在疾驰的保护壳里的安静时光（此刻飞机有点颠簸，因为我们正飞行在代号为"爱玛"的 20 号台风边缘，它正在冲绳附近肆虐）。你可以坐在机舱里读书、写笔记，而空乘们会对你百般呵护，还主动请你喝点香槟。就像我所预料的，日本航空的服务极尽取悦之能事，甚至到了有些夸张的地步。或许是因为我的苏格兰血统带有与生俱来的疑虑，当日本航空免费赠送的礼物一件一件地堆到面前时，我心中的点滴怀疑也逐渐累积，直到拉响了意识的警报。礼物除了常见的旅行夹，还有檀香扇、装有男性护肤品的精致的黑色波纹绸盒，还有一件叫作"法被[1]"的衣服，这是一种及腰的黑白色和服，后背绣着红色大字，我想应该是"幸福"。绝大多数美国乘客都穿上了法被，而日本乘客则一个都没有。我也没穿，打算把它当作礼物送给别人。饮料和消夜端了上来，享用完后我就爬上舒服的铺位，与东方道谢和告别。我得好好睡上一觉，做好接受西方冲击的心理准备。

大约 4 小时后，我们差不多飞到了东京和火奴鲁鲁的中间，已经在太平洋上飞行了 3000 多千米。对我来说，36 525 千米的环球航程刚好飞过一半。机长威严的广播声把我吵醒了："女士们，先生们，现在是机长广播。飞机的三号引擎发生爆炸起火，但已得到控制。我们的飞机现在没有液压了。我们将改变航线，飞往复活节岛，尝试无襟翼着陆。也就是说，飞机会在非正常高度，以比正常情况下更快的速度着陆。降落之后，飞机会被拖至机场。我有很多三引擎降落的经验，无液压的情况也遇到过多次。那么，我们一会儿地面上见！"

双 13 号星期五来了！我穿上衣服，爬下铺位。人们都静静地坐着，注视着前方。空少和身着和服的漂亮空姐面无表情，就像日本人应该有的样子。空少急急忙忙地跑过来，一边道歉，一边把一个占了我座位的日本人安排到别处——因为救火，坐在前排的乘客都被转移到了后面。我望了望窗外

1　法被：日本传统服饰，多在祭祀时穿。

烧坏的引擎，它正垂在半空。天空万里无云，美丽的拂晓即将来临。我们已经下降了 3000 米。海面看上去风平浪静，我想起邦巴尔[1]先生的"海上生存守则"：不要挣扎，保持镇定，保存体力，尽可能地漂浮在海面上。我想，太平洋的盐分会帮上一些忙。当空少演示充气救生衣的使用方法时，我笑了。"这是您的救生衣，"他说，"这是前面，这是后面。还有一个哨子可以吹，有信号指示灯会闪。"现在我试着回忆剩下的内容。"最重要的是在离开机舱前，不要打开充气阀门。"飞机哼哼着前行，因为三号引擎停止工作，机身轻微地颤抖着。

半小时后，一架黄色机头、黄色机尾的大型四引擎海空救援机突然出现在我们右舷约 50 米的位置。它隶属于复活节岛上的美国空军，目前正与我们保持着稳定的距离，准备扔下救生筏。15 分钟后，两架美国海军 PBY 水陆两栖飞机在我们下面以紧贴海面的高度跟随着我们，准备降落到海上救人。我的心总算回到肚子里，回想起算命大师乐观的预言，然后试着不再去想双 13 号星期五这件事。我刮了胡子，喝了咖啡，这时广播中传出一阵噼啪声，机长平静的声音又一次响了起来："这里是机长广播。为了减轻飞机负重，我将排放燃油，请大家不要吸烟。"（仿佛听到了广播，海上救援飞机离开了我们下方的位置。）"我们的飞机将有数日无法飞行，我已

---

1 阿兰·邦巴尔（Alan Bombard，1924—2005）：法国生物学家、医生和政治家，曾驾驶小船横渡大西洋。

经与东京总部取得了联系，备用飞机已经起飞，很快就将到达！"我们仍然直直地盯着前方。

复活节岛就在不远处了。这是一个小型珊瑚岛礁，被海浪围绕着，中间有一片淡绿色的潟湖。我们绕着小岛盘旋，不断降低高度，快到海平面时，速度已经降到 320 千米／小时。我们平稳地降落在跑道上，机长努力控制引擎，飞机稍稍扭了几下，不久便随着轮胎尖锐的摩擦声停了下来。消防车和救护车蜂拥而至，舱门打开了，我们总算回到了陆地上。

这一皆大欢喜的壮举是由机长斯图尔特·贝尔德完成的，他来自加利福尼亚的巴尔博亚（Balboa），是美联航飞行员，被借调到日本航空。我向他表达了敬意。

作为太平洋上重要的中途补给站，复活节岛以没有空调著称。此前我总认为，对于美国人最先带到海外领地的文明便利，若按顺序排列的话，是可口可乐、咸牛肉土豆泥和雾化喷嘴。复活节岛上仅有的建筑是搭着蚊帐的活动小屋，屋内气温达到 95 华氏度（35 摄氏度）。尽管疲惫，但我们都热情地向不断前来慰问的地面和机组人员点头致意。他们过来是为了让我们确信我们刚才是何等幸运。

复活节岛是太平洋信天翁的栖息地之一，但如今鸟类的生存环境遭到了严重破坏。我相信，因为飞机的缘故，它们很可能有灭绝的危险。由于天气太热，我没有去岛屿另一端信天翁经常出没的红树林一探究竟。我舒服地在员工区空出的铺位上睡了一觉，然后和牵着一只花斑狗的男员工闲聊。他的狗负责看管那些检疫隔离的动物——主要是猴子和鹦鹉，都是游客从东方带往美国的。他告诉我，虽然他喜欢复活节岛的生活，但这里实在很无聊，只能玩玩浮潜，然后教那些转运中的鹦鹉说说脏话，吓吓它们的美国主人。

那天晚上 8 点，东京来的备用机到了。同机前来的一位日本航空主管极为客气、礼貌，他对"我们的合作"表示感谢，尽管他并没有解释一直坐在座位上的我们是怎么与他们合作的。带着更多的软膏、檀香扇，还有新的法被，我们又飞上第二个 13 号星期五的天空，昏昏欲睡地飞向火奴鲁鲁。

在经历新鲜有趣的香港和东京之后，我对西方的冲击有些恐惧，不过火奴鲁鲁没让我太失望。首先，刊登在美国杂志上的美森[1]航线广告里那些著名的夏威夷花环，我一直以为它们是用彩色纸做的，但我高兴地发现并非如此。当我走下飞机时，有人给我献上了一个漂亮的花环，是用芬芳馥郁的白姜花和万代兰做成的。（我后来注意到这些花环的价格：兰花花环 3 美元，鸡蛋花或姜花花环 1.5 美元。）此时是早上 7 点，我有点消化不良，又没刮胡子，前面还有美国移民局和海关，可见这并不是戴花环的好时机。进入机场，我发现男士洗手间上写着"**Kane**"，女士洗手间上写着"**Wahine**"，这套典型的阿

---

1 美森（Matson）：美森轮船有限公司成立于 1882 年，是历史上第一家提供泛太平洋集装箱班轮服务的公司。

罗哈（Aloha）航空式的拼写估计很快就会令我厌烦。但我必须承认，当我走在莫阿娜冲浪者酒店（Moana Surfrider's Hotel）的地毯上，而不是日本那擦得发亮的木地板上，并且重新感受到西式酒店卧室和浴缸的舒适时，我还是感到了一阵欣慰。

我上次造访火奴鲁鲁还是在 1944 年，当时我在珍珠港的海军情报办公室短期轮岗。那时没有花环，莫阿娜酒店和旁边的皇家夏威夷酒店（Royal Hawaiian）还是海军总部，外墙涂上了黑色和绿色的掩护色。如今，我信步走到阳台，在这里正好能俯瞰怀基基海滩（Waikiki Beach）中部，左侧是在阳光下闪闪发光的戴蒙德（Diamond Head）火山，前方第一个冲浪者正踏着奶油般的浪花优雅地冲过来，这一切让人很难想象火奴鲁鲁曾是军事基地，而珍珠港曾经遍地战争残骸。不过，拨开热带旅游胜地的面纱，夏威夷如今仍然是继冲绳之后美国在太平洋上最前沿的海军基地，是初期预警防御系统的前哨，也是尝试回收最新型导弹弹头的中心。我上次来过之后，夏威夷逐渐发展起来，成为美国的第 50 个州，人口超过 60 万，几乎是 1944 年的两倍。

夏威夷中的 8 个小岛正在发展成为继佛罗里达之后最受欢迎的度假和养老胜地，这几个岛总面积达 1.7 万平方千米，可见在不久的将来，这里的人口肯定还会成倍增长。这些岛屿拥有真正的自然之美，年平均气温是 75 华氏度（24 摄氏度）。现在是 11 月中旬，在我房间下面的沙滩上有个救生员小屋，门前挂着的板子上写着"气温 78 华氏度，水温 75 华氏度"。

沙滩上的草裙舞表演

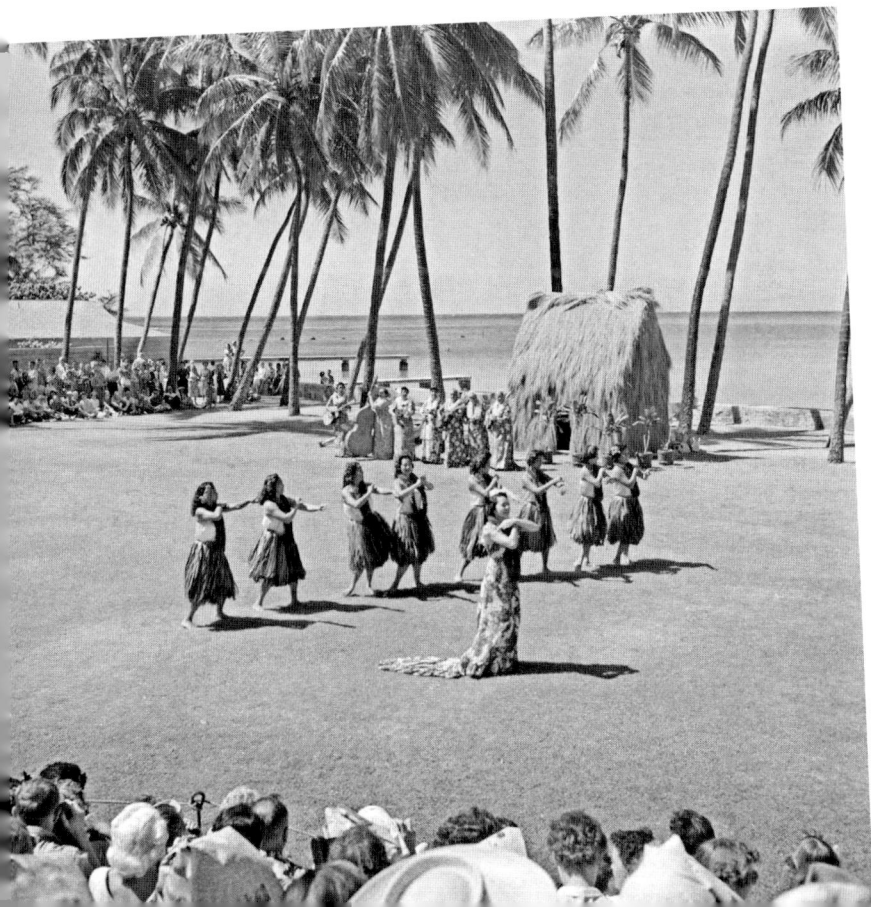

而且，乘飞机从美国大陆飞到这里只需要大约五个小时。

对欧洲人来说，这个地方最主要的缺点是游客气息过于强烈，还有就是游客和养老群体同质化——男人不是挺着大肚子就是皮包骨头，女人全都身材走样，清一色蓝色的瞳仁、无框眼镜，而且这些美国养老金人群全都暴躁易怒。假如这群老年人穿着适合自己年龄段的衣服，他们就会消失，成为城市背景的一部分，但是在夏威夷，成千上万六七十岁的老人穿成各种奇怪的样子，这更让我感到压抑。男人都穿着夏威夷花衬衫和大裤衩，要么就是更可怕的齐膝短裤；女人都戴着过于花哨的草帽，穿着吓人的被称为"穆穆袍¹"的宽松长袍，或者穿着其他可怕的衣服，比如在商店里叫作"荷璐扣²"或"镶荷叶边的荷璐慕"的长袍。还有人穿着鸡尾酒时间才会穿的"膝上紧身裙"。我后来发现，这些女人在沙滩上脱掉穆穆袍后就更难看了——大腿凹陷、粗大，血管偾张，脖子细瘦，下垂的乳房前挂着花环，身后跟着老迈而跛脚的丈夫，手里拿着棕榈垫、防晒油、浴袍和《华尔街日报》。而且，天哪，在这里和其他类似的度假村，很少有令人眼前一亮的年轻人，来让你恢复对人类的信心，因为年轻人出不起机票，也负担不了度假村的花费。如果我是喜来登或希尔顿的老板，我会保留一部分酒店房间给那些年轻、漂亮的人，让他们不

1　穆穆袍（Muumuus）：一种色彩鲜艳的女士宽大长袍，最初在夏威夷流行。

2　荷璐扣（Holokus）：夏威夷女人在正式场合穿的一种带有拖裙的长袍。

需要花什么钱就能入住。这样做不仅是为了愉悦那些老年客人的眼睛，或许也能让他们感到一点自惭形秽，穿上与自己年龄相称的衣服。

吃完早餐，抛下这些残酷的念头，我决定在冲浪板上发泄一下怒火。此时面前海浪翻滚的大海上，已经有大约 800 米的海域遍布着冲浪者的身影。我从没试过这项运动，但在机场买到的旅行指南上说，只要会游泳、骑车，就能学冲浪。不过在我看来，号称"南海斯科蒂"的旅行指南的作者斯科蒂·古勒茨（Scotty Guletz）写错了。

我租了一块漂亮的淡蓝色的冲浪板，马里布（Malibu）型，轻木制造，表面涂着玻璃纤维。价格是 1 美元 / 小时，大约 25 厘米长，16 千克重。我发现，即便只是趴在上面，用双手划到远处的冲浪起始点，也绝非易事。我甚至还没站上冲浪板的边缘，就被海浪掀翻数次。（我后来意识到，沙滩男孩本不应该在不清楚我会不会玩的情况下就租给我冲浪板，而且上周刚刚发生过不幸——珍珠港美军舰队司令的儿子被一个大浪击中，板毁人亡。）然而，在当时对危险一无所知的情况下，我双手当桨，穿梭在来去飞快的冲浪高手之间，他们掀起的每一个浪头都狠狠地砸向我。与此同时，我也划到了离岸 800 米的规定起始位置。我躺了一会儿，欣赏着远方美丽的山峰和皮肤黝黑的姑娘，她们欢笑着"嗖嗖"地冲过去，就像站在半个贝壳上的维纳斯，被那些黑亮、肥胖的夏威夷沙滩男孩追逐着。我努力躲开他们飞驰的路线。

火奴鲁鲁

这群冲浪高手由当地商店和城里的男孩女孩构成，除了冲浪，他们似乎从早到晚都没别的事可干。他们让我想起在某些别处的度假村里，那些让你嫉妒的特权人士——有地位的滑雪教练、高尔夫球或网球职业选手之类。游客们全都盯着他们，女人花钱去上他们的课，和他们在夜总会里跳舞。在他们自成体系的世界里，他们就如同上帝一般。在怀基基海滩，这些男孩女孩和世界上其他地方的特权人士一样，只是靠着几年的训练，掌握了一些基本的技能，就能无忧无虑地生活，没有任何普通人应该背负的压力和负担。或许他们每个人都只怀着一颗可悲的"雄心"——勾搭上一个有钱的游客。

以上只是一个无用之人在脑袋嫉妒发热时产生的酸溜溜的想法。我看到有的男人女人扛在肩上，毫不费力地冲向岸边，有的人则在冲浪板上做出芭蕾式的单脚旋转动作，还有人飞驰而过，仅靠一只脚维持平衡。在看了上百遍之后，我试图模仿菜鸟的动作，趴在冲浪板上冲上一百米，结果却弄得浑身瘀青，几次差点淹死。最终，我屈辱地向岸边划去，所剩的力气仅够把16千克重的轻木冲浪板拖过金色的沙滩，拖回仓库。

在日本时，大地曾经轻微地震动了一下，欢迎我的到来。现在，为了欢迎我回到西方，它又轻微地爆发了一下。

夏威夷岛上的基拉韦厄（Kilauea）火山是世界最活跃的火山之一。那天早上，它猛烈地喷发了，燃烧的熔岩喷射到300米的高空——历史最高高度。从1868年起，它就一直处于半活

在怀基基海滩冲浪的人们

跃状态，但这次喷泉般的爆发持续了我整个到访的时期。那天午餐时，我正吃着"天堂瘦身罗摩沙拉"，一位看过火山喷发的人撺掇我随便坐上一架阿罗哈航空的飞机，它们会带游客去观看喷发的火山。"跟那景象相比，7月4日就像划火柴 [1]，"消息提供者说，"你最好快点去。"我说我当然会去。不过我没去，我不想再坐飞机，而且我认为，去看火山喷发无异于窥探地球的私生活，不是什么好事。

对于那些穿着穆穆袍和阿罗哈衬衫的同类来说，来这里就是度假，可我婉拒了喜来登酒店免费提供的草裙舞和恰恰舞课程、插花课程、复式桥牌公开赛，选择了火奴鲁鲁动物园。我喜欢动物园，而这里是我见过的最漂亮的动物园。它位于戴蒙德火山下的卡皮欧拉尼（Kapiolani）公园里，四周围绕着茂密盛开的三米多高的丁香花丛——动物园绝佳的除臭剂。这里有鹤鸵、鹕鹕，一只漂亮的长臂猿在笼里上蹿下跳，像是在绝望地躲避着自己的影子。一只戴安娜长尾猴坐在自己的手上，一只年轻的黑色猎豹长着温柔而美丽的金色眼睛，棕白相间的小熊猫不比一只猫大多少，大黑凤头鹦鹉的长相颇为可怕，此外还有一笼子不太常见的天堂鸟。所有这些，包括巨大的绿色鬣蜥，都令人赏心悦目，我一直待到了暮色四合。大门外，晚报的海报上写着："瓦胡岛酒吧（Oahu）女招待声

---

1 7月4日为美国独立日，这一天会有盛大的烟火表演。

称遭到强奸。"我又回到了现实世界!

我住的酒店被 600 名通用电气公司的优秀员工侵占了。他们戴着花环,兴致勃勃地坐在莫阿娜酒店露台一棵大榕树下的长桌旁,一脸陶醉地听着夏威夷吉他组合给一位穿着草裙的夏威夷女歌手伴奏。我年轻时很喜欢夏威夷吉他,家人对此颇为反感。在本应该出门打猎的时候,我会放上皇家夏威夷小夜曲的唱片,我甚至找了一位住在切尔西(Chelsea)的意大利女人教我这种乐器。如今,听着吉他的呜嘤呜咽,我开始理解家人的反感了——那悲伤的音调听起来就像"来自太空的小怪兽"出场的背景音,也像那些主角是疯子或酒鬼的电影里表现梦境的旋律。还好喜来登酒店经常插入广播,声音十分朴实:"在怀基基的海滩上——当你属于我时。""弗拉泰利先生,您的电话,弗拉泰利先生。""这里有芬克伯格太太的电话,芬克伯格太太。"否则,我早就在那首《我很老派》的吉他曲里发出狗一样的哀嚎了。吉他的演奏声就像一张弹簧坏了的床垫发出的声音。我偷偷地溜回了房间。

从一长串当地餐厅的列表里,我的读者一定明白我为什么立刻就选择了"M 的熏烤屋"。请容我说句题外话:M 是我小说中情报机关负责人的名字。我心想,这名字多像那种狡诈的老滑头啊!这不,他偷偷挪用了情报机关的拨款,建了一个赚硬通货的小金库来补贴自己的退休金。我打了一辆出租车进城,并向司机打听这家餐厅的情况。"饭菜好极了,"他称赞道,"你可以去夹层,他们称之为'回见房',那里有本地最好的牛排和龙虾。"

"这个叫 M 的家伙是谁？"

司机不确定地摇摇头："不太清楚，从没见过他。"

多么适合这个名字！狡猾的老家伙！餐馆门口立着几个美国纸板人。不过这是周末，处在商会和夏威夷银行中间的 M 的餐厅阴险地没有开门。我遗憾地改去索伦托意面屋（Sorrento Spaghetti House）——在美国，在我不确定吃什么的时候，总会选择意大利餐厅——点了配有大蒜的博洛尼亚肉酱面（Bolognese）和一瓶"国产的"基安蒂红酒（Chianti）。

回到酒店房间，我看到大海就像新月下的一块青铜。几个午夜冲浪者仍然在驱赶着暗淡的、奶油般的浪头。在阳台下面那被月光照亮的沙滩上，一个老妇人（可能是通用电气公司的会计）正提着穆穆袍，让小浪花冲刷着她的脚。在这个永恒的蜜月之地，她看上去孤苦伶仃、无人关爱。她明天大概就要返回西雅图、艾奥瓦或新奥尔良了。此刻，在月光沙滩上，在身后欢快跳动着的烛影和吉他的浅声低吟中，最后再戏一下水的她，似乎诠释了一切度假行将结束时的伤感。我合上百叶窗，上床睡觉。

过于匆忙地环游世界，就好比夜夜参加晚宴，但每次刚喝完汤就走人。表面上看，五个经营糖业和菠萝种植的家族统治着夏威夷（这里出产全世界 75% 的菠萝），而"辛迪加女王"是个极有权势但十分仁慈的老太太。我有一封给她的介绍信，我也很想看看在这个繁荣的美国第五十州里，权力是怎么运作的。不过我最终开车去了岛的另一侧，与消息灵通的英国领事一家共进了午餐，然后赶飞机前往洛杉矶。没有太多遗憾。就像我之前说的，夏威夷群岛有着十分美丽的风景，从库克船长发现这里开始，我们就应该坚持称这里为"三明治群岛"，这是库克船长以"三明治伯爵"命名的。[1]不过我们那时大概没有足够的人手来统治这个狭小而偏远的领地，于是美国（真为她感到羞耻！）在60多年前吞并了这里。现在，亨利·凯泽[2]（自由轮的建造者）正试图从美国手里重新夺回这里，用于旅游开发。结果是，那些外围岛屿仍然保持着相对的原始，而主要的瓦胡岛（Oahu）——包含火奴鲁鲁和珍珠港，则变成了又一处养老人士和"赈灾人员"的保留地。

当我回到日本航空亲切的怀抱中时，以上这些因素令我感到更加欣慰。我依然选择了日本航空。（谁会因为烧了一个引擎就谴责航空公司呢？）在一夜好眠之后（真诚建议日本航空的早餐不要做蘑菇和碎洋葱鸡蛋卷），我在清晨时分被搁在了隆隆作响的天使机场（The Angels）。

那么，现在，真正的西方冲击波来了！

1　英国航海家詹姆斯·库克（James Cook）在1778年1月18日发现夏威夷时，为纪念时任第一海军大臣、他的上司兼赞助者、第四代三明治伯爵（据传为三明治的发明者），将夏威夷群岛命名为"三明治群岛"。

2　亨利·凯泽（Henry Kaiser, 1882—1967）：美国实业家，现代造船业的先驱。

火奴鲁鲁

20 世纪 **60** 年代的怀基基海滩

前线情报

酒店

夏威夷神话说：早在 900 年前——波利尼西亚人[1]来到之前，聪明的梅内胡内人[2]就已经在这些岛屿上定居了。这群聪明的小个子（或者说小精灵）仍然住在与世隔绝的山谷和隐秘的森林中，只在必要时才出来工作。我们选择了梅内胡内人莫奇作为你在夏威夷的向导，有谁比他更合适呢？

火奴鲁鲁四处散落着老岛民所珍视的老茅草屋，它们象征着过去的传统。对现代人来说，以下是一些老茅草房优雅的替代品：皇家夏威夷酒店、莫阿娜冲浪者酒店、比尔特莫酒店（Biltmore）、水边酒店（Edge-water）、卡伊鲁拉尼公主酒店（Princess Kaiulani）、礁石酒店（Reef）、白浪酒店（Breakers）、夏威夷酒店（Hawaiiana）、夏威夷村庄酒店（Hawaiian Village）、哈利库拉尼酒店（Halekulani）、棕榈树酒店（The Palms）。

所有这些酒店都在怀基基海滩上，离你来这里的目的地——阳光沙滩和大海仅有几步之遥！单人房的价格为 6~16 美元一晚，双人房的价格为 7.5~28 美元一晚——与欧洲的消费水平相当。皇家夏威夷酒店的价格则是美国的消费水平，双人房的价格为 32~50 美元一晚。

有没有小一点的酒店？当然！以下是几家在怀基基附近的小酒店：椰林酒店（Coconut Grove）、爱纳–卢阿纳酒店（Aina-Luana）、椰子树酒店（Coco Palms）、黑尔

1　波利尼西亚人（Polynesian）：波利尼西亚是太平洋三大群岛之一，包括夏威夷群岛、汤加群岛、萨摩亚群岛等。波利尼西亚人身材高大，新西兰的毛利人即波利尼西亚人。

2　梅内胡内人（Menehune）：在夏威夷的神话中，梅内胡内人即住在夏威夷森林深处和山谷中的土著小矮人，喜欢吃香蕉和鱼。他们修建了庙宇、公路、独木舟、鱼塘等。

凯酒店（Hale Kai）、岛民酒店（The Islander）、国王浪花酒店（King's Surf）、凯玛纳酒店（Kaimana）、卡伊利酒店（The Kahili）、雷阿罗哈酒店（Lelaloha Hotel）、鲁尔斯公寓酒店（Lewers Apartment-Hotel）、保拉尼酒店（Pau Lani）、皇家树林酒店（Royal Grove）、怀基基单人公寓（Waikiki Studio Apartments）、康姆斯托克酒店（Comstock）、太平洋波利尼西亚酒店（Hotel Pacific Polynesia）。这些酒店的双人房价格为 4.5~12.5 美元一晚，周租的价格则是 30~50 美元。

当然，酒店并不局限于怀基基。你也可以选择火奴鲁鲁市中心的亚历山大·杨酒店（Alexander Young Hotel），或者凯卢阿（Kailua）附近的泰利亚纳酒店（Thailiana Hotel）。如果你想要开阔的视野，在豪乌拉（Hauula）有一座卡伦农场（Cullen's Ranch）或许符合你的要求。

餐厅

你喜欢什么菜系？中餐、韩餐、海鲜？日本料理、美国料理、烧烤？夏威夷菜、意大利菜、法式薯条？或者是岛上的天然食物，比如梅内胡内的食物？

只要你说出自己想吃什么，我们就告诉你去哪里吃！在怀基基海滩上，所有酒店都拥有全景餐厅，要么是俯瞰式的全景，要么就是面朝大海的全景。一边用餐，一边欣赏眼前沁人心脾的风景，食物也会变得更加美味可口。

接下来，我们将略加介绍一下渔人码头方向的海鲜料理。在坎丽思烤炉餐厅（Canlis's Broiler），你最好摘下眼镜，以免被菜单上的价格吓得跌破眼镜。不过，即便摘掉眼镜，你依然能够看清那多汁的烤肉排。佳肴餐厅（The Gourmet）则拥有巴黎式的氛围，当然也有同样昂贵的菜单。

你可以去商人维克餐厅（Trader Vic's）享受海鲜；追求浪漫的话，可以去女王浪花餐厅（Queen's Surf），在月夜下的海边用餐；在怀基基和阿拉莫阿那（Ala Moana）都有回归线餐厅（The Tropics），来这里可以享用入口即化的烤肉；怀基基之沙餐厅（Waikiki Sands）拥有花样最多、性价比最高的沙拉餐吧；在马车轮餐厅（Wagon Wheel）

可以吃到价格合理的美国料理；在怀基基留余斋餐厅（Waikiki Lau Yee Chai）和和发餐厅（Wo Fat）可以享用美味的东方料理；而在韩国厨房餐厅（Korean Kitchen），不用说你也应该知道会吃到什么。

位于爱纳海纳（Aina Haina）的"M 的农场之家"餐厅（M's Ranch House），以及位于市中心的"M 的熏烤屋"餐厅（M's Smoke House）都以炭烧料理著称；洛可可农舍餐厅（Rococo's Farmhouse）擅长意大利菜；西罗餐厅（Ciro）和市中心的亚历山大·杨酒店的霍布·诺布餐厅（Hob Nob）擅长美式料理；靠近瓦希阿瓦（Wahiawa）的"米歇尔家"餐厅（Chez Michel's）供应蔬菜炖肉和橘子黄油薄卷饼——味道超级棒！

由于没有像迪克·休斯那样的"东方通"陪同，我只能从斯科蒂·古勒茨的这本全面的《夏威夷观光指南》（*Hawaiian Guidebook for Visitors*）中摘录以上片段。这本书介绍了夏威夷的方方面面，但是写作风格有点古怪。

这本书里没有广告，只有推荐。你可以在夏威夷的任何地方，以一美元的价格买到它。

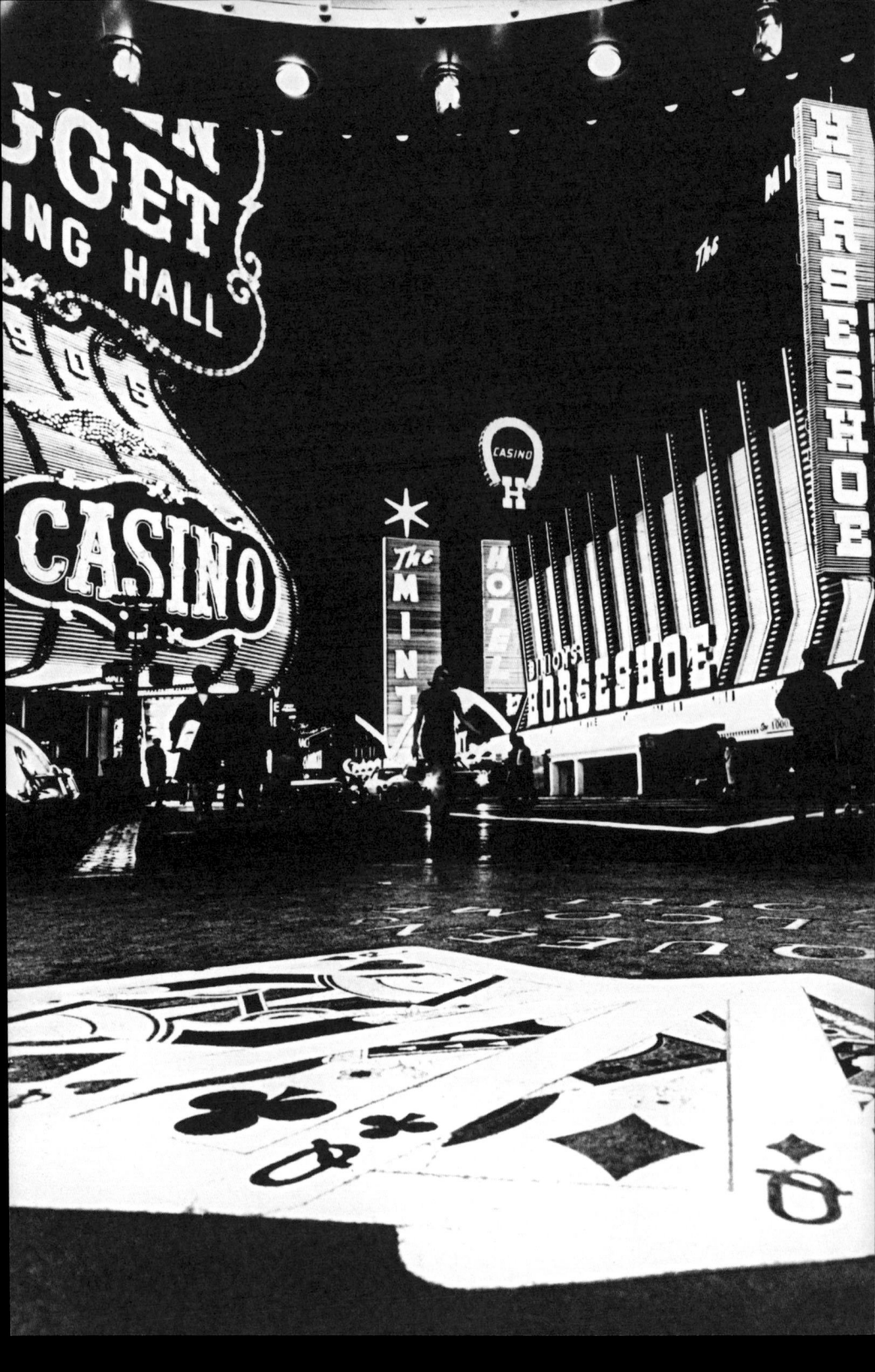

05

Los Angeles to Las Vegas

洛杉矶和拉斯维加斯

◆

早上 8 点，那个开黄色出租车的司机正在抽一支大号雪茄。他不想说话，我也不想。在去贝弗利山酒店（Beverly Hills Hotel）的一小时车程里——除了更现代的贝弗利希尔顿酒店（Beverly Hilton）之外，贝弗利山酒店依然是好莱坞最友好的酒店——我忧郁地注视着窗外的加油站和热狗摊。"斯奎兹客栈，供应牛排！""高尔夫球！停车挥杆！"（一个高尔夫球练习场），还有日落大道附近著名的"日落病虫害防治"广告牌逐一闪过。绕了个小弯，我对美国的伊夫林·沃[1]纪念碑有了更多的了解，这片墓园也因伊夫林·沃的《至爱》（*The Loved One*）而声名鹊起。然后，我再次入住酒店房间。经理送来了一篮子垫着玻璃纸的水果，电话声更是嘈杂不停。

所有外国作家都知道，好莱坞喜欢"盯住"任何初来乍到的"新人"，哪怕是已经相对成名的作家。12 点半，我在布

---

1 伊夫林·沃（Evelyn Waugh, 1903—1966）：英国小说家，著有《旧地重游》（*Brideshead Revisited*）等。小说《至爱》以好莱坞的一座墓园为背景。

洛杉矶和拉斯维加斯

20 世纪 30 年代的洛杉矶警局

朗·德比餐厅（**Brown Derby**）和一位制片人吃午餐，他想从我身上大赚一笔，却只用一杯白开水和一块面包皮作为交换。我一边吃着班尼迪克蛋（**Eggs Benedict**），喝着酒精含量 **80%**、能让小舌头麻木的干马提尼酒，一边"享用"着娱乐业那套给人施压的鬼话："我们看事情往哪个方向发展吧，伊恩。"（在好莱坞，人们只叫你的名，而不叫姓。）"别误解我的意思，你有很好的资本，别卖得太廉价了。就像我们俗语说的：你要是想往炉子上扔雪，就别担心它融化。""这个我们小声说，伊恩……""你当然想挣钱对不对？谁不想呢？我们好莱坞有句话说：犹太人操心赔多少，英国人操心挣多少，美国人操心别人挣多少。我们工作室希望每个人都挣到钱。所以这么办如何……"谈话空洞而客套，伴随着激烈的讨价还价。

后来，我瞅准机会跑了出去，前往市中心拜访我的老朋友詹姆斯·汉密尔顿（**James Hamilton**）局长，他是洛杉矶警察局情报署的头儿。我上一次来这里还是五年前，如今警察局已经用大理石重建起来。不过詹姆斯·汉密尔顿局长让人原样复制了他以前的办公室：像一个灰色的盒子，除了一对海洛因贩毒者用的磅秤和一个新到手的物件———幅西西里地图，没有装饰。对于警察局长的办公室来说，这似乎是一个奇怪的装饰，我向他提出了这点。他拿出一幅大型示意图，看上去很像原子分裂的图表，互相连接的圆圈包含着意大利人的族姓。"我正在追捕黑手党，"汉密尔顿解释说，"他们一直在制造麻烦。一个意大利男人被无缘无故地谋杀了，两年后，我们发现他可能曾在芝加哥谋杀了另一个意大利人。用道上的黑话说，他因为黑手党内部的政治原因'不得不被处决'。类似的事儿层出不穷，所以我还得继续研究这些黑手党家族的关系，这样等再次发生命案时，我就有破案的入手点了。"

以前我总觉得，黑手党在美国的势力被作家和记者过分夸大了。但是，一年多前，纽约警察在阿巴拉钦（Apalachin）围捕了集会的黑手党，这让我开始改变看法。现在汉密尔顿局长严肃的态度，又让我重新思考这个问题。

如此扎实的情报工作是典型的汉密尔顿风格。他大约 55 岁，身材魁梧，相貌堂堂，有着苏格兰血统。他掌管美国第二大的警察局已经有十多年了。他的办案素材曾多次被厄尔·斯坦利·加德纳[1]和最近的雷蒙德·钱德勒使用。电影《警网擒凶》（*Dragnet*，1954）的脚本就是围绕洛杉矶警察部门展开的，汉密尔顿提供了大部分素材，还审读了台词。五年前我拜访过他，当时他刚结束了一次驱逐洛杉矶郊外黑帮势力的行动，这些黑帮想强行把那里发展成自己的地盘。他当时告诉我，洛杉矶警方有能力应对本地的犯罪，但是如果犯罪分子和芝加哥或纽约的黑帮勾结在一起，情况就会变得异常困难，所以他得想办法隔断本地和美国其他地区犯罪团伙之间

---

1 厄尔·斯坦利·加德纳（Erle Stanley Gardner，1889—1970）：美国侦探小说家，著有梅森探案系列小说。

的联系——他的办法就是让两名看上去毫不起眼的便衣到机场和火车站蹲点——但凡有一点"自尊心"的罪犯都不会开着车在美国乱窜。两个便衣在书里夹着照相机，背着一个小旅行包，或者类似看上去不会引人注意的东西。等飞机或火车到站时，他们就观察旅客，把任何可疑人员或已知的罪犯拍下来。一旦确认身份，就一直跟着这些人到他们下榻的酒店或公寓楼。从这时开始，这个人就被警方盯梢了。盯梢过程极有效率：只要这位 X 先生一离开房间，就会发现有两名便衣在两侧"随侍"；如果他进早餐铺吃早餐，便衣也会坐到旁边，点份同样的早餐；如果他坐上出租车，便衣也会坐车跟上，等那人一下车，便衣又出现在他身边；午餐和晚餐的情形也一样。其间，便衣不会说一句话，也不干扰此人的行动。只要如此盯梢 24 小时，再加上监听电话，这位黑帮兄弟肯定会忍无可忍地离开洛杉矶。

不过汉密尔顿对我说，现在的情况没那么简单了：暴徒回到了洛杉矶，但这次是来收劳工保护费的。他拉开身前的一个抽屉，递给我一张百元大钞："这是一个人昨天塞给其中一个暴徒的。"他把警方的登记卡摆在桌上，上面是常见的那种凶巴巴的嫌疑犯照片，照片上是一个怒目而视的男人，有一个意大利名字。此人有一长串犯罪前科，包括携带武器、使用暴力和过失杀人，不过他最新的身份描述是"劳工组织者"。"全国都在搞这样的把戏，只是不用冲锋枪了。"汉密尔顿解释说，"保护费、敲诈、捣毁机器，在厂房纵火……所有这些都打着工会的幌子。当然，会费都由这样的人去收。"他指了指照片，"他们拿到自己的份额后，剩下的钱就全都流进了工会头目的私囊，这些人都把自己的孩子送到了哥伦比亚大学和瓦瑟学院[1]。他们收起了手榴弹和斧头，现在的犯罪手段'文明'多了。"

"洛杉矶已经变成了文明糟粕的圣地。"这句话是谁说的？不是访美时受到冷遇的赫鲁晓夫，而是洛杉矶警察总长 W.H. 帕克（W.H.Parker）。洛杉矶的犯罪案件年年增长，入室盗窃案、重大盗窃案和强奸案的数量比 1950 年高出了 150%。警察总长说，新增犯罪案件比洛杉矶人口的增长还快六倍，比南加州所有商业活动的增速快两倍。汉密尔顿说，其中最严重的是毒品犯罪。此外，青少年犯罪也增长了 50%。关于后者，警察总长直言不讳地写道：

以下原因助长了青少年犯罪：

1. 维多利亚中期的价值观在盎格鲁—亚美利加文化中的衰落。这导致个体在没有清晰的是非道德观念的社会中长大。

2. 成人犯罪的直接影响。或者说成人对法律和规则的消极与藐视态度让青少年受到了很大影响。

3. 社会对物质享乐，尤其是不靠自己奋斗而获得的物质享

---

1 瓦瑟学院（Vassar）：美国高等私立文理学院，建于 1861 年，位于纽约州的波基普西市（Poughkeepsie）。

乐越来越看重。

4.人类技术层面的进步和与之相应的管理方式上的失衡，导致人们企图用科技手段代替社会责任。

这些话说得很重。我敢说，我们英国也紧随其后。

不过，先回到贩毒上来。汉密尔顿局长说，仅在洛杉矶地区，美国联邦调查局就已确认 6000 名吸毒上瘾者（整个英国有 442 名登记在案的吸毒者），这个数字还在以每月 1000 人的速度增长。这是由于在墨西哥仅距美墨边境 250 多千米的地方，就有公开的毒品交易。"没有办法控制这类毒品走私。"汉密尔顿局长坦言。每到周末，就会有一两万辆汽车过境进入墨西哥观看赛马比赛，一一检查如此庞大数量的汽车是不现实的。墨西哥政府也不愿意控制自己的罂粟种植产业，它们是鸦片和海洛因的原料。"他们他妈的在墨西哥种这么多罂粟干什么！"汉密尔顿局长怒气冲冲地说，"放在桌上当摆设？国务院应该采取一点行动了。"他说，唯一的希望是增大贩毒的风险，从而使市场萎缩。

"但是他妈的怎么能做到这点呢？"他问道，"我们有 1200 平方千米的辖区，可警力的增量仅为犯罪案件增量的 1/7，每 1000 人才配有 1.88 名警察。加上全世界最庞大的交通巡逻，可想而知我们还剩多少人手用来缉毒。去年，我们抓捕了 5700 名毒贩，缴获了几百千克大麻、可卡因、海洛因、鸦片、仙人球膏[1]以及其他毒品，但这也只是沧海一粟。更可怕的是，毒品不断向未成年人扩散——1958 年，我们逮捕了大约 2000 名与毒品有关的未成年人——民众还能指望我们做什么？没人愿意逮捕青少年，但总得有人管管这些孩子，别让他们毁了自己吧？可是他们的父母全都撒手不管。"

他继续说："事情是这么发展的。比如有一对有孩子的夫妇，父亲白天去上班，晚上回到家已经累得半死。母亲想挣点外快，于是就在附近工厂打一些零工。在那里，她有很多同伴，交上了新朋友，做的也是简单的手工活，比照顾一堆吱哇乱叫的孩子——你可以想象他们养的是什么样的孩子——简单一百万倍。于是，孩子都由邻居和保姆带大，等他们长到十来岁，就自己去街上混了。然后他们认识了当地的青少年团伙，开始抽烟喝酒。再然后，某个年纪大点的男孩对他说：'干吗不吸点这个？这个绝对能让你飞起来。'之后又说：'你在学校附近卖它就能赚大钱。'这下就'圆满'了，整个圆圈就画完了。"

我说，我明白他的意思，问他打算怎么办。

汉密尔顿局长沉吟道，他的办法并无新意：让线人渗透进贩毒组织里做卧底。他直接从警校挑选年轻人，教他们所有

---

[1] 仙人球膏（Peyote）：一种由威廉斯仙人球花制得的兴奋剂。北美印第安人将其用于典礼或宴会，使用者会产生一种喜悦、陶醉的状态。此作用来自其主要生物碱：仙人掌毒碱（三甲氧苯乙胺）。

的技巧和贩毒的黑话。他们住在肮脏的公寓里，穿着破烂的衣服，然后被送进洛杉矶的地下世界，就像追踪兔子的雪貂。之后，小伙子们从一个毒贩跟踪到另一个毒贩，直到汉密尔顿组织了一次大的收网行动，一举抓获了 126 名毒贩。收获的时刻本该到了，但因为一个著名判例，即 1958 年 10 月的加利福尼亚州政府诉麦克尚一案（The People v. McShann），要求美国的公诉方必须公开重要证人的身份，而法官须据此做出相应裁定。为了保护线人，汉密尔顿不得不撤销对其中 90 名毒贩的起诉。麦克尚的判例有效地抑制了警察利用卧底破案的可能。最近的其他判例则限制了警方在逮捕嫌疑人前搜查、窃听或安装窃听器的行为。嫌疑人现在可以自己从监狱里打私人电话，而不像以前那样通常由警察打给嫌疑人的律师、雇主或亲属，这使得犯罪团伙的成员可以在看似不经意的谈话中给其他成员报信。

汉密尔顿当然早就知道麦克尚判例。为了规避这个判例，线人可以将毒贩的地址送到总部，由普通的便衣警察实施真正的缉捕。即便这样，法官仍然会要求原始信息的提供者出庭作证。

汉密尔顿引述了芝加哥犯罪委员会（该委员会由芝加哥商人建立的"秘密六人组"发展而来，为的是对抗阿尔·卡彭[1]

1　阿尔·卡彭（Al Capone, 1899—1947）：美国著名的黑手党首领。

及其同党）负责人维吉尔·皮特森（Virgil Peterson）在美国律师协会的演讲中，提到的两个"过于人道"的案例。在第一个案件中，一名警察作证时称，他在骑摩托进行常规巡逻时收到无线电报告，说某公寓楼正有一起入室盗窃，于是马上赶往出事地点。他在一楼没有发现什么可疑之处，上到二楼后，他看到两个形迹可疑的人正走向通往大厅的楼梯。他盘问了这两个人，发现其中一个人的衣服口袋鼓鼓囊囊的。在两人身上，他发现了手镯、相机和一个雪茄盒，上面刻着某个名字的首字母，与受害者的名字相符。两人被送上法庭，法官判定说，警察到达大厅时并未发现两人正在进行犯罪活动，也就是说警察并不知道犯罪行为已经发生。因此，逮捕和搜身都是"非法"的。警察的证据被压了下来，而两个小偷无罪释放——他们中的一个在过去 20 年里有 39 次入狱记录，其中数次是因为入室盗窃和持有偷盗工具。

在同一天，也就是 1958 年 6 月 4 日，两名正在日常开车巡逻的警察发现一辆黑色福特汽车从与保龄球馆平行的小巷中驶出。当时他们并不知道保龄球馆遭到破门盗窃，但是那辆高速行驶的黑色福特突然急转弯，引起了警方的怀疑。他们追上去，成功地把福特车逼停。其中一个人试图逃跑，而另一名同伙一直蹲在车里。警察搜查了福特车，找到了 2455 美元和一些支票，同时还发现了一把大锤、一根铁撬棍和两把枪。然而法庭再次援引"联邦证据排除原则"，认为警察在逼停福特车时，实际上并不知道有罪案发生。他们没有看到被告做出违法行为，因此随后的逮捕、搜查和缴获是非法的。警方的证据又被压下，两名盗贼无罪释放——这两人都有前科。

这两起绝妙的案件都援引了著名的马洛里判例[1]，那是一个已被定罪的强奸犯上诉最高法院时由大法官法兰克福做出的判例。审判意见说："警方不可仅仅出于'怀疑'就逮捕嫌犯，而必须有'恰当的理由'……当然，警方可以'约请'被捕者，但不能直接将他带到警局进行审问（即使没有诱供），从而获得逮捕乃至最终定罪的不利证言。"因为这个意见，马洛里——一个认罪并定罪的强奸犯被无罪释放，被释放的还有上面提到的那些盗贼。

汉密尔顿说，类似案件数不胜数，过于人道的法律程序保护了已知的罪犯。它在保护无辜民众免受错误逮捕和搜查等方面当然有可取之处，但在实际操作中给了犯罪分子几乎无限的庇护。"如果法庭继续像这样倾向于保护一个人理论层面的权利，"汉密尔顿说，"那结果就是执法部门被紧紧地缚住手脚，而让每个人最重要的权利——生存权毁于一旦。"

"在美国，"他说，"我们有这样的问题——毒品泛滥正在影响青少年团伙、黑手党、大型犯罪集团，乃至各行各业，从而导致犯罪激增，而人们要求警方做出回应。结果呢？一

---

1 英美法系中，基于法院的判决而形成的具有法律效力的判定，这种判定对以后的判决具有法律规范效力，能够作为法院判案的法律依据。

位优秀的警察逮捕了一名犯罪记录有两尺厚的罪犯，却因为法庭荒唐的决定，这位警察以后只能在路上巡逻了。人人都赞同公民的权利，但这并不意味着毒贩可以享有超级权利。这不合逻辑。"

我说，我们英国也有自己的问题。最近有一个案子，一个叫波多拉（Podola）的男人开枪打中了一名警察。然而由于他在被捕过程中被揍了个两眼乌青，俨然成了公众英雄。在我看来，自由精神有时有点儿过头了。

在交换完这一看法后，我们挥手告别。汉密尔顿局长派了一辆巡逻车，将我送回贝弗利山酒店。在车上的广播里，我听到两架警用直升机正在著名的洛杉矶高速公路上巡逻。借助四通八达的连接线，24 小时内会有 63 万辆汽车经过这条公路。在我看来，汉密尔顿局长和他的部门在打击犯罪上面临着巨大的难题。与此同时，他们还必须应付立法机关。正如午餐时那位电影大亨在谈到相似的两难困境时一针见血指出的："一个屁股不能坐在两张板凳上。"

夜晚，在飞机上俯瞰，拉斯维加斯的赌场就像一条闪烁的金河，背景是莫哈韦（Mojave）沙漠无边的黑暗。从洛杉矶翻过高耸的山脉，莫哈韦沙漠一直延伸至拉斯维加斯。在这个小小的机场里，紧挨着一排赌博机的是一台自动氧气机。投进一枚硬币，你就可以把脸凑到橡皮呼吸器前吸上几口纯氧。按照机器上的说明，这样可以刺激和镇定神经，使人精神振奋——要是去赌博的话，你确实需要这些。赌场每年缴税时自称利润为 8000 万美元，但据信还有 4.5 亿美元没有算入其中。我的思绪沉浸在这一未被察觉的结果中，径直来到热带天堂酒店（Tropicana）。这家酒店幸运地矗立在邦德街（Bond Road）和长街（Strip）的交点，这是著名的长街上最新建起的一家百万美元酒店。

长街上的所有酒店都设有赌场，无论你往哪个方向走都一样。当时是晚上 10 点，赌场依然人头攒动。

在好莱坞马不停蹄的两日让我筋疲力尽，但我还是决定去碰碰运气。我把两张 5 美元的纸币换成拉斯维加斯通用的一元硬币，然后雄心勃勃地走向赌博机。拉斯维加斯有各种形状和大小的赌博机，根据不同机型，可以吞下上至一美元、下至一美分的任何硬币。我选的这台有着特别唬人的外表，一股热气从闪光的彩灯和丑陋的机身上散发出来，但我感到它像是值得我用强壮的右臂与之交战的对手。这台赌博机有各种赔率，头奖达 150 美元。这笔小小的财富意味着赔率一定会更有利于赌场。赌场每天都能根据自己的意愿调整赌博机的赔率，一般来说，赌场的赔率要高出 10 个点。不过，如果哪家赌场的客人赌运太差，赌场也会把赌博机调整到稍微有利于客人的赔率。在拉斯维加斯，这样的利好消息会传播得像闪电一样迅速。客人们立刻就会拥进并占领那家赌场，大战到深夜，直到工作人员重新调整赔率，赌场又开始赢钱为止。

我勇敢直面"怪兽"，塞进 10 枚 1 元硬币。每拉一下手柄，

拉斯维加斯的赌场内部

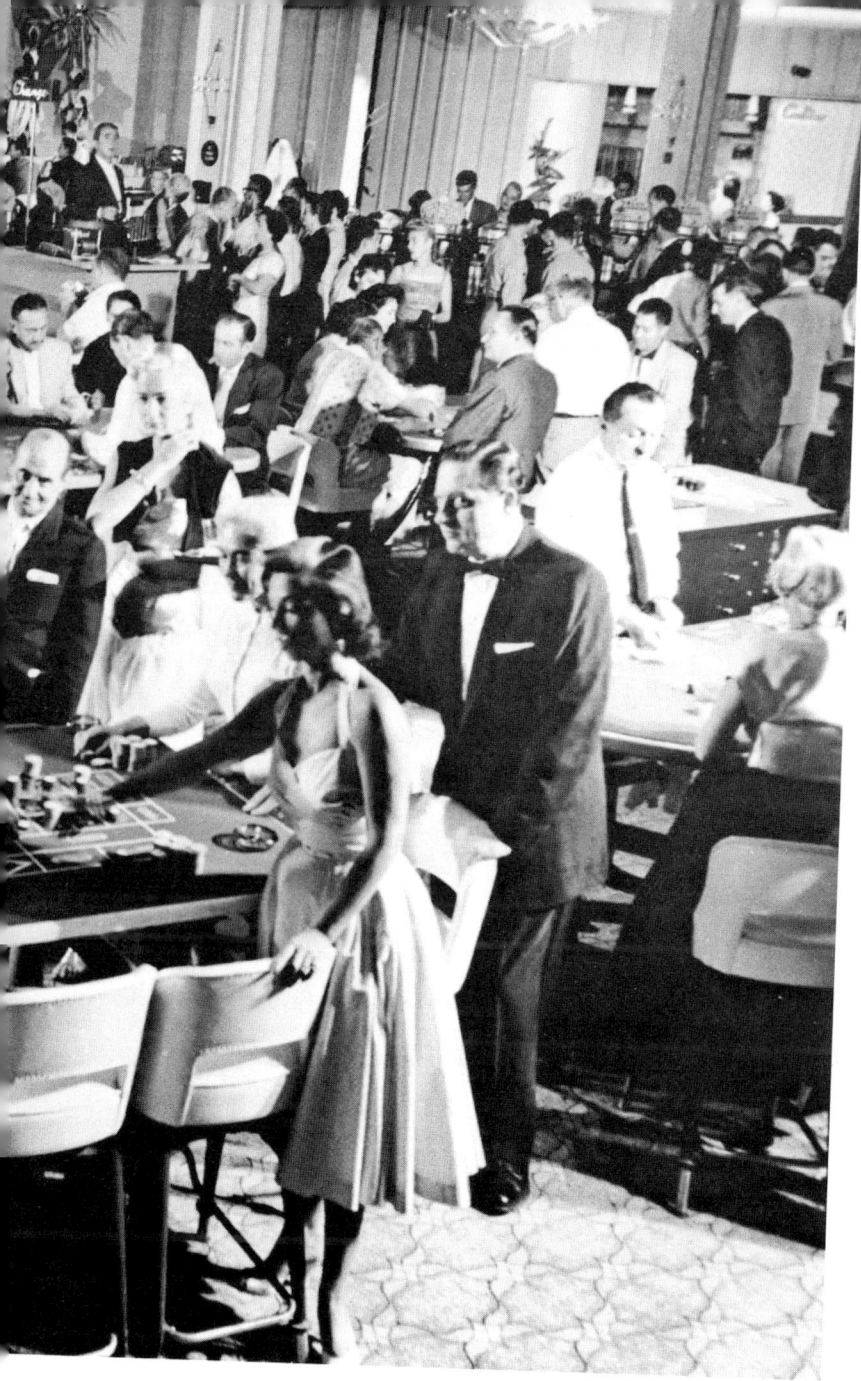

灯就会一闪，星星、橙子、李子和三个红樱桃的图案就兴高采烈地转动起来，然后就是从赌博机那该死的铁肚子里传来硬币掉进去的叮当声，和我感慨"血本无归"的刺耳叹息声。我就这样很快输光了10美元。我自言自语道："我早跟你说过，这台赌博机有一张邪恶的脸，这是一台邪恶的机器。找台25美分机把钱赢回来吧。"于是我又把10美元换成25美分的硬币，仔细看了看那排25美分机——其中两台看上去面善。果不其然，第一台开始向我回吐硬币。至今，我仍记得这台赌博机的标识：星际队长，热带天堂酒店，编号306/301，上面用大字写着"各种获胜组合，17种头奖方式"。我在吐币口上拼着这些组合，突然想起小时候保姆那些严厉的教诲。我意识到，最好不要把所有的组合都拼出来，而要留有回转的余地。很快，硬币更为顺畅地倾吐出来，我右手的裤兜开始变得越来越沉。

突然，手柄拉不动了。一个腰间挂着手枪和黄铜弹夹的保安面无表情地走了过来，看了一眼赌博机说："你没塞硬币。呵呵，你不塞硬币的话，我们的机器可是没法玩的。"我淡定地吞下对方的嘲讽。信心大增的我开始同时玩那两台面善的赌博机，一手玩一个。两台赌博机都开始向我吐钱。奇迹出现了！我的手气越来越好，连着两次赢得了25美元头奖。硬币哗啦啦地从两台机器里吐出来，甚至滚到了地上。因为银币的重量，我的右腿几乎像船锚一样抬不起来，附近赌博机上的人都开始朝这位拥有"黄金手臂"的男人张望。不过此后机器突然变冷了，只是偶尔出现一次"三樱桃"让我振奋一下。我明智地起身离开（同时也是担心裤兜绷裂），来到兑换处的老奶奶那里（这位老奶奶一定是输光了养老金，只好在"匿名戒赌协会"的帮助下，成为一名赌场工作人员）。我把沉甸甸的硬币拿出来，放到她面前。她把硬币倒进一个有孔的铝盘里，按了一下按钮，硬币就"哗"地落进了洞里。机器上显示出金额，她拿出 70 美元付给我。

我因为自己的好运而大受鼓舞，又换了 10 美元，决定再和最初的敌人——那个大铁肚怪兽机过过招。

硬币一个接一个地滚入怪兽的肚子，两颗樱桃，加上一个橙子，这满足了这个畜生的胃口。我现在信心十足，我知道只要再把一枚硬币放进它的铁嘴，就能教训这个可怕的机器人。突然，运气来了！绿色表盘上出现三颗一闪一闪的银星。杯里传来一阵硬币落入的响动，但不如我预想的那样猛烈。我犹疑地把手伸进鲨鱼嘴，里面应该不会超过 15 美元。难道野兽最终通过作弊打败了我？

那个带着枪的保安突然出现在我身边。"等等，先生，"他突然说，"不要动。"我几乎以为枪托就要砸到我的头盖骨上了，因为我竟想击败赌场辛迪加，但他只是嘟囔着："没事，你已经赢了，现在等一下。"我顺从地后退了一步，他匆匆走开。由于感到运气还在，我向旁边那台机器再次发起进攻，它不动声色地吞掉了我 6 美元。不久，那位冷眼旁观的老熟人又回来了，递给我一沓钞票。我数了一下，有 135 美元。"可显示的是 150 美元。"我申诉道。男人的脸上露出鲨鱼般的讥诮表情，他指着机器的铁嘴说："剩下的钱在这里，先生。""啊，是的，可不是嘛。"我说，很高兴自己的美国话说得这么顺溜。我把剩下的钱拿出来，找老奶奶兑换成纸币，兴高采烈地回房了。

我拿到了三次最高奖，成功地教训了辛迪加。我把钱平铺在床上数了一遍，有 210 美元。是谁说拉斯维加斯的赌博机全是骗钱的？整个赌场就是一棵机械圣诞树嘛！这时，电话铃突然大作，凌晨两点，难道赌场来讨钱了？我拿起听筒，一个醉醺醺的、悲伤的声音说："是你吗，妈咪？"我尖酸地说道："不是，我是她丈夫。"然后"砰"地挂断了电话，并对自己全方位的机智出众感到满意。我洗掉手上美元的铜臭味，上床睡觉。是的，我挑战了这群独臂匪徒，并且击败了它们！

拉斯维加斯的一些酒店和赌场，黑帮的投资占了相当大的比重。这样的黑帮组织有四个，名字起得都相当文明——得克萨斯、克利夫兰、底特律和芝加哥。同样强大的迈阿密黑帮把钱都投在了佛罗里达同样赚钱的酒店和赌场，因此没有闲钱在这里投资。从整个行业到单个酒店、赌场的运营，都牵扯很多秘密，全都在暗中进行。明处及暗处的安保措施到处都是。这里有数不胜数的酒店侦探和保安，以及处理每天流入长街的上至百万美元、下至两美元的工作人员。赌场热火朝天时，如果你善于观察，就会注意到赌桌和赌博机周围不时会出现一阵骚动，这说明赌场的工作人员正在收"盒子"，赌场在这时处于高度警戒状态。"盒子"是指每个赌桌下面及赌博机里用来储钱的装置。一天中（赌博是 24 小时不间断进行的），这些"盒子"不时会被迅速转移到有栅栏保护的出纳部，再从那里运到赌场某个遥远角落的会计室。在酒店各大股东代理人的监督下，钱在会计部门重重保护的房间里加以清点，然后小心地错开时间，由全副武装的汽车从酒店后门押送到银行。在赌场红色天鹅绒和耀眼的枝形吊灯背后，这台流转顺畅的机器几乎无声无息地运行着。

荷官或客人同样处在严密的监视下。例如，一个克利夫兰黑帮经营的酒店里设有闭路电视，一旦有任何微小的疑点出现，赌场人员就会通过摄像头调查——摄像头通常设在赌桌上方的天花板上，并伪装成通风口或照明装置。就像我在《金刚钻》[1]里讲过的（但大家都不太相信）：荷官也会受到惩罚。几年前，一个骑着摩托车的人从高速公路下来，他在长街外围那长着仙人掌和风滚草的沙堆里看到一个东西。他停车查看，发现那是一条赤裸的胳膊，手上还紧紧攥着三张纸牌。警察赶到后开始挖掘，发现了胳膊的主人。那是一位有名的出千老手，曾在市区一家著名赌场的扑克牌游戏中作弊。消息很快传开了，像是作为某种警示。

我在拉斯维加斯有一个线人，他为芝加哥黑帮的一家高级

---

1 《金刚钻》（*Diamonds are Forever*）：弗莱明于 1956 年出版的邦德小说。

酒店做前台，这些事情都是他告诉我的。这次，我们又相约见面，巩固了一下友谊。他给了我一份他自己专为朋友写的关于赌博的建议。因为他写得很有道理，而我的一部分读者可能也会去赌场玩，因此我把这份建议公布如下：

如何理智地赌博

首先，你必须有强大的自我约束力，以此控制自己的赌徒心态。你辩不过亚里士多德，但是你有可能（只是有可能）唬住这个老男孩。因为你可以影响对手的心理。

定下一个输钱的最高上限，并且守住这个底线！如果违背了这个原则，除了诺克斯堡[1]，谁也帮不上你。最好把钱按天数分好，这样就不会在第一天把所有钱都输光了。在之后的每天，也要与自己的赌徒心态搏斗。

下面这点很困难：定一个赢钱的上限，并严格执行。这样可以避免你成为"出头鸟"（这是对正在赢钱的获胜者的蔑称）。如果能遵守这两条原则，你就可以充分享受赌博的快乐而又避免痛苦了。

准备开赌时，先看看别人玩。赌场会出现时热时冷的现象——也就是说，在很短的一段时间里，赌场会比较稳定地赢或输（当然，肯定赢比输多）。尽量坐在手"冷"的玩家或荷

---

[1] 诺克斯堡（Knox）：位于美国肯塔基州北部，是联邦政府黄金储备的贮存处。

官那桌，一旦他变"热"了，就换到其他桌去。

输赢会不可预测地循环交替着。输的时候不要下双倍注，只在赢的时候下双倍注。连赢两把的概率比先输再赢的概率要大。（我对这点有所怀疑，赌桌并没有记忆——弗莱明注）。

确定一个你在每张赌桌上输钱的上限，一旦输到这个金额，就换到另一张桌。如果赢钱了，就把之前定下的赢钱金额扣除，之后如果又输到上限，就再换到另一桌。这个办法可以控制你在每张桌上的输钱数，如果你运气不错，你就可能赢着钱离开赌桌（可能，或许，也许能，也许不能）。

最重要的一点：如果你发现自己下注时在想"这笔钱要是不输出去，就能用来买什么什么了"，那就马上退出！一定不要让下注的金额大到你难以承受它输掉的程度！

没有什么能够保证你赢钱，但是如果遵守以上这些简单的原则，你就可以控制自己的损失，享受赌博的过程。

第二天剩下的时间，我都用来慢慢享受那些漂亮的酒店和景点，从提供"免费阿司匹林"的加油站[1]，到幸运花婚礼教堂的许愿座，再到它旁边系马柱教堂（Hitching Post）的许愿井，在那里你可以来一次高效的内华达式离婚。我还发现了一家"剑桥"睡眠教育学院，标语是"在睡眠中学习"——这家学

---

[1] 当年在长街一个加油站旁的草坪上立着一块牌子，上写"免费阿司匹林和温情慰问（Free Aspirin & Tender Sympathy）"。这块牌子立至少30年，成为一道景观，后随加油站一起拆除。

院位于缅因路（Maine）和弗里蒙特路（Fremont）的路口，以备万一我的读者中有想来学习的！

我在市内最喜欢的赌场"掘金者"（Golden Nugget）赢了一顿午餐。"掘金者"除了有各种赌博游戏和设备，还有一台道琼斯股票收报机和一块显示全美各主要赛事的比分牌。这里的保安肚腩小一点儿。赌场里点着瓦斯灯，相当有西部气氛。这里是真正属于专业人士的地方，客人也都是专业人士——留着平头、戴着西部帽子、小肚子还没完全鼓起来的亡命徒，穿着花哨的衣服、嘴里叼着牙签的古巴人和墨西哥人，还有一群常见的蓝眼睛女人，坐在赌博机前，目光尖锐而贪婪地注视着翻动的李子和樱桃，就像对它们深恶痛绝似的。这些漫画般的人物不断地把硬币放在桶里——这些人才是赌场的最爱，而不是那些一掷千金的豪客。因为只要这些人赌博，他们就不可避免地会把那"10个百分点"留下，而那些在双骰子桌旁的豪客有可能变得手热，卷走大把钞票。比如那个年轻的美国大兵，玩双骰子时连赢了15把——对赌场来说这是短痛，而且这还是一个成功的广告。（顺便说一下，如果会玩的话，双骰子是美国赌场中最公平的游戏，赌场的优势只有1.41%。而在美式轮盘赌中，加上两个零，在同额赌注的情况下，赌场的优势为5.26%，而在欧洲只有一个零的轮盘赌中，赌场优势是1.35%。）

对于还想了解更多赌博专业经验的人，我推荐威斯康星（Wisconsin）大学菲利普·福克斯（Philip Fox）教授在《星期六晚邮报》（*Saturday Evening Post*）上的一篇文章，日期是 1959 年 11 月 21 日。这篇文章深入浅出地剖析了赌博一事，我记下了两段有意思的话："当面对巨大的数字时，人们就丧失了辨别能力。对于 1 000 000 意味着什么，他们并无概念。也许我可以用夸张一点的方法表现这种辨别的难度。如果从基督诞生之日算起，1 000 000 天要到公元 2739 年。"第二段是："每当我看到'表格一族'钻研赛马内情简报时，我就想起培养出四匹肯塔基冠军赛马的已故上校爱德华·布拉德利（**Edward Bradley**）的话——'最出色的赛马也有 54 种输掉比赛的可能。'"

那天晚上，我在雷鸟餐厅（**Thunderbird**）享用了一份完美的晚餐，然后来到拉斯维加斯迄今最好的，也是活动最丰富的沙漠客栈（**Desert Inn**），玩了几把"黑杰克"。"黑杰克"就是我们小时候玩的 21 点，不过在这里玩的都是偏好高风险的成年人，因为赌场的优势高达 7%。绿色台呢面上严正注明：庄家 16 拿牌，17 停牌。我很快就开心地输掉了 20 美元。开心是因为这张桌上的人都相当有趣：庄家留着平头，戴着玳瑁色眼镜，对赌客相当刻薄。之后，我换到另外一桌，这桌的庄家看上去更凶悍一些，也更愚蠢一些。我下了双倍注，从一个几乎没穿衣服的漂亮姑娘手上拿了一杯赌场奉送的威士忌，然后赢了 50 美元。就这样，我明智地结束了赌博季，在热带天堂小睡一晚后，搭乘美联航班机前往芝加哥。

结清所有费用后，我还赢了赌场 100 美元，并顺走了三个烟灰缸！

前线情报

洛杉矶

洛杉矶（正确的称呼是 El Pueblo de Nuestra Senora La Reina de Los Angels de Portucula[1]）有很多一流酒店、公寓式酒店和汽车旅馆，也有很多好餐馆，从昂贵的餐厅到中等价位的餐厅，从商务宴请级别到家庭料理级别，应有尽有。

洛杉矶市中心的斯塔特勒·希尔顿酒店（Statler Hilton）属于豪华酒店；大使酒店（Hotel Ambassador）拥有 8000 平方米的草坪，对面即是世界上最繁忙的大街——威尔夏大道（Wilshire Boulevard）。大道从东向西，从潘兴广场（Pershing Square）到太平洋，绵延近 26 公里。大使酒店里的椰林夜总会（Coconut Grove）是洛杉矶最好的夜总会之一。酒店还有三家出色的餐厅。此外，城屋酒店（Town House）也值得推荐。

日落大道的贝弗利山酒店有豪华乡村俱乐部的氛围，这里服务出色，老板斯图尔特·哈萨韦（Stuart Hathaway）先生每年都要到伦敦和欧洲大陆"考察别家的酒店，以便改进自家的酒店"。

贝弗利希尔顿酒店气氛活跃，房间干净舒适，是洛杉矶地区最新的一家酒店，本身也是一处景点。屋顶的 L'Escoffier 餐厅拥有极佳的市景、海景和山景。拉斯凯勒餐厅（Rathskeller）和生意人餐厅（Traders）同样一流。

挨着拉斯凯勒餐厅的是红狮餐厅（Red Lion），堪称贝弗利山版本的英式小酒馆。这里有挂着苏格兰格呢的墙面，还有壁炉，客人可以在舒适而安静的环境中吃上一顿非常美味的午餐。红狮餐厅下午 3 点半前谢绝女性入内。

同在威尔夏大道上的贝弗利威尔夏酒店（Beverly Wilshire Hotel）由业主艾芙琳·夏

1　西班牙语，意为"天使之城"。

普（Evelyn Sharp）女士重新装修过。酒店有一家出色的咖啡馆，附带超市。

　　贝尔空气酒店（Hotel Bel Air）在日落大道上，面朝大海，由长长一排单层小屋组成，每个小屋都带有花园和露台。这是南加利福尼亚地区最迷人的酒店之一，价格也很昂贵。皇室成员以及前皇室成员，比如苏拉娅公主[1]，她很喜欢这家酒店。这里安静、私密、服务到位，有一家很好的酒吧和三位懂酒的侍者。

　　"日落地带"指的是日落大道上好莱坞到贝弗利山之间的区域，这里也是夜总会、歌舞厅和咖啡馆的聚集区。光顾夜总会时，最好先问清楚是否有隐性消费和最低消费，否则账单可能会非常惊人。

　　洛杉矶算不上夜生活丰富的城市，不过游客依然可以找到任何想要的东西——从女人到烈酒。和洛杉矶主区一样，日落大道上也有警察巡逻，但这并不影响你找到你想要的东西。

　　拉斯维加斯集中了最好的娱乐。这里是金钱聚集的地方，赌场也舍得投钱，因为人们在赌博的同时也需要娱乐。

　　旅行套餐应该包含迪士尼和海洋馆项目，这两个地方都有很好的餐厅。

　　太平洋海岸高速公路上的马里布体育俱乐部（Malibu Sports Club）的餐厅非常出色。餐厅位于渔船码头，你可以一边俯瞰大海一边用餐。在日落时分，景色优美至极，而在月光下则非常浪漫。这里的菜品也十分精美。老板是美食家亨利·古特曼（Henry Guttman），他同时也是一位业余演员和歌手。

拉斯维加斯

　　拉斯维加斯作为世界赌博之都，就像一辆了不起的"快乐工厂"——快乐从投进赌博机中的第一枚硬币开始，无穷无尽。

1　苏拉娅公主（Princess Soraya, 1932—2001）：伊朗最后一任国王的妻子，著名演员。

拉斯维加斯坐落在沙漠中心、高原之上，高山是其完美的布景。它为游客、来访者和赌徒提供了无比丰富的汽车旅馆和酒店。酒店大都在赌场里。当你走进赌场，穿过大厅，赌博机就会向你发出召唤。一天 24 小时，这里始终充斥着筹码的碰撞声、银币的叮当声、赌博机的嘈杂声以及背景音乐声。

在酒店或汽车旅馆扎堆的地区，永远没有宁静或者寂静可言。在拉斯维加斯，寂静是会吓到人的。

不过，在热带天堂酒店、沙漠客栈、沙丘酒店（Dunes）、沙滩酒店（Sands）、艳俗的弗拉门戈酒店（Flamingo）、乱糟糟的撒哈拉酒店（Sahara）——这里是玛琳·黛德丽（Marlene Deitrich）来内华达时住的公寓、里维埃拉酒店（Riviera）和雷鸟酒店（Thunderbird），你可以待在有空调的豪华套房里，将音乐调成静音。午后时分，躺在宽敞的躺椅上，你可以看到英国和法国的歌舞女郎，她们要么在宽敞的罗马泳池周围晒太阳、嬉戏，要么沉湎于将山峰染成紫色、深红色和赭石色的美丽黄昏。

每家酒店都有各自的特色和气氛。

常常有名人在沙滩酒店聚会，包括弗兰克·西纳特拉[1]、迪恩·马丁[2]、彼得·劳福德[3]、萨米·戴维斯二世[4]、乔伊·毕晓普[5]和作曲家吉米·范·霍森[6]——可见，沙滩酒店始终颇具人气。

"科帕房间"（Copa Room）是一家极为宽敞的歌舞厅，餐食做得很出色，而且每周都有顶级演出。

1　弗兰克·西纳特拉（Frank Sinatra, 1915—1998）：20 世纪美国最重要的流行音乐人、演员、唱片公司老板。

2　迪恩·马丁（Dean Martin, 1917—1995）：美国歌手、演员，风靡 20 世纪中叶的美国。

3　彼得·劳福德（Peter Lawford, 1923—1984）：英国演员，成年后一直在美国居住。

4　萨米·戴维斯二世（Sammy Davis Jr., 1925—1990）：美国歌手，舞者，喜剧演员。

5　乔伊·毕晓普（Joey Bishop Jr., 1918—2007）：美国喜剧演员、脱口秀表演者。

6　吉米·范·霍森（Jimmy Van Heusen, 1913—1990）：美国作曲家，曾为众多电影和电视剧配乐。

热带天堂酒店的剧院餐厅和伦敦西区的剧院一样布置精美。目前，这里正在上演从巴黎过来的独幕讽刺剧。

沙丘酒店正在上演明斯基于 1961 年创作的独幕剧，主演是著名的脱衣舞娘 Lili St Cyr。她是一位美艳的金发女郎，演出时，她会一边在观众面前表演洗泡泡浴，一边朗读普鲁斯特（Proust）的作品。

新边境夜总会（New Frontier）正在上演名为"东方假日"的节目。表演者是几乎裸体的日本艺人，仅穿着勉强蔽体的服装。

在拉斯维加斯，身材修长的女孩最受欢迎。几乎所有表演中都会有这样的女孩，否则演出就是不完整的。

"有钱人喜欢她们，"热带天堂的经理本·高夫斯特恩（Ben Goffstein）说。高夫斯特恩先生曾在曼哈顿做过记者。如今，他已经在拉斯维加斯工作了 25 年，非常懂得顾客的喜好。

沙漠中的高速公路横穿拉斯维加斯。在白天，这条公路尘土飞扬，暗淡乏味。一到晚上，酒吧和赌场的霓虹灯就会形成一条闪闪发光的光带。

拉斯维加斯属于夜晚。在广阔的黑丝绒一般的天空，星光闪耀。这座不可思议的绿洲城市有一种狂欢的气质。它的名字源于过去附近的一片沼泽，如今听来则显得有些奇怪。

推荐价格不菲的阿库阿库餐厅（Aku-Aku），位于星尘酒店（Stardust）一层。这里供应东方风味的晚餐和波利尼西亚菜，营业时间从晚上 6 点到次日早上 6 点。

在拉斯维加斯的任何地方都能吃到上好的牛排，不过你必须向侍者或厨师说清是要"两面烤"、"夹生"还是"中熟"。每家餐厅供应的都是炭烤牛排。点一块牛排、一份沙拉，再加上奶酪和咖啡，就足够吃饱了。

加利福尼亚的葡萄酒很好。夏日的炎热似乎影响了进口葡萄酒的表现。不过，内华达仍然是喝烈酒的好地方。

如果你精力充沛，推荐去附近的米德湖（Lake Meade）钓鱼或者滑水。

顺便一提，对于囊中羞涩的人来说，住在下城比住在上城更划算。

06

Chicago

芝加哥

◆

　　早晨的报纸上写着："寒潮来袭，湖区结冰。"从香港开始一直是夏天，现在我终于要回到冬天了，前景令人压抑。美联航飞机平缓地飞过胡佛大坝，飞向大分水岭和中西部，穿过犹他州、科罗拉多州、内布拉斯加州和密苏里州，进入白雪覆盖的伊利诺伊州。我在飞机上喝了一杯加冰的老福斯特波本酒（Old Forrester），翻看着刚在美国出版的纳博科夫（Nabokov）的早期作品《斩首之邀》（Invitation to a Beheading）。我突然意识到：在这次环球旅行中，我还没看到过一个在飞机上看书的旅客。人们要么看杂志或研究商业通信，要么就看着窗外发呆。顺便提一句：苏黎世机场之后，我在任何一家机场书店里都没发现一本英国杂志或报纸，而《时代周刊》（Time）、《生活》（Life）和《新闻周刊》（Newsweek）比比皆是。想想看，我们英国竟没有一本出版物能像那些专业的美国出版物一样，从自己国家的视角报道世界事务。这些出版物是展示美国生活方式的橱窗，插图精美，内容有趣，对美国的黑暗面也毫不讳言——尽管这听上去是老生常谈。我觉得只有

芝加哥

经过修订的《伦敦新闻画报》（*London News*）大概才算从英国和英联邦的视角出发，为外国旅客提供类似的内容。

芝加哥中途机场（**Chicago Midway Airport**）是世界上最繁忙的机场之一，也是最危险机场的之一。（在我降落的两天后，一架四引擎货运飞机撞上了附近的房子。当我离开芝加哥时，只见飞机一架挨一架地等待起飞，间隔时间也就一分钟。）

我本应该坐直升机（当地人叫"切碎机¹"或"旋转鸟²"）前往芝加哥湖区的梅格斯机场（**Meigs Airfield**），但我当时不知道有这项服务，于是花了一个小时，穿过世界上最可怕的郊区，才到了我的酒店。在酒店，第二次（上一次是在拉斯维加斯），我被分到了一个已经有人入住的房间。看来自诩高效的美国应该好好注意一下自己的办事效率了。换到正确的房间后，我拿起电话，想问一下芝加哥和纽约的时差（实际上纽约比这里快一小时）。前台女孩说不清楚，要问主管。主管也不清楚，于是给我接通了长途接线员。令人难以置信的是，连长途接线员也不知道，说可以帮我转接到气象部门！最后我只好放弃，直接给纽约的朋友打了电话。

在芝加哥，我把自己交到了新锐杂志《花花公子》（*Playboy*）手里，它的销量已经超过《时尚先生》³。《花花公子》

---

1 原文 chopper。

2 原文 whirlybird。

3 《时尚先生》（*Esquire*）：全球知名男性时尚杂志。杂志隶属美国赫斯特（Hearst）传媒集团，创办于 1933 年。

兼具《时尚先生》和《时尚》[1]的趣味，又加上了一点《纽约客》[2]和《秘闻》[3]的味道。编辑部坐落在一栋我所见过的最时尚的现代报业大楼里，里面全是思维活跃的年轻人，其中不乏漂亮的美国姑娘。在当时拍的一张照片里，留着大胡子的编辑叫雷·拉塞尔（Ray Russell）；另一位叫查尔斯·博蒙特（Charles Beaumont），他是美国最新锐的小说家和赛车专栏写手；只能看到后脑勺的是世界上最漂亮的私人秘书，当时她正在记下我在芝加哥短暂停留期间想做的事情——了解芝加哥如今的犯罪情况，瞻仰几处阿尔·卡彭时代的地标建筑，以及参观一下午芝加哥艺术学院（Chicago Art Institute）——这肯定会让我的读者大跌眼镜。

我首先拜访了《芝加哥太阳报》（Sun-Times）著名的犯罪专题记者雷·布伦南（Ray Brennan），正是此君帮助我了解了第一件事。作为报道了30年美国犯罪新闻的硬汉，雷·布伦南对所有情况都了如指掌。他说，芝加哥当然依旧充斥着犯罪，不过，和洛杉矶一样，现在的黑帮不再喜欢用枪，劳工欺诈同样有效，表面上也是合法的。芝加哥如今的黑帮老大无疑是托尼·阿卡多（Tony Accardo），马绍尔·卡利法诺（Marshal Caifano）

---

1 《时尚》（Cosmopolitan）：全球知名时尚类杂志，主要针对女性读者，创办于1886年。

2 《纽约客》（The New Yorker）：知识、文艺类的综合杂志，也会对美国和国际政治、社会重大事件进行深度报道，创办于1925年。

3 《秘闻》（Confidential）：关于丑闻、八卦和黑幕的杂志，于1952—1978年发行。

则是另一位大人物。"服务员"保罗·里卡（Paul Ricca）因为偷税漏税，正在美国监狱界的"乡村俱乐部"特雷霍特（Terre Haute）服刑，为期三年，所以暂时离开了舞台。第四号人物是乔伊·格里姆科（Joey Glimco），吉米·霍法[1]的当地代理人，出租车工会的头目。在联邦大陪审团调查芝加哥黑帮犯罪时，所有人都援引美国宪法第五修正案，像石头一样保持沉默。

托尼·阿卡多，报纸上公开说他是"犯罪辛迪加的首脑"，堪称新型黑帮组织的典型代表。他英俊潇洒，衣冠楚楚，受过良好的教育，还是一名出色的高尔夫球手。他住在芝加哥郊区时髦的河岸森林社区（River Forest），拥有一栋位置极好的大别墅。他十分慷慨地给慈善机构捐款，还定期带家人参加周日弥撒。他举行的独立日派对很有名，参加的都是有头有脸的人物，包括政府要员。他和太太刚结束伦敦、威尼斯、罗马和里维埃拉的欧洲巡游，接受地方媒体采访时，俨然就像芝加哥市长和市长夫人。他这次准皇家级别巡游有个有趣的现象：芝加哥警察部门的安东尼·德格拉奇奥（Anthony Degrazio）上校自始至终陪同他旅行。我到芝加哥后不久，上校就被怒不可遏的警察部门起诉了，说他"行为与身份不符，公然与著名的罪犯厮混"。对他的行政处罚正在进行当中。

马绍尔·卡利法诺虽然是"已被定罪的汽车大盗和银行

1　吉米·霍法（Jimmy Hoffa, 1913—1975）：美国运输工会组织头目。1975年神秘失踪，有人怀疑他被黑帮谋杀。

劫匪"，但他同样拥有令人尊敬的外表。虽然他在 1958 年以芝加哥黑帮风格谋杀了"免疫者"弗朗西斯·玛利多特（Francis Maritote）和"樱桃鼻子"查尔斯·吉奥（Charles Gioe），但是著名的塔姆·奥尚特高尔夫乡村俱乐部（Tam o'Shanter Golf and Country Club）的选举委员会无视这一事实，让卡利法诺当选为荣誉会员。在最近举行的芝加哥犯罪听证会上，其中一位负责盯梢卡利法诺的联邦调查局特工笑称："我们紧跟高尔夫球手卡利法诺，寸步不离，以至于担心我们中的一个会被他的挥杆动作打中。"

"服务员"保罗·里卡宁可选择坐牢也不愿被遣返回意大利。逃到美国之前，他已经有两起命案在身。他在河岸森林社区的邦尼·布雷路有一栋漂亮的别墅，而从政府部门的声明中可以窥见他的一些经济问题：偷逃税款高达 25 万美元。

雷·布伦南说，这些就是现在统治芝加哥黑帮的人。我让他给我讲一个现在黑帮如何生财的典型案例。布伦南说，稳定的收入来源当然还是毒品、卖淫业和赌博业。所有这些都在市区和相邻的西塞罗地区泛滥，后者也是卡彭时代著名的"战场"。和美国其他地方一样，劳工欺诈是最流行的手段。"给你举个例子，"布伦南说，"他们用的是被我们称为'甜心协议'的手段。"

"比如，你在布朗克街上开了一家新酒吧，叫弗莱明酒吧。你雇了两三个手下，于是工会的人来了。你每月要支付五美元为这三个帮工购买工会卡。帮工不用交钱，但也拿不到任何好处，钱仅仅是流进了黑帮的口袋。接着又来了一群人，他们是餐饮公司的人或者酒商，都是受黑帮控制的。你必须从这些供应商手中买酒、牛排，甚至包括橄榄。你说你不愿意？我告诉你会发生什么：黑帮买通了你所在辖区的警长，每月给他一两百美元。所有酒吧都要遵守照明、供暖、逃生通道等一系列规定，你有无数种违反规定的可能，这连你自己可能都意识不到，而那个警长就能借此让你的酒吧关张。就算你足够幸运，把酒吧开起来了。某天，一个满脸胡子的家伙进来要一杯苏格兰威士忌，你给了他威士忌，他喝了一半，这时警察进来了——其实他早在外面等候多时。那个大胡子的家伙才 16 岁，未成年，你卖酒给未成年人，麻烦可就大了。黑帮手上有一群这样的大胡子少年，只是随便派一个去警告你别自找麻烦。事情就这样循环往复。你还只是小人物，他们对付大点儿的人物还有纵火、破坏、组织罢工手段，让他们乖乖付钱，以及和规定的供应商合作。其实就这么简单。如果你设法摆平了这些麻烦，生意步入正轨，黑帮就过来说他们想投资——比如 25%。他们当然不会真给你投钱，只是拿走 25% 的股份。于是，最后你还是变成了黑帮的雇员，一个黑帮企业的挂名负责人。"

对于如今依然有很多暴力事件发生的说法，布伦南表示同意："给你举一个例子。有一个叫理查德·豪夫（Richard Hauff）的人，他是附近一家高尔夫球俱乐部的经营者，有点神秘兮兮的。就在上个月，他半夜出去和一个黑帮分子的前妻约会，结果被人用枪托暴揍了一顿。几分钟后，警察讯问了一个叫科斯莫·奥兰多（Cosmo Orlando）的人。此人以前是本地一家低俗的麦乐迪赌场的所有者，进过大牢。警察发现他时，他正藏在离案发地点不远的树丛里。你知道他是怎么辩解的吗？他说：'我是出来散步的。'这件事发生前不久，一个叫'香蕉'卡洛·乌尔巴尼蒂（Carlo Urbaniti）的男人因为持有和贩卖海洛因被判了五年。他在突袭一家叫'河边树丛'（River Grove）酒馆时，和两个联邦调查局特工拉夫（Love）、里帕（Ripa）发生了枪战并受伤。大约同时，一个叫约瑟夫·布罗格（Joseph Broge）的所谓的'啤酒分销商'被人伏击打死了。其实他一直在给一家公司分销淫秽唱片，这家公司隶属于萨姆·詹卡纳（Sam Giancana），是卡彭手下主要的打手。我们现在不时会遇到这样的案子，和以前枪声响遍全城的时代大不相同了。"

布伦南刚写完一本关于"恐怖的"罗杰·塔奇（Roger Touhy）的传记，他是著名的塔奇帮派的头目。在禁酒时代，他私酿啤酒，和包括卡彭在内的其他所有帮派为敌。塔奇曾和一个叫"理发师"杰克·法克特（Jake Factor）的人混在一起，此人现在是加利福尼亚的地产商。此前他曾因 200 万英镑的股票欺诈案，成为英国想引渡的人物。塔奇涉嫌绑架法克特被捕，但他宣称自己是无辜的，后来也成功地逃脱了指控和剩下的 99 年徒刑。我离开芝加哥的第二天，塔奇出了监狱。布伦南的这本《被偷去的岁月》（The Stolen Years）重现了芝加哥 20 世纪 30 年代血雨腥风的场景。

第二天，我和两位《花花公子》的朋友一起开车重游了几处当年黑帮火并的著名地点。第一个地方是圣名大教堂（Cathedral of the Holy Name）。一个想躲进教堂寻求庇护的黑帮成员，在光天化日下被打死在教堂的台阶上。

教堂对面斯戴特（State）路和苏佩里奥（Superior）路的拐角处，就是奥班尼恩（O'Bannion）著名的花店。

奥班尼恩是那起著名的"握手谋杀案"的受害者。他的花店是给走私和绑架活动打掩护的场所。当时，他正在花店里给一丛菊花修枝，一辆蓝色轿车停在花店门口，进来三个男人。

"你们好，是过来给迈克拿花圈的吗？"奥班尼恩伸出手。

"是的，"领头的人说，同时紧紧抓住店主的手，"我们是来拿花圈的。"

附近的黑人门房听到六声从容不迫的枪声。停了片刻后，响起最后击中奥班尼恩脑袋的一枪。

奥班尼恩的葬礼是当地人见过的最隆重的黑帮葬礼。他身下铺满玫瑰，躺在坚固的银制棺材里；22人手持鲜花致敬，身后是一支著名的爵士乐队，负责在整个葬礼中演奏圣歌。一万名吊唁者参加了葬礼。最精美的花圈价值1000美元，是下令杀他的阿尔·卡彭送的。

这块土地自奥班尼恩时代起就看不到任何起色。如今，它一半是废弃的停车场，另一半盖起了脏兮兮的公寓楼，一层是青年基督教工人的卡帕俱乐部（**Cappa Club**）。

我们到了斯戴特路和密歇根（**Michigan**）路之间的沃巴什大街（**Wabash Avenue**），吉姆·科洛斯莫（**Jim Colossimo**）在这里有一个储藏走私威士忌的仓库。如今，仓库已经不复存在，取而代之的是"三分钟"洗车行、汤普森电器公司（销售卡车零件）、看骨相的"伊甸夫人"、保龄球轨道公司，还有一家打着广告的小商店，招牌上写着"诱饵，夜行动物"。但在这个街区后面，在通往芝加哥著名商业中心卢普区（**Loop**）的路上，暴力事件仍然时有发生，警笛声隐约回响着。这无疑是一个幽灵游荡的地区。

我们接下来去了克拉克（**Clark**）街 2108 号，这是发生"情人节大屠杀¹"的著名的仓库，周围同样是脏乱的街区。仓库所在地已被"美丽街"手工洗衣店和"巴拉顿"理发馆占据。

在干掉了奥班尼恩的帮派后，阿尔·卡彭开始对付"疯子"莫兰和他的帮派。七名莫兰帮派的成员成了"情人节大屠杀"的牺牲品——三名装扮成警察的暴徒用枪将他们打死在仓库里，"疯子"莫兰不在其中。

街对面的窗户上拉着肮脏的蕾丝窗帘，当年装扮成警察的枪手们就躲在这些窗帘后面窥探。他们手中的托米机关枪已

1　情人节大屠杀：指在美国禁酒时代，贩运私酒的帮派间的一次激烈斗争事件，发生于 1929 年 2 月 14 日。当时阿尔·卡彭帮派（由意裔美国人组成）装扮成警察，强迫"疯子"莫兰（**George Moran**）帮派（由爱尔兰裔美国人及德裔美国人组成）里的七名成员在仓库内靠墙排成一行，然后毫不留情地将他们枪杀。

经上膛，就等"疯子"莫兰的人马前来赴死了。

林肯大道（Lincoln Avenue）上的"放映机"（Biograph）电影院没有什么变化，这是约翰·迪灵杰（John Dillinger）被打死的地方。房顶及小售票亭四周的灯上落满灰尘。在这里，迪灵杰给自己和那位著名的"红衣女子'"买了电影票，不料后者已经跟警方通风报信。她知道电影一结束，迪灵杰就会命丧黄泉。电影放映时，警方包围了电影院，他们已得到"格杀勿论"的命令。当迪灵杰和"红衣女子"走出电影院时，她故意把包掉在地上，然后停下来去捡，而迪灵杰走进了警方的埋伏圈。他拔枪回击，躲进了旁边的一个小巷里，最终还是在巷口被警方击毙。如今，在这个巷口的第二根电线杆上，仍然可以看到当时留下的弹孔。"红衣女子"拿到了 3 万美元的奖励，而迪灵杰的余党再也没有找到她的踪迹。

如今这里仍然是一片绝望和荒凉。"电影理发馆"、"施耐德燕尾服"和"瓦伦丁害虫防治"的霓虹招牌，照着街对面决定迪灵杰命运的电影院。电影院外，人们曾争抢过这位黑帮大佬的衣服碎片或一缕头发。他的丝绸衬衫喊价 200 美元，"沾了他的血"的纸片 1 美元 1 张，在电影院外叫卖了数日。今天，刷着黑红色油漆的老"放映机"电影院已经破败不堪，工作人员吆喝着"来看我们搞笑又刺激的演出"。这个地方，

---

1 红衣女子（Ana Cumpănaş, 1899—1947）：芝加哥罗马尼亚裔妓女。她协助警方抓捕了黑帮分子约翰·迪灵杰。

同样是幽灵游荡之所。而现在，到了我该去喝一杯的时候了。

那天下午，为了洗掉头脑中陈年罪案的阴霾，我去了芝加哥艺术学院。此前我来过一次，那时它就成为世界上我最喜欢的美术馆。如果你喜欢法国印象派，这里应有尽有——房间里到处是德加、毕加索、雷诺阿、莫奈的画，每位画家至少收藏有 20 张杰作。图鲁兹–劳特累克[1]的画和他在世界其他地方的藏品一样出色。此外，还有塞尚、高更的作品，更不要说毕加索，这些都是在国立网球场现代美术馆[2]看不到的，甚至可能在苏联也看不到。这是星期六的下午，尽管一层卖圣诞卡片的商店人满为患，但是宽敞、明亮的美术馆里几乎没人。在返回习惯的节奏前，我好好享受了一番这三周以来第一次完全属于自己的悠闲时光。接下来，我和新认识的朋友去大使酒店著名的水泵轩（Pump Room）享用晚餐，然后前往城里最热的脱衣舞俱乐部"银色嬉戏"（Silver Frolics）。俱乐部里全是商旅人士和生意人，脱衣舞在一个大舞厅里上演，堪称绝对精致，但有些沉闷，而且没有太多技巧可言。

就这样，当我上床就寝时，脑海中还滚动着各种印象的吉光片羽。

---

1 图鲁兹–劳特累克（Henri de Toulouse-Lautrec, 1864—1901）：法国后印象派画家，也受到日本浮世绘的影响。他的很多作品画的都是巴黎蒙马特尔地区的人物。

2 国立网球场现代美术馆（Jeu de Paume）：巴黎的一座现代美术馆，位于杜伊勒里公园（Jardin Des Tuileries）西北角。1986 年以前，这里收藏了很多印象派作品。这些作品现在收藏在奥赛博物馆（Musée d'Orsay）里。

阿尔·卡彭的哥哥拉尔夫·卡彭（**Ralph Capone**），在缴纳保释金后离开警察局

芝加哥艺术学院

（十天后，我在伦敦修改芝加哥的笔记。我在晚报上读到，两个伪装成警察的枪手在芝加哥西区设下埋伏，打死了"恐怖的"罗杰·塔奇。就在前一天晚上，塔奇还和一位退休警官讨论了布伦南的新书，第二天就被人用枪管锯短的猎枪从后面干倒了。塔奇服刑 26 年，于 11 月 24 日那天刚从监狱出来。由此可见，那些从血雨腥风的卡彭时代走过来的人，记性确实好得很！）

前线情报

酒店

自亚伯拉罕·林肯时代起，芝加哥的酒店业就因为大型会议而不堪重负，因此务必提前预订好。

如果你希望住在市中心，卢普区的大型酒店，比如帕尔默酒店（Palmer House）、喜来登酒店（Sheraton）、Pick Congress 酒店、舍曼酒店（Sherman）、喜来登黑石酒店（Sheraton Blackstone），自然是显而易见的选择。至于酒店的大致价格，一家在卢普区的康拉德希尔顿酒店（Conrad Hilton）的单人间，房费高达 7~17 美元一晚。

芝加哥的夜生活中心在北部的拉什（Rush）街。从两家大使酒店（Ambassador East 和 Ambassador West）都可以轻松到达那里。在这样安静而奢华的五星级酒店，请做好单人间 15 美元一晚的心理准备。

Executive House 酒店的单人间俯瞰横穿城市的芝加哥河，价格为一晚 12 美元起步。酒店有雅致的现代家具，整体装修上也很新。同一价位的还有德雷克酒店（Drake），价格为一晚 9 美元起步。

记者们喜欢圣克莱尔酒店（St Clair）。这里的价格没那么夸张，还有可能是美国最好的记者俱乐部（Press Club）。圣克莱尔酒店靠近另一家舒适的酒店——东门酒店（Eastgate），它与优雅的密歇根大道只隔着一个街区。

对自驾人士来说，把车停在汽车旅馆是明智之举。湖塔汽车旅馆（Lake Tower Motel）位于市中心，交通便利。城市北边有一家沙滩汽车旅馆（Sands），也是不错的选择。城市南部有湖畔 50 号汽车旅馆（50th-on-the-Lake Motel）。住汽车旅馆的好处还包括不用给小费。

餐厅

芝加哥人夸口说，这里有各个国家风味的餐厅，能让游客足不出城就"吃遍全世界"。此言不虚。此外，芝加哥还拥有除旧金山之外美国最好的中餐厅和日本餐厅。

在阿祖玛之家餐厅（Azuma House），有蒲团可坐。你可以脱掉鞋子，围坐桌边，吃美味的寿喜烧。香格里拉酒店（Shangri-La）供应奢华的粤菜。

在 Epricurean 餐厅，红辣椒鸡和其他匈牙利菜吸引了许多音乐家和艺术家。老板自称"果卷饼之王"。在大多数美国城市，你都可以找到价格合理的意大利餐厅。一个人就能轻松吃掉一张车轮那么大的比萨饼。Pizzerias Uno 餐厅和 Due 餐厅有芝加哥最好的比萨饼。街边的里卡多餐厅（Riccardo's）既是咖啡馆也是餐厅。除了鸡尾酒，这里还有那不勒斯菜和能歌善舞的侍者。同样推荐 El Bianco 餐厅，特色是奶酪和开胃菜推车。

红星小酒馆（Red Star Inn）是一家德式餐厅，菜单丰富，价格合理，供应填了馅儿的嫩鹅。阿兹特卡咖啡馆（Café Azteca）价格不贵，还能自己带酒，你也许能猜到这是一家墨西哥餐厅。不要错过 Jacques' French Restaurant 餐厅，夏天时你可以坐在户外用餐。

最好的高级餐厅无疑是 Ambassador East 酒店的水泵轩餐厅。这里的气氛让人联想到博·纳什[1]和 18 世纪的巴斯。侍者拿着叉子，上面穿着热气腾腾的食物，还有美味的格特鲁德·劳伦斯[2]冰激凌。

红毯餐厅（Red Carpet）同样昂贵，但更小巧，也更具私密感。这里主营有海地特色的法国菜。

---

[1] 博·纳什（Beau Nash, 1674—1761）：著名的花花公子，引领了 18 世纪英国的时尚。在他的指导下，巴斯（Bath）成为英国当时最时尚的度假地。

[2] 格特鲁德·劳伦斯（Gertrude Lawrence, 1898—1952）：英国女演员、歌手，曾风靡伦敦西区和纽约百老汇。

美食家们绝不会反对你去试一下萨夏餐厅（Sasha's）。这家小餐厅有每日更换的"美食推荐"。萨夏餐厅新开业不久，拉菲特小屋餐厅（Maison Lafite）也是如此。这家餐厅供应的菜品比较新奇，主要是法国菜。

巨大的芝加哥屠宰场里，空气极度腥臭，闻一下就足以让敏感的人再不想吃肉。不过，屠宰场酒馆里的牛里脊之屋餐厅（Sirloin Room）位列全美三十佳餐厅之一。你坐上"牛排的王座"，选择你想要的牛排，把你的名牌放在上面，然后牛排就按照你喜欢的方式烹制出来。如果你喜欢一分熟，最好嘱咐侍者要烤得特别嫩。毋庸置疑，芝加哥还有很多餐厅也擅长做牛排。

临湖的芝加哥同样拥有一流的海鲜餐厅。其中最好的一家是德雷克酒店的"科德角小屋"餐厅（Cape Cod Room）。

夜生活

有三家著名的度假村，集晚餐、跳舞和夜总会于一身：帕尔默酒店的帝国会所（Empire Room）、巴黎之家（Chez Paris）和康拉德希尔顿酒店的大道会所（Boulevard Room）。在巴黎之家，你可以听到诸如耐特·金·科尔（Nat King Cole）、萨米·戴维斯二世（Sammy Davis Jr.）和"悲伤的姑娘"基莉·史密斯[1]的现场；在大道会所，通常能看到冰上舞蹈。

兰花俱乐部（Orchid）相对小一些，在那里，弗朗西斯·菲耶[2]会演唱关于她奇怪朋友的歌曲；在凯利先生夜总会（Mister Kelly's）和回廊夜总会（Cloister），可以欣赏到麦克（Mike）、埃兰尼（Elaine）和莫特·萨尔（Mort Sahl）的幽默脱口秀。另一选择是黑兰花夜总会（Black Orchid）的青年之家夜总会（Junior Room）。这几家夜总会都在城市北部。

1　基莉·史密斯（Keely Smith，1932—　）：美国爵士女歌手，曾与弗兰克·西纳特拉合作。

2　弗朗西斯·菲耶（Frances Faye，1912—1991）：美国夜总会女歌手、钢琴手。

煤气灯俱乐部（Gaslight Club）只有会员才准进入。这里的装潢颇有维多利亚时代的特色，在裸女画像的映衬下，显得活力四射。如果这是你偏爱的环境，不妨过来享受一下。这里也是广告公司高管公款招待客人的地方。

在"蓝笔记"爵士俱乐部（Blue Note），爵士爱好者可以欣赏到由贝西（Basie）和杜克·埃林顿（Duke Ellington）领衔的乐队。如果想听迪克西兰爵士乐（Dixieland），可以前往爵士有限公司（Jazz Ltd）。作为著名的爵士乐中心，芝加哥还有其他众多爵士乐俱乐部。

在信风俱乐部（Tradewinds），消夜会持续供应至早上 6 点。这里也是影视界、体育界和其他各界著名人士时常聚会的场所。

旅行指南详细介绍了芝加哥的主要景点，但不要忘了林肯公园（Lincoln Park）里的芝加哥历史协会（Chicago Historical Society）。这里有详尽的地方史展览，还有一系列不同阶段的美国历史展览，也同样有趣。最重要的是，不要忘了去芝加哥艺术学院，这里有苏联之外最好的法国印象派收藏。

沿着 40 千米的湖畔公路悠闲地开车，绝对是必备项目。去夜总会玩通宵的人，要等很长时间才能欣赏到密歇根湖的日出。

07

New York

纽约

▽

　　在纽约，我觉得最没意思。也许是旅程到了最后，我已经累了，但是每次回来（二战后我每年都会来一次纽约），我都觉得纽约又丢掉了一点儿灵魂。钢筋混凝土、铝和铜，包裹着拔地而起的新建筑，令过去温馨的褐色砂石街道¹难以呼吸。美丽的华盛顿广场区整个都消失不见了，城北的新区侵占了曾经情趣盎然的哈勒姆（Harlem）区，宽阔的街道两侧全是黑人和波多黎各人的狭小公寓。

　　不过仍然有激动人心的时刻——当出租车走过 69 街公园大道的小山丘时，信号灯变成红色，你停下来，看着信号灯从 46 街开始同时变成绿色²。那一瞬间，你的心又被纽约俘获了。不过这只是建筑上，或者说是物质上的激动。走进第一家杂货店，向路人问路，纽约人的冷漠无情就像医生锋利的手术刀一样，又把你对这座城市的爱从身上切割掉了。纽约

　　1　19 世纪的美国，人们多用褐色砂石建造房屋和街道。

　　2　纽约的街道十分规整，横平竖直，因此能看到几条街的信号灯同时变色的情景。

人的冷漠，来源于人们对金钱的疯狂追求，以及想挣快钱的欲望，另外的原因则是纽约人瞧不起不熟悉这座城市、不属于这座城市的外人。

在纽约，你只有花钱才能得到尊重。这里的小费观念已经到了疯狂的地步。你的生活被餐厅领班、酒店领班、预定文员、信用卡经理和黑市上的票贩子控制着，他们就像一个巨大的系统，你必须"进去"，否则什么事都干不成。另外，在纽约，能够报销费用的阶层总能不断毁掉你经常光顾的馆子，降低菜品的质量，抬高菜品的价格。（比如，在圣诞节和新年，整个美国都有给领班侍者塞 50 美元小费的习惯，好让他们明年能"多多关照"。）最近关于报销有个笑话：两个商务人士一起吃午餐，账单拿过来后，一个人说："我来付，我有报销账户，能从里面扣款。"另一个人一把抢过账单说："我来付，我不仅能报销，还能从报销中赚到钱。"

我感到心情不佳，或许还因为离感恩节只有三天，整个美国都在吃火鸡和蔓越莓酱，而且我的名字还成了众矢之的——一周前，美国卫生部长阿瑟·S. 弗莱明（Arthur S. Flemming）先生宣布，在几乎全国范围内禁销蔓越莓。食品和药品管理局的这一决定引发了众怒。他们之所以这么做，是因为在两艘太平洋西北公司运输的蔓越莓里发现了残留的化学除草剂：氨基三唑。据说这东西能使老鼠致癌。成百上千公斤的蔓越莓和蔓越莓制品遭到扣留，必须经过检验才能销售。显然，对于任何叫弗莱明的人来说，现在都不是来美国的好时候。

1952 年荷兰皇室访问纽约，车队行驶在笔直的长街上

此外，纽约——或者说整个美国，正在经历大战后常见的士气低落和自我惩罚时期。从麦卡锡丑闻[1]开始，然后是暗杀公司[2]的揭露、小石城事件[3]、青少年犯罪的激增、白宫舍尔曼·亚当斯[4]的小羊驼外套丑闻、卡车司机工会（**Teamster Union**）震惊全国的劳工欺诈、苏联斯普特尼克一号卫星[5]的成功发射，以及最后也是最严重的——因为这影响到所有美国家庭——国民偶像查尔斯·范多伦[6]的电视丑闻。范多伦的丑闻，乃至其他偶像身上的诚信问题，戳痛了美国人的良知，其程度堪比芝加哥白袜队（**Chicago White Sox**）在 1919 年世界棒球锦标赛上故意

---

1 麦卡锡丑闻：指在 1950—1954 年泛滥于美国的麦卡锡主义，主要特征是反共、排外。

2 暗杀公司（**Murder Inc.**）：活跃在纽约的有组织的犯罪集团，成员多为意裔美国人和犹太裔美国人。

3 小石城（**Little Rock**）事件：1954 年，美国最高法院取消了公立学校中的种族隔离制度。1957 年 9 月初，美国阿肯色州小石城地方法院根据最高法院这一决定，宣布该市公立中心中学接纳 9 名黑人学生入学。白人种族主义分子激烈反对这一决定，州长福布斯以"防暴"为名派出国民警卫队，企图阻止黑人学生入学。在州长的纵容下，上千名种族主义分子包围学校，殴打黑人记者，并把其中 8 名入学的黑人学生赶走。随后，南方几个州也发生了袭击黑人的事件。小石城事件震动了全世界，艾森豪威尔政府被迫于 24 日派伞兵部队 1000 余人赶赴小石城。在政府的干预下，地方当局于 1959 年宣布取消公立学校中的种族隔离制度。

4 舍尔曼·亚当斯（**Sherman Adams, 1899—1986**）：美国政治家，曾任艾森豪威尔时期的白宫办公厅主任。后因收取贿赂（一件昂贵的小羊驼外套）遭到曝光，被迫辞职。

5 斯普特尼克一号卫星（**Sputnik-1**）：人类第一颗人造卫星，由苏联在 1957 年 10 月 4 日发射成功，是冷战时期太空竞赛的标志。

6 查尔斯·范多伦（**Charles Van Doren, 1926—**　）：美国作家，曾因电视的机智问答节目名声大噪。后来，他承认节目制片人曾协助他作弊。

输掉比赛。据说，当时有一个小男孩走到他的偶像——外野手"不穿鞋的"乔·杰克逊（Joe Jackson）面前恳求道："告诉我，乔，这不是真的。"现在，整个美国也在向他们今天的偶像做出同样的恳求。但是，事情已经发生了，已经发生无数次了。悲痛的美国人集体性地捶胸顿足，仿佛只要白宫再来一次丑闻，或者罗马天主教高层再来一次丑闻，整个国家的人都会切腹自尽。

没有哪个国家愿意被全世界当作一群傻子和骗子，我遇到的每个人似乎都背负着罪恶感，对未来也感到悲观，而他们的肩膀本来就因为自我鞭笞而酸痛不已。"更坏的事情还没到来，"他们在电视和广告业的老巢——麦迪逊大道（Madison Avenue）上哀叹道，"他们正在调查评分系统，然后就该对地方台领导下手了。如果每周贿赂音乐主播100美元，让他插播一张你的唱片，你觉得对此睁一只眼闭一只眼的台长会从中拿到多少好处呢？想想有多少这样插播的节目吧。跟你说，伊恩，如果想让这些遍布全美的地方台播放你的侦探剧或综艺节目，你就得先打点台长，否则你的对手就会捷足先登。贿赂费要占到整个费用的25%以上。"

同样的心理状态偶尔也会在英国撕开苦涩的裂缝。"伊恩，很高兴听到你们国家正在恢复过来。但我不得不说——不要误解我的意思——你们偿还国际货币基金组织的钱，你知道，最近的那笔3.6亿英镑……好了，不要误解我的意思，但是让美国运转起来的费用，每年需要810亿美元，3.6亿英镑也

正在主持节目的查尔斯·范多伦（右一）

就刚够美国运转一天的。"

然而，当我在纽约时，真正让这座城市感到愤怒的是一份冗长的控诉：美国著名自由派周刊《国家》（*Nation*）用了整整一期的篇幅，刊发了《纽约的耻辱》（*The Shame of New York*）一文。此文是两名颇有声望的记者弗莱德·库克（Fred Cook）和基恩·格里森（Gene Gleason）关于纽约市政府欺诈行为的调查报道。作者笔调辛辣又证据确凿地将纽约上至市长、下至巡警一一拆解。文章开篇即抛出一个有趣的统计：纽约有 800 万人口，却有大约 900 万只老鼠（1959 年，甚至有两名市民被老鼠咬死）；纽约有 24 000 名警察，比很多拉丁美洲国家的军队人数还多。当然，本书没有篇幅完整引述这篇长达 80 页的雄文，不过引言中的一段话颇具代表性：

没有灵魂的城市

纽约有很多病症，每个都很严重。打着动听的"清除贫民窟"的幌子，进行冷酷无情的大规模城市改造，这只是纽约众多恶痛中的一个。每当你转身，你都能发现犯罪。城市的部分区域是名副其实的丛林，在晚上，大街上也很不安全，而在那些地处偏僻的幽静的公园，连白天都不安全。青少年团伙不时暴力相向，制造出骇人听闻又令人厌恶的头条新闻。学校里也有帮派暴力、行凶抢劫、强奸甚至杀人事件发生。被吓坏的媒体往往将此类过激行为怪罪到新兴阶层和"堕落一代"的道德败坏上。然而，把这些视为一个病态社会的表征——一个在很多方面都丢掉了灵魂的城市所出现的某种无法避免的大爆发——也许更加合理。

下面这段，是坦慕尼协会[1]的资深人士对作者说的话：

首先我要说，我没那么愤世嫉俗，但现实真是太差劲了。每个城市都有坦慕尼协会，我干了一辈子政治，也没见过它变得这么坏。你问我坦慕尼协会怎么了？黑手党。他们所控制的地下世界和政治家，通过媒体炒作嘲笑林肯宣言。但是，你不可能一直愚弄所有民众。

就算不是弗兰克·克斯特洛[2]，也会有其他人通过金钱买到特权来从事非法勾当，包括非法出版、博彩，以及卖淫、贩毒等。今天，假如一个政治家回到办公室，发现市长、州长和吉诺维斯[3]（维多·吉诺维斯，通常被称为"黑帮王国的摄政王"——原著者注）来过电话，那么他一定会先给吉诺维斯回

---

1 坦慕尼协会（Tammany Hall）：也称哥伦比亚团（Columbian Order），于 1789 年 5 月 12 日建立，最初是美国一个全国性的爱国慈善团体。它维护民主，反对联邦党的上流社会理论，后来成为纽约一地的政治机构。

2 弗兰克·克斯特洛（Frank Costello，1893—1971）：意大利裔美国人，黑帮头目。他控制了美国的赌博业，对当时的政治也有很大影响力。

3 维多·吉诺维斯（Vito Genovese，1897—1969）：意大利裔美国黑帮头目，吉诺维斯家族的头脑。他和查尔斯·卢西亚诺一起将美国的海洛因贩毒推向了更为鼎盛的阶段。

电话。

　　和任何地方一样，平头百姓想要的特权无非是搞定一张罚单，或者是加入或离开陪审团之类，看上去无伤大雅，但长期来看，为之付出的代价是巨大的。难道这些人看不出政治和黑帮显而易见的联系吗？无论什么政党都没有区别。我可以告诉你，这座城市几年前的一次选举中，所有候选人都是受黑帮控制的：一个是"三手指布朗"托马斯·卢凯塞[1]的人，一个是克斯特洛的人，一个是吉诺维斯的人。所以黑帮不可能输，他们已经控制了整个选举。

　　以上就是两位纽约人对纽约的看法。也许，我关于这座城市正在迅速丧失灵魂的直觉并无大误。

　　实际上，在东方的经历会令你头脑更为清晰地看待西方。通过和东方的对比，我在洛杉矶、芝加哥和纽约都意识到：美国正处在一种暂时性的亚健康状态，而她自己也很清楚这点。在科技方面，她被苏联人羞辱；在工业方面，她被钢铁行业为期六个月的大罢工，以及卡车司机工会乃至其他工会的案件羞辱；而现在，在个人道德层面上，她又因广受关注的电视丑闻而蒙羞。美国到底怎么了？我相信很多睿智的美

1　托马斯·卢凯塞（Thomas Lucchese，1899—1967）：西西里裔的纽约黑帮头目，黑手党的元老之一。1951—1967 年担任卢凯塞家族的族长。卢凯塞家族是纽约五大黑帮家族之一。

国作家也会赞同我的论断，即美国面临四个主要问题——其一是家庭单位的衰落，如今在美国大城市里，大家庭几乎很难存在；其二是"为母是尊"的观念，女性掌控了美国巨大的经济权力（通过离婚赡养、继承和其他手段）；其三是对"美国生活方式"的盲目自信，实际上，那些发明这个标语的人应该好好反省一下；最后是对现实的逃避，一方面是以"电视神话"的形式，或是通过眼花缭乱的广告宣传，来吹嘘自己有多好、有多棒，另一方面就是通过药品来逃避现实，比如镇静剂、蓝色的安眠药，也包括心理医生的沙发。

关于最后一点，即"被化学制药公司控制住了意志"，丹·雅各布森（Dan Jacobson）先生在最近一期《观察家》（*Spectator*）杂志上有一段关于药品的精彩论断。他写道：

显而易见，一个极权主义国家对其人民所做的事情，与一个精神药品服用者对自己所做的事情是极为相似的。他拒绝感知痛苦、幸福乃至不可预测的人生，而选择使用外在的武器入侵自己，毁掉自己对现实的自发性感知。

个人的神圣不可侵犯或许只是 19 世纪的迷信，我们大概终将变成奥尔德斯·赫胥黎（Aldous Huxley）所预言的某种药物成瘾者。未来的极权国家或许用不着群众集会和劳改营了，而是通过审慎地使用镇静剂和精神刺激性药物，更轻松地实现自己的目标。

　　无论美国的社会状况如何，那些热爱美国、有很多美国朋友的人只能悲痛地寄希望于年青一代接替"1900一代[1]"。希望当他们接管国家后，能够表现得像个成年人。幸运的是，这个国家还有一颗跳动有力的心脏，有了它，那些次要的缺陷如果处理及时，就能迅速得到解决——如果处理及时！不过，旧势力不甘拱手让位，而黑恶势力正在想方设法腐蚀年青一代。

　　这些思考令人沮丧，却是美国人的普遍共识。就像我之前所说，它们制造出了一种深深的压抑感，因此我很高兴能够逃离这里。不管怎么说，我期待着踏上最后的旅程。我十分伤感地来到中央火车站（Grand Central Station）的生蚝吧，细细品味着可能是我在纽约吃到的唯一还保持着一丝淳朴的菜品——奶油生蚝配薄脆饼，搭配米勒好生活啤酒（Miller High Life），然后飞到艾德怀尔德（Idlewild）。回家的时候到了。

---

1 1900一代：指1901—1924年出生的美国人。美国历史学家伦纳德·凯恩认为，1900年是个代际分水岭，此后的出生者受到明显多的关心和照顾。一战锻炼了他们的意志，战争的胜利又使他们深感自豪。这一代人对自己信心十足，有较强的责任感，其中产生了7位美国总统，从肯尼迪到老布什，控制白宫达30余年。

前线情报

酒店

人人都知道沃尔多夫·阿斯托里亚酒店（**Waldorf Astoria**），这是国王、皇后、总统和媒体大亨的下榻之所；芭芭拉·赫顿[1]来纽约时住在皮埃尔酒店（**Pierre**）；伊迪丝·西特韦尔[2]和她的兄弟住过有过誉之嫌的瑞吉酒店（**St Regis**）；广场酒店（**Plaza**）的婚礼蛋糕形状并没有让弗兰克·弗洛伊德·怀特[3]改变下榻于此的想法。

大都会博物馆（**Metropolitan Museum**）对面的斯坦霍普酒店（**Stanhope**）并不是最优之选，尽管它也是五星级酒店，但单人间的价格也在 16 美元左右一晚。酒店主人杰西·夏普（**Jesse Sharp**）女士的目标是在纽约提供少见的伦敦式服务。比如客人可以提前告知到达时间，酒店会派人去码头或机场迎接。这家酒店安静、尊贵，在这里，你能得到一对一的体贴服务。

同样在上城东部，同样是五星级，卡莱尔酒店（**Carlyle**）是另一家有个性的酒店。总统和随从们时不时下榻在这里，从而招致了令酒店头疼的高关注度，不过酒店依然保持了其端庄的风度。

大致位于同一区域的还有沃尔尼酒店（**Volney**）。多萝西·帕克[4]已经在这家酒店住了很多年，想必这里是无可挑剔的。自然，这家酒店也是五星级。

1　芭芭拉·赫顿（**Barbara Hutton**, 1912—1978）：美国社交名媛，曾是美国最富有的女性之一。20 岁时继承了大笔遗产。一生结婚七次，但都以悲剧收场，被媒体称为"可怜的小富家女"。

2　伊迪丝·西特韦尔（**Edith Sitwell**, 1887—1964）：英国女诗人，与她的两个弟弟一起被称为"三个文学西特韦尔"。

3　弗兰克·弗洛伊德·怀特（**Frank Lloyd Wright**, 1867—1959）：美国建筑师。

4　多萝西·帕克（**Dorothy Parker**, 1893—1967）：美国作家、评论家，以机智著称。曾与一众专栏作家进行"圆桌闲谈"，发表出来后，令其名声大振。

提到多萝西·帕克，不免让人想到当年她和亚历山大·伍尔科特[1]在阿尔冈昆酒店（Algonquin）著名的"圆桌闲谈"。如果你希望走路能到百老汇的剧院，这家酒店是很好的选择。勋爵劳伦斯·奥利弗[2]来纽约时就住在这里，特伦斯·拉蒂根[3]也是。

和某些酒店不同，阿尔冈昆酒店的价格并没有贵得离谱。沃里克酒店（Warwick）也是如此，它所处的位置还能方便地到达剧院。记住，在跟出租车司机说去沃里克酒店时，尽管 w 在英国不发音，在美国却要发音，否则出租车司机可能会搞不明白。

市中心东 39 街有一家外表普通的酒店，却是最昂贵的酒店之一——托斯卡尼酒店（Tuscany）。与那些高峰时期就像中央车站的大型酒店相比，托斯卡尼酒店更加宁静而精致，服务同样周到。单人间的价格为 17~22 美元一晚，但房价中包括了彩色电视和冰箱的使用费用。

新韦斯顿酒店（New Weston）不太贵，从这里去第五大道购物也很方便，不过这里已经被英国人占领了。

特别便宜的酒店通常不太好，但乔治·华盛顿酒店（George Washington）还不错。单人间（带浴缸或淋浴）的价格为 5~10 美元一晚。酒店位于格林尼治村（Greenwich Village）的边缘，靠近格拉梅西公园（Gramercy Park）。地处格林尼治村的 Van Rensselaer 酒店是另一个好而不贵的地方。

餐厅

纽约有太多的餐厅，最好的办法可能是在街上慢慢走，慢悠悠地挑选自己喜

1　亚历山大·伍尔科特（Alexander Woollcott, 1887—1943）：美国《纽约客》杂志的专栏作家。

2　劳伦斯·奥利弗（Laurence Olivier, 1907—1989）：英国著名演员，主演过《傲慢与偏见》（Pride and Prejudice, 1939）等经典电影。

3　特伦斯·拉蒂根（Terence Rattigan, 1911—1977）：英国剧作家，剧本通常以英国中上阶层为背景。

欢的餐厅。

位于第三大道的 **Chambord** 餐厅看上去很朴素，但做的法国菜无与伦比，价格也最高。在这里，两个人进餐，加上开胃酒和葡萄酒，要花 **30~60** 美元。讲究的食客也常去第二大道的 **L'Armorique** 餐厅。如果你喜欢奢华的装修、精美的菜单、有名望的客群以及有着响亮的古典名字的菜式，试试 **Forum of the Twelve Caesars** 餐厅。这家餐厅非常昂贵。同样昂贵的还有四季餐厅（**Four Seasons**），这两家餐厅由同一家公司经营。四季餐厅位于令人印象深刻的西格拉姆大厦（**Seagram Building**），它有着富丽堂皇的装饰风格（而且每年随季节变化四次），与古铜色调的大厦十分相配。同样位于这座大厦的还有啤酒馆餐厅（**Brasserie**），24 小时营业，价格更亲民。在 21 俱乐部（**21 Club**）吃午餐或消夜同样也是不容错过的体验。还有两家时尚但贵得离谱的餐厅，分别是 **Colony** 餐厅（别与 **Colony** 俱乐部混淆）和由亨利·索尔（**Henri Soule**）主厨的 **Le Pavilion** 餐厅。两家餐厅都熙来攘往，你可以在这里看到各色人等。

Le Chanteclair 餐厅是一个吃午餐的好地方，价格很实惠。也许你能在这里看到斯特林·莫斯（**Stirling Moss**）和其他赛车手——当他们在纽约时。如果你喜欢分量大的意大利食物，可以试试 **Leone's** 餐厅，它离麦迪逊广场花园（**Madison Square Garden**）不远，拳击手和体育界人士经常光顾这里。还有两家美妙的法国餐厅，分别是第三大道上的 **Le moal** 餐厅（供应诺曼底和普罗旺斯菜）以及联合国附近的 **La Toque Blanche** 餐厅。**Champlain** 是一家不错的法国餐厅，距洛克菲勒中心（**Rockefeller Center**）不远，价格特别便宜，但经常爆满，环境很嘈杂。

看完戏后，要是想找一家不太贵的餐厅吃晚餐，考虑一下 **Sardi's** 餐厅：尽管百老汇的名人经常光顾这里，且大部分菜品并不便宜，但还是有一些价格合理的小吃可选。

每个游客都应该至少试一次熟食店，感受美国人的生活方式。舞台熟食店（**Stage Delicatessen**）有很多百老汇的人物光顾，老板麦克斯·阿斯纳（**Max Asna**）也格外健谈。囊中羞涩时，还有卖面包和火腿鸡蛋的自动贩售机可供选择。

除了 **El Morocco**、**Stork Club**（两个都是迪厅），以及 **Copacabana**（里面有一家夜总会）

等常规的夜生活线路之外，你还可以去尤利乌斯·蒙克（Julius Monk）经营的"楼下的楼上"（Upstairs at the Downstairs）和"楼上的楼下"（Downstairs at the Upstairs），这两家名字古怪的俱乐部都在西 56 街的同一地点。你可以去楼下听有钢琴伴奏的演唱，去楼上看滑稽剧。这里不能跳舞，但能喝酒和吃晚餐。

想听爵士乐的话，除了百老汇著名的 Birdland 和西 52 街同样著名的 Jimmy Ryan's 之外，还有很多其他选择。演出效果的好坏，取决于表演者是谁。也许有人对 Blue Angel 或 Embers 感兴趣。在格林尼治村，我推荐 Bon Soir，特别是有梅·巴恩斯[1]演出时。也推荐 Village Vanguard，那里是哈里·贝拉方特[2]的成名之地，最近则捧红了南非的米瑞安·马卡贝[3]。

到了下半夜，第三大道上的几家著名的酒吧仍然营业。比如靠近 44 街的 Costello's，以及 P.J.Clarke's。凌晨 3 点半的汉堡，味道依然不错。

假如你因为觉得无聊而没有登上帝国大厦（Empire State Building）顶层，那么你还可以选择在直升机上俯瞰纽约，价格是 5 美元。每晚两点，诗人们会在靠近时代广场的 Seven Arts Coffee Gallery 朗诵，这里也是"垮掉的一代"作家们常来的地方。不要错过斯塔滕（Staten）岛，这里有一种破败之美，从巴特雷（Battery）搭乘 5 美分的渡轮就可以到达——这在纽约是最划算的选择。

---

1 梅·巴恩斯（Mae Barnes, 1907—1996）：非洲裔美国爵士歌手。

2 哈里·贝拉方特（Harry Belafonte, 1927— ）：美国民谣歌手，民权运动家。

3 米瑞安·马卡贝（Miriam Makeba, 1932—2008）：南非歌手，民权运动家。

事情就是这样。我花了30天环游世界，而为旅程写下的只是一些浮光掠影的印象，和一些肤浅的、偶尔缺乏尊重的评论。难道我没有从外面的世界中得到一些更有意义的心得提供给英国吗？

有倒是有，不过只是一句给年轻人的劝告，相当简单乏味："去东方吧，年轻人！"先去看看太平洋，然后再死！

英国曾经率先开拓了大半个世界，如今的影响力却所剩无几。这总会使人感到抑郁。从香港到纽约，除了在夏威夷的英国领事馆，我不记得见过任何一个英国人。日本被美国人攻克并占领了，而美国文化、媒体和贸易几乎独占了整个太平洋。他们甚至开始渗透澳大利亚——我们最后的土地，就因为她惊人的运动造诣和迷人的生活方式。不过我想，这也可以看出我们放弃了多少。除了路透社，在整个东方为英国媒体做报道的记者只有三名。更不必说英国在任何地方的贸易都处于衰退之中。

所以，这趟环球旅行尽管十分仓促，但还是带回了这样的鲜活印象——我们的影响力正在大半个世界迅速衰落，无论是在商业上还是文化上。同时，也能看出，我们对泛称为"东方"的这片区域是如此兴趣缺无。

可以遏止或逆转这种衰退吗？我想，只有期待曾经引领我们打开东方大门的冒险精神再度点燃，而我们的年轻人能够重新振奋，扬帆出海。

年轻人如果不读《星期日泰晤士报》，他们想要做到这点的办法就是找个在船上（任何船上）当服务员或甲板水手的工作，然后去亲眼看看外面的世界。这个世界比旅行社海报所展现的宽广得多。旅行能够开阔心胸，而我们需要的正是开阔的胸怀。

在这番陈腐的说教后，回到《星期日泰晤士报》。

就像我之前说的，这些随笔是为愉悦报纸读者而写，而一个好编辑的本性就是使用同一种成功模式，直到把它用到极致。因此，在1960年春天，我再次被哄骗着上路了。只不过这次是绕一个稍微小点的圈——环游几座欧洲的惊异之城。

08

Hamburg

汉堡

她身材高大、匀称，戴着一项白色泳帽，穿着一条黑色短泳裤。她在泥浆地里摔爬滚打，身上沾满泥浆，像是再也洗不干净了。她大吼一声，一头撞向一个小个子女孩，白色泳帽正顶在对方的肚子上，然后使出一记漂亮的背摔。只听小个子女孩"啊"的一声惨叫，接着"吧唧"一声闷响，便倒在了黑色的烂泥上。观众席上几乎全是男性，他们爆发出一阵喝彩声。裁判是一个身着绣金衣服的女孩，她开始倒计数。

此时是凌晨两点，这里是汉堡著名的圣保利红灯区[1]的中心，人们恰如其分地把这里称为"Die Grosse Freiheit"——伟大的自由。这片区域正是欧洲"夜夜春宵"的最后胜地。

我途经奥斯坦德（Ostend）、安特卫普（Antwerp）、鹿特丹（Rotterdam）、哈勒姆（Haarlem）、威廉斯港（Wilhelmshaven）和不来梅（Bremen），一路来到了汉堡。这是我环游欧洲惊异之城的第一站，总行程 9700 千米的第一段。

1　圣保利红灯区：汉堡夜生活的中心，位于圣保利区（St Pauli）。

汉堡

正如所料，按照时令，欧洲以鲜花欢迎我的到来——在北方那常在西姆农[1]小说里出现的阴郁天气中，如此多的鲜花优雅地摇曳着枝条，绽放出千篇一律的笑容，让人有些腻烦。

鹿特丹是这场春日花展的中心。从莱顿（Leiden）到哈勒姆，几千亩的郁金香和风信子像拼布床单一样，相间着铺满了沉闷的大地，就连田里的垃圾堆也都是花瓣堆成的。来汉堡过完周末的比利时人开着装饰着红色、黄色和黑色郁金香花环的小汽车返程。田野里是大片大片的红色、黄色和深紫色，这些刺目的颜色不免让眼睛有些审美疲劳，只有奶黄色和蓝灰色的风信子不时令人眼前一亮。在单个苗圃里，自然也有一些罕见的品种，比如带有小条纹或叶子细长的郁金香，不过随处可见的都是那些色彩强烈的郁金香，令人乏味。

从这里（为什么荷兰的奶牛都穿着雨衣呢？[2]）向北跨过 27 千米长的荷兰拦海大坝（Enclosed Dike），就进入了美丽的弗里西亚[3]和下萨克森州（Lower Saxony）的失落世界。我总是尽可能地沿着海岸线走，好感受《沙之谜》[4]的孤寂气氛，并眺望东、西弗里西亚群岛。路牌指示着如下地名：威廉斯港、不来梅、

---

1 乔治·西姆农（Georges Simenon, 1903—1989）：比利时侦探小说家，是全世界最多产和最畅销的作家之一。他在小说中塑造了麦格雷（Maigret）探长的形象。

2 一位记者告诉我，这是为了区分和保护小牛犊。——原著者注。

3 弗里西亚（Friesia）：北欧海岸外的三组群岛，分属荷兰、德国和丹麦。

4 《沙之谜》（The Riddle of the Sands）：1903 年出版的一部间谍小说，堪称此类小说的鼻祖。

不来梅港、库克斯港（Cuxhaven）、基尔运河（Kiel Canal）。对于任何曾在皇家海军服过役的人来说，不管服役时间多么短暂，这些名字都如同象征厄运的指环。

上一次我认真研究这些岛屿——旺格奥格（Wangerooge）、施皮克罗格（Spiekeroog）、诺德奈（Norderney）、博尔库姆（Borkum），还是在1939年。当时我服役于海军情报部的皇家海军志愿后备队，是一名年轻的上尉。我在海图上一刻不停地研究这些岛屿，构想出一系列方案，目的是用潜艇送我和另外一名同样英勇的无线电电报员上岛。我们成功地潜伏于岛上，以便监视德国潜艇和舰队的活动。登岛后的一切我们都考虑好了，也都准备好了：我们需要一台支持无线电设备的脚踏式发电机；靠吃贝类维持生命；万一被好奇的德国渔民发现，我关于德国的丰富知识（我自认为丰富）应该足以让我们蒙混过关。如今看来，在大战初期，我们怀抱的这些浪漫的白日梦——炸掉多瑙河上的铁闸、空降柏林、暗杀希特勒，等等，是多么荒诞不经。在去汉堡的路上，面对着威廉斯港无尽荒凉的废墟，我要了一杯酒。侍者那副低地德意志人的外表和我这副巴伐利亚-蒂罗尔人的外表形成了巨大反差。可想而知，我在旺格奥格岛上根本藏不了多久。

原以为1946年后，我就会忘掉战争，可如今在威廉斯港，往事却浮上心头。巨型潜艇的围栏仍然零零散散地立在港口前，炸碎的混凝土块躺在锈迹斑斑的金属堆中。人们似乎仍能听到德军在轰炸前那幽灵般的《向英国进发》¹的旋律，仍能想起铁十字勋章²、党卫军荣誉匕首³，以及那些能帮助德国获胜的秘密武器。接着，巨大的爆炸声粉碎了人们的美梦……我真高兴如今能够逃离这些鬼魅的回忆，享受汉堡的温暖和活色生香。

裁判数到了9，高个子女孩面向观众高举双手，庆祝胜利。小个子女孩默默地从泥地里爬起来，抓了两大把泥巴，悄悄走到对手身后，把泥巴塞进了对方的泳裤里。观众席爆发出一阵欢笑声，随后比赛继续。最后，小个子女孩将高个子女孩绊倒，高个子女孩看好距离，努力控制身体，让自己摔在了泥地上，溅起大片泥点。幸好主办方考虑周到，提供了挡板，前排观众才好用它挡住头，躲过了飞来的泥点。冠军属于小个子女孩。舞台滑出，遮住了泥池。紧接着，下一个名为"阿尔卑斯山的罪恶"的节目开始了，人们贴切地称之为"性爱歌舞剧"。

节目持续进行，在"比基尼"夜总会一直上演到凌晨4点。不过，那些仍有精力的夜猫子还有二十多个去处可选：在"加洛普"，有半裸女郎骑着马绕圈；在"卡萨诺瓦"，有"劲爆脱衣舞"可看；在24小时营业的"洛卡尔"，能看到英语广告牌"这儿有世界上劲儿最大的啤酒"；在"阿拉丁"，轻柔

---

1 《向英国进发》(*Wir fahren gegen Engel-land*)：纳粹德国的军歌。

2 铁十字勋章：铁十字勋章是由普鲁士国王腓特烈·威廉三世（Friedrich Wilhelm III）创立的德国军事勋章，曾在拿破仑战争、普法战争、两次世界大战等多次德国参与的会战中颁发。

3 党卫军荣誉匕首：纳粹党卫军的荣誉佩剑，腰带上题有誓词：忠诚是我的光荣。

的吉他声荡漾整夜。此外，还有"情欲"夜总会和其他许多去处。

"情欲"夜总会（淫荡的！无耻的！罪恶的！）的宗旨是让你的每分钱都花得值当，因此四场节目几乎同时上演。第一场是传统的脱衣舞表演，在一个小舞台上进行。它的特别之处是墙上有一块半透明的幕布，你可以透过幕布看到舞娘在上台前换装。中场休息时会放映色情电影：一群全裸的漂亮女孩在岩石遍布的海边嬉戏，可能是法国南部，但更像是波罗的海。旁边那张挂在墙上的幕布上，还会一张张地播放全幅的裸女彩照。这一切你只需花上 5 先令，就能看半个小时。

所有这些要是印成铅字，刊登在英国的周日晨报上，或许会显得有点耸人听闻。实际上，以上这些都是健康的德式娱乐，尽管尺度很大。人们兴致勃勃地为了一个根本不色情的猜字游戏而大笑、鼓掌、吹口哨。巷子里灯火辉煌，弥漫着粗俗的气氛，却挤满了人。他们仿佛达成了共识，都在轻松愉快地假装"昨日世界"依然存在。在这里，只要你去了任何一家夜总会，你就知道了所有夜总会的调调———种家常的、无害的"找乐子"而已。你若去一趟齐勒河谷 [1]，或许就更能体会了：在一座巨大的巴伐利亚（**Bavarian**）啤酒馆里，铜管乐队的演奏震得窗户直响；人们喝着啤酒，两眼放光；女招待不知被谁捏了一把，便发出夸张、做作的尖叫。

---

1 齐勒河谷（**Zillertal**）：位于奥地利和德国交界处，是巴伐利亚文化的中心地带。

汉堡

至于那些还没尽兴的人，他们还可以去"贝拉尔彼得"夜总会。它凌晨 4 点开门，大约营业到中午。在这里，你可以欣赏到由小型乐队演奏的即兴爵士乐，就像你在美国新奥尔良（New Orleans）欣赏到的迪克西兰（Dixieland）爵士乐那样。

如果你想找些更实在的乐子，可以穿过宽敞的绳索街（Reeperbahn），朝大卫街（Davidstrasse）方向走。在漂亮的圣保利剧院旁，有一个荷兰风格的警察局。从这里拐进去，直走将近 50 米，右手边有一条小巷，高木栏上写着"未成年人禁止入内"。穿过它，你就会看到惊人的一幕——小巷里灯光明亮，就像狭长的舞台，里面全是四处逡巡的男人。乍一看，这里像节日庆典那样灯火通明，两侧整洁的三层房子并无特别之处，但是走上几步后你就会发现，房子的一层都被改成了橱窗，装修得像是优雅的小发廊或起居室。每个橱窗里都有年龄不同、风情各异的女孩，她们坐在舒适的座椅或躺椅上。她们穿得很少，但并不艳俗——说得更明白一点，这些女孩都"按价出售"。据可靠消息，价格为 20 德国马克左右。

这条小巷并不像英国那种罪恶的窑子，它是明亮、绚丽并且充满欢声笑语的地方。在考察期间（纯粹是出于社会学研究的目的！），我没看到过一个醉汉——就算有醉汉，大概也早被那两个警察给扔出去了，他们就冷静地站在巷口。有些橱窗女孩看上去有点心不在焉，但大部分女孩都会微笑着和你打情骂俏，要不就是故作矜持地编织和刺绣。据我所知，这条小巷 24 小时开放，300 多名女孩 6 小时轮岗。此外，这里

1955 年的绳索街

进入红灯区的入口

的街道和房子都一尘不染，医疗检查也非常严格。

　　卖淫在德国其他地方都是非法的，而汉堡在短暂地陷入希特勒的魔掌后，再度变成了"自由之都"，施行自己独立的法律。它从不羞于谈论圣保利和大卫街，反而骄傲于自己对人性弱点所持的开放态度。在法国和意大利，卖淫都被取缔了，于是它被迫转入地下，滋生了保护费欺诈、疾病流行和环境污秽不堪等问题，这在英国也不足为奇。汉堡市政传统的启蒙可以追溯到公元 811 年查理曼（Charlemagne）大帝建造这座城市之时。法国和意大利这两个如此骄傲于自身社会和文化自由的国家，竟然允许两名穿着蓝色丝袜的妇人——法国战后第一届政府的内政部长玛尔特·理查德（Marthe Richard）和意大利议员西尼奥拉·梅林（Signora Merlin）——来独断这两个热情民族的道德观，这是汉堡所无法理解的。对于异性间普遍的"癖好"，汉堡持恰当的保留态度：只要它们是无害的，就允许它们存在。这与英国的做法大相径庭。我们总是太过拘谨，态度虚伪，把这些问题当作"不光彩的错误"来加以处置。

　　汉堡完全征服了我，如今它已成为世界上我最喜欢的城市之一。我之所以这么说，或许还由于我下榻在欧洲最好的酒店之一——四季酒店[1]。如今，这样的酒店可谓凤毛麟角。汉堡市中心有两个为市容增色不少的人工湖，四季酒店就位于其中的内阿尔斯特湖（Inner Alster）上。它建于酒店设计的黄金时代——

1　四季酒店（Vier Jahreszeiten）：如今隶属于费尔蒙酒店集团。

1910 年左右，或者至少是在那时重新翻修过。房间和浴室都坚固、舒适、典雅，年代古老的家具奢侈地从走廊一直摆到客厅。熏烤房出品一流的德式风味，火候恰到好处。此外，还有一间餐厅和一个地下酒窖，世界各地的葡萄酒应有尽有。大厨还自己熏制三文鱼，不过这里更是吃鳗鱼的地方（鳗鱼汤是汉堡的一大特色）。我特别推荐小龙虾尾配莳萝酱和奶油米饭，还有鹿脊肉配斯米坦浇汁 [1] 和蔓越莓。不过，和所有著名的酒店一样，真正让四季酒店脱颖而出的是它的服务。在这里，以及其他那些罕见的尚未被游客玷污的好酒店里，"服务"还不是一个脏词。如今，能被乐于助人、态度友好的面孔包围，可算是无价的奢侈了。在这方面，汉堡尤为出众，这是因为汉堡人是最优秀的，他们实在、友好、欢乐，对外国人特别友善。（几百年来，汉堡都是欧洲大陆最重要的港口。）

汉堡具有民主政治传统，但也拥有一个强大的贵族阶层——更确切地说是精英阶层。他们是颇具历史背景的家族，虽无封号，但人们普遍认为他们就是这座城市的缔造者，就像德高望重的长者一样，他们说话甚至比市政府更有分量。

来到一座真正自豪的城市是多么令人欣喜！汉堡自豪于自己的旗帜，一百年以前，它的旗帜在海外的知名度比德国国旗还要高；它自豪于自己对普鲁士的反感、对希特勒的厌恶；

---

1 斯米坦浇汁（Smitane）：洋葱切碎后清炒，再用干白葡萄酒浸湿、压缩，加上酸奶油制成。经过炖、过滤，再加上黄油和柠檬汁，适合搭配野味。

它自豪于自己的船厂和战后重建。汉堡的城市规划师成果卓著，他们让汉堡与新柏林那些丑陋的现代规划形成了巨大反差。现在，他们仍在海边重建单栋房屋和优雅的公寓，而不是那种会毁掉城市个性的巨型钢筋玻璃建筑。

汉堡在大战中损失惨重。从英国出发，它是相对容易攻击到的目标，而且由于海港的重要性，它也总成为海军炮火重点关照的对象。其他国家欣喜地发现这里具有"可轰炸性"，在炮火面前，汉堡显得极为脆弱。在二战中，将近 50% 的住宅（25 万户）被夷为平地，5.5 万人丧生，受伤的人不计其数。

1942 年 7 月 24 日到 8 月 3 日，汉堡经历了灾难性的炮火攻击，多达 4.8 万人殒命。人们从燃烧的房屋和倒塌的地窖中奋力跑到大街上，却陷在熔化的沥青中动弹不得。随后沥青也燃烧起来，上千人就这样在露天的火海中被活活烧死。灾难结束后的整整一周里，阳光都无法穿透浓烟。此后，75 万人逃离城市，躲到附近的田地和树林中生活了数月。然而，我想起当年我的海军同人们看着摄影侦察部发来的轰炸照片，读着损失评估报告，兴奋地搓着手——这其中也包括我！

按照希特勒的命令，汉堡必须抵抗到底。为了贯彻元首的"焦土政策"，城市里安装了大量爆破装置。不来梅采取了同样的措施，结果几乎被夷为平地。还好汉堡的元老们在最后关头推翻了纳粹的统治，宣布汉堡投降，拯救了这座城市。

1946 年，盟军完成了摧毁港口船只、船厂和浮动船坞的任务。轰炸继续进行。汉堡市议会发出请求：如果再炸下去，易北河（Elbe）隧道将会坍塌。随后是无休止的争论，直到一位英国领事做出一个大度的举动，争论才停下来——最后的轰炸即将开始前，这位英国领事拿了把椅子，坐在易北河隧道的中心抽起了烟斗。不知出于什么原因，爆破再次延后，最后被取消了。直到今天，这位英国领事都是当地人心中的英雄。

我去港口游览了一番，看到了"博隆福斯"（Blohm and Voss）、"霍瓦尔特"（Howaldt）和"德意志造船厂"（Deutscher Werft）这些名字。它们都是修理和改装德国潜艇的船厂，是建造"俾斯麦"号[1]的地方。如今，在清理完 3000 多件残骸之后，50 千米长的码头（港口位于易北河入海口 100 千米处）和巨大的浮动船坞已经恢复了 90% 的生产力，显得一片繁忙。

天气不好，我没法去黑尔戈兰岛（Helgoland）的鸟类保护区一日游，也去不了叙尔特岛（Sylt）——它有一半仍是英国皇家空军的基地，另一半则是世界上最大的裸体社区（真是有趣的组合）。叙尔特岛的沙滩上竖着一块告示牌，写着"自然的领地"。从这里开始，穿衣服就被视为冒犯。一位时常上岛的汉堡友人给我描绘了一个好笑的场景：有教养的汉堡公民们一丝不挂，正狠狠地脚跟立正，优雅地亲吻女士的手背。

沿易北河下行，中途有个地方很容易给过往船只，尤其是给外国海员带来困惑和尴尬。在这里，一位颇有事业心的旅馆老板建了一座大型咖啡馆和茶园，招牌上写着"欢迎来到

---

1 "俾斯麦"号（Bismarck）：二战期间德国火力最强的战列舰，于 1940 年 8 月下水。

许劳角"（Welcome Point Schulau）。汉堡人喜欢到这里观看过往的船只，于是老板发明了一套私家的欢迎仪式：一旦有船只靠近，大喇叭就会播放三四段《漂泊的荷兰人》[1]，接着是一段地方民歌《汉堡市》（Stadt Hamburg）；然后先用德语再用船只本国的语言表示欢迎；最后，仪式以德国国歌作为结束。播放德国国歌前，咖啡屋屋顶上的汉堡市旗会降下来。对那些将要离开的船只，旅店老板也举行相同的仪式。那些经历过这个仪式的船长，现在最多只面带笑容地挥挥手，而英国皇家海军的船只以热情和殷勤闻名，他们会匆忙集合船员，立正站好，表演各种精心准备的仪式，只为博得岸上顾客的欢心。

城里的其他景点包括建于 1884 年的哈根贝克动物园（Hagenbecks Zoo），这是世界上第一家没有围墙的动物园。动物园内有一家马戏动物训练学校，你可以亲自前去判断这套所谓的"科学训练方法"算不算残忍。此外，汉堡花卉植物园（Planten un Blomen，汉堡方言）是另一处景点；圣保利中心的英国国教教堂（Church of England）位置便利，自 1612 年起就由常驻于此的英国牧师主持；汉堡历史博物馆（Hamburg History Museum）藏有欧洲最长的铁路模型，比例为 1/32；现代艺术美术馆（Modern Art Gallery）的建筑设计尤为出众，有丰富的印象派画作和当代绘画（我刚好错过了口碑不错的汉斯·阿尔普[2]作品展）；还有若干出色的剧

---

1 《漂泊的荷兰人》（Flying Dutchman）：德国作曲家瓦格纳创作的一部歌剧。剧情源自一个北欧传说：一艘荷兰人驾驶的幽灵船因为无法返乡，而在海上漂泊航行。

2 汉斯·阿尔普（Hans Arp, 1887—1966）：德国艺术家、雕刻家，达达主义的代表人物之一。

院，劳伦斯·达雷尔[1]的《萨福》（*Sappho*）便在汉堡的剧院首映；汉萨剧场（Hansa Theater）是德国一家高端的杂要剧场，演出期间，剧场里480个座位都可以方便地买到饮料和零食；友人艾姆克（Ehmke）还向我推荐了一些不错的餐厅，比如位于圣保利的恩克尔·雨果餐厅（Onkel Hugo's），无疑是夜生活的美妙起点。

城里有很多文学和艺术活动。战后出版业巨头施普林格[2]的总部就设在这里。汉堡还是德国当代电影工业中心，拥有众多电影工作室。保罗·罗萨[3]正在拍摄一部关于希特勒的纪录片，苏联政府出人意料地全力配合拍摄，还公开了大量档案。

关于美食，有一点小小的说明：你在汉堡是找不到汉堡包的，另外，碎肉牛排（chopped steak）在这里叫作德式牛排（Deutscher steak）。如果你切开一个圆面包，像吃美式汉堡那样把德式牛排夹在里面，人们会觉得非常奇怪。

最后，也许有人认为我浸淫于汉堡的夜生活太久，有点不正派，那么容我借用当地旅行指南上的一句话作为回应："圣保利最美妙的馈赠是：来自世界各地的人都能在此享受生活，就像在家里一样舒适。"

啊哈！

1　劳伦斯·达雷尔（Lawrence Durrell, 1912—1990）：英国小说家、诗人、剧作家，常年旅居海外，代表作为《亚历山大四重奏》。

2　施普林格（Axel Springer）：欧洲最大的出版公司之一，旗下拥有多家媒体。

3　保罗·罗萨（Paul Rotha, 1907—1984）：英国纪录片导演。

前线情报

酒店

五星级：毋庸置疑，最好的酒店是著名而高贵的四季酒店（Vier Jahreszeiten，Four Seasons），位于 Neuer Jungfernstieg 大街。汉堡的上流阶层喜欢这里的餐饮、烧烤和零食吧 Condi。汉堡另一家不错的五星级酒店是大西洋酒店（Atlantic），可以在这里俯瞰阿尔斯特湖。这家酒店的风格比较浮夸，但是服务非常好。在战后，英国管制委员会（British Control Commission）将它作为转机酒店，但这并未影响到酒店今天的品质。我也推荐河滨大道（Esplanade）上的 Baseler Hospiz 酒店，它舒适、安静、小巧、不事张扬。它的 198 间客房大都配有浴缸或淋浴。战时遭受轰炸结束后，酒店的重建工作马上就开始了。这里的餐食是出色的北德风味，不花哨，但是健康、可口，价格适中。

一星级：布鲁门大街（Blumenstrasse）上的 Park Hotel Beyer 酒店安静、舒适而小巧，距离汉堡市中心 15 分钟路程。单人间不带浴室的房价为 13 马克，双人间带浴室则为 40 马克，两者都不含早餐。新建成的 Hotel Im Parkhochaus am Dammtor 酒店位于市中心 Drehahn 街 15 号，这里价格更便宜，但会给人盛气凌人之感，环境也相对嘈杂。

餐厅

五星级：Lembcke 餐厅，位于大西洋酒店附近的 Holzdamm 街 49 号，以肉质新鲜闻名。当地的戏剧界人士经常光顾这里。餐厅类似汉堡过去的皇家咖啡馆，装修有点儿新维多利亚或新威廉风格[1]。另一家餐厅是 Klein Filhrhaus，位于阿尔斯特湖上的 Harvestehuder Fährdamm 公园。这是汉堡最时髦的餐厅，来汉堡的名人都会光顾这里。还有一家 Ehmke 餐厅历史悠久而美味，位于市中心 Gansemarkt 街上，特色菜是生蚝。

一星级：我推荐 Fischereihafen 餐厅，位于阿尔托纳（Altona）的 Neuen Fischereihafen，就在渔港里。餐厅很小，不贵，光顾这里的都是热爱美食的人。特色菜：汉堡小龙虾和鳗鱼汤——类似汉堡版的普罗旺斯鱼汤。

夜生活

五星级：位于阿尔斯特湖拱廊的河畔夜总会（Riverside），是上流社会的年轻人喜欢的地方。这里通常会有一流乐队担当伴奏。老板是意大利人。食物出色。虽然没有舞台表演，但经常有很多漂亮的女孩出没。

一星级：绳索街无所不有。Trichter 夜总会宽敞、通风良好，有脱衣舞表演；Café Lauser 则属于较为安静的舞厅之一，里面有汉堡最漂亮的陪舞女郎，但只在受邀的情况下才与客人跳舞；Café Keese 的情况则不同，这里的规矩是只有女士邀请男士，男士才能进入舞池。

偏僻但不容错过之地

位于 Eichholz 街 15 号的 Glocken-Kate 夜总会，风格与众不同，但很受汉堡人的青睐。老板以前是邮轮上的厨师，他每晚都会进行单人乐队表演，独自操作像杜莎夫人蜡像那样的玩偶，通过弦、绳、滑轮的作用，让玩偶演奏不同的乐器，绝无作弊！这种达利式的无厘头令人印象深刻，也吸引了很多汉堡人。

1　新威廉风格：指 1890—1918 年威廉二世统治德国期间的艺术风格。

09

Berlin

09

Berlin

柏林

❖

　　每个首都都有它独特的气味：伦敦是炸鱼味和帝国烟草味，巴黎是咖啡味、洋葱味和法国粗烟丝味，莫斯科是廉价古龙水味和汗味。

　　柏林则有一股雪茄味和煮圆白菜味。那天，英国欧洲航空公司将我扔进了这股气味中。当时的天气恰好和这座阴郁的城市十分相配，沥青色的城市上方是沥青色的天空。普鲁士的风如刀锋般锐利，将扬尘狠狠吹进人们的眼睛和嘴巴里。

　　柏林有 50% 的建筑在二战中遭到毁坏，这是为德国人量身定制的肉体惩罚，毕竟德国在 20 世纪给世界制造的痛苦和悲伤比任何国家都多。约有 800 万德国人在二战中丧生，仅在西德就有将近 350 万战争受害者，其中不乏残疾人、寡妇、孤儿，每年的战争抚恤金就超过 4 亿德国马克。巨大的创伤至今仍然暴露在柏林的空气中。

　　当我走在或是开车穿过西柏林和东柏林，看到那些零星建起的新楼，以及样子寒酸、如赝品般的新街道和住宅工程时，我好像听到巨大的爆破声环绕着我，这座城市像是随时都会再度坍塌在浓烟和炮火中。

清理工作进展得很快，但仍有大片的建筑残骸等待推倒。只有在完成这些后，人们才能真正感受到一座新城正从过去的废墟中拔地而起。

东柏林的情况更是如此，关于死亡和混乱的记忆仍然没有散去。最悲惨的是，如今空气中飘浮着尤为沉重的乏味气氛。由于苏联人典型的坏品味和敷衍了事的施工态度，已经清理完成的区域也没有一点色彩和光亮。东西柏林的反差鲜明地体现在两条大街上——西柏林的库达姆大街（**Kurfürstendamm**）和东柏林的菩提树下大街（**Under den Linden**）。前者只残留了些许过去的影子，但依然明亮、繁忙、人山人海，那些稍显沉闷的商店敞开着大门，咖啡馆里人满为患。但是在菩提树下大街的废墟前，只有几家临时商店，新种的欧洲椴树光秃秃的，街上看不到什么人，也没几辆车，显得十分苍凉。在东柏林，你会不由得思考一个问题：人到底都去哪儿了？

柏林 7000 万立方米的碎渣土堆积成山，需要加以平整，种上树木。人们称这些小山为"垃圾山"，称整个工程为"希特勒的成就展"。

在一些平整过后的土地上，一些新房正拔地而起，它们为 225 万西柏林人提供了住宅和工作空间。我花时间探访了几处广为宣传的新区，比如著名的汉萨安置点（**Hansa Settlement**）和柯布西耶[1]"居住单元",它们大体按照"柯布西耶模数理论"建造而成,号称柏林的"新形象"。

所谓"新形象",就是我们所知的"竖起的香烟盒"设计,即用最少的空间为最多的人口提供住所。

"柯布西耶模数理论"将人的躯体视为边长 6 英尺(约 1.8 米)的立方体,以最精简的原则为其提供钢筋水泥空间。一个人可以分到三倍于此立方体体积的卧室兼起居室,以及与此立方体体积同等大小的厕所和厨房,刚好让他能够忍受这种蜗居的生活。屋里有供暖、照明系统,墙上有一个斜槽,用来处理漫画、报纸、情书和金酒酒瓶等生活垃圾——这些常规生活所产生的乱七八糟的东西,在柯布西耶的建筑设计理念里被视为令人厌恶的"剩余物",它们会被直接倒进地窖的大铁炉里烧掉。

几年前在马赛,我心怀忐忑地浏览过柯布西耶的人类蚁巢平面图。我在英国也参观过他最新的建筑展。因此我能肯定,我对建筑的看法与他南辕北辙。我听说,那些正焦急期待着爬出废墟、搬进新家的柏林人也更倾向于听我的意见,这令我很高兴。他们仔细听了柯布西耶的方案,也上了他的生活美学课,可还是给他起了"戴着厚镜片的魔鬼"的外号。这

---

1 勒·柯布西耶(Le Corbusier, 1887—1965):20 世纪最重要的建筑师之一,被称为"现代建筑的旗手"。

1948 年的柏林街景

柯布西耶设计的住宅楼

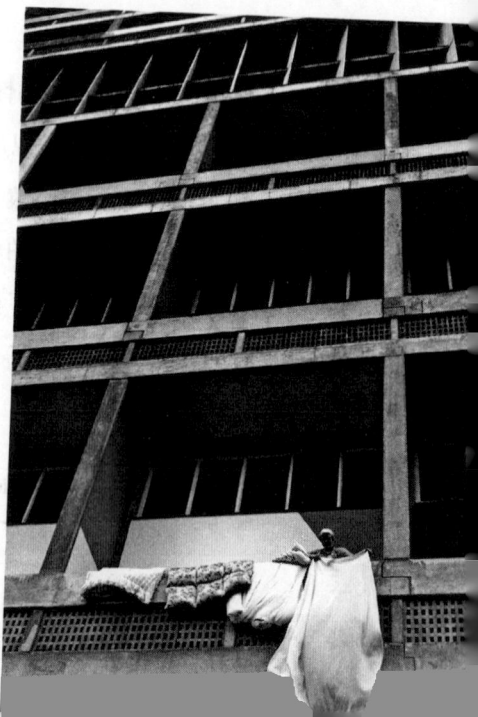

座能容纳 2000 人的公寓——如果可以称之为公寓的话——仍然被人嫌弃地称为"居住机器"。更令柯布西耶愤怒的是：他那建立在"蜂窝对称原则"上的巫术般的模数体系，却在某种程度上输给了人们众口难调的诉求。这一体系被搁置下来还有一个原因——房间没有达到正常高度，即 6 英尺（约 1 米 83）身高的人将胳膊举到头顶的高度（试试看！）。柯布西耶抱怨说，柏林人执意将房高从 2.26 米增加到 2.5 米，这严重损害了他的"建筑杰作"。更让他委屈的是：官方认为他的"居住单元"并不是他所宣称的"孩子和母亲的天堂"，而是专为单身汉和丁克家庭设计的公寓。他原本计划放在 16 层大楼中部的购物中心被挪到了一层，而这在他眼里"有损出入大厅的恢宏气势"。

这场争论是个很好的例子，它体现了建筑师和窘迫的人类之间永恒的冲突，后者宁愿被称为"平面[1]"而不是"立方体"。

这个巨大的"居住机器"有一个很有意思的地方：由于没有足够的空间放置供暖及上下水管道，设计师被迫将它们置于地面，看上去好像一堆纠缠在一起的铝蛇。为了尽可能美观，柯布西耶把这些乱糟糟的管道放到了一个玻璃房里，这样人们就可以"骄傲"地看到"居住机器"是如何运转的了。

动物园边上的汉萨区是柏林市中心的大型露天空间。它门

---

1 原文 square 在俚语中指古板、守旧之人。此处作者一语双关，意思是普通老百姓宁愿住在保守一些的普通房子里。

柏林

户大开，成为世界一流建筑师们比拼各自"居住机器"的竞技场。你会沮丧地看到德国、以色列、法国、意大利、瑞典、芬兰、丹麦、瑞士和美国的建筑师们变着花样地玩起"香烟盒"主题。即便是那些让人眼前一亮的教堂和会议中心，也被毫不领情的柏林人戏称为"怀孕的生蚝"。

所有这些建筑都令我大跌眼镜，大部分柏林人也觉得它们十分丑陋，却无法改变这样的现实：只有通过这种利用垂直空间的方式，西柏林政府才能在十几年的时间内安置将近50万人口。你只需进入东柏林，在那些装腔作势的第比利斯世纪之交风格[1]的斯大林小路（Stalin Allee）上走走，就会欣然接受所有"新世界"（那些独立国家）每天都在变丑的事实。

陪我进行这趟建筑之旅的是我们在德国的朋友安东尼·特里（Antony Terry），有时是他太太萨拉·盖纳姆（Sarah Gainham），她是著名的惊险小说家兼《观察家》（Spectator）杂志记者。他们对大部分德国都了如指掌，当然更熟悉柏林的每一寸土地。我们坐着特里的大众汽车在柏林穿行，这些旅程有的妙趣横生，有的则纯属是为了完成计划。下面我随意列举几个吧，就不一一赘述了。

比如奈费尔提蒂[2]王后的半身塑像，它和大多数德国艺术

---

1 第比利斯世纪之交风格：指斯大林式建筑风格，往往高耸雄伟，讲究布局对称，以此彰显共产主义的革命激情和荣耀。

2 奈费尔提蒂（Nefertiti，前1370—前1330）：埃及法老阿肯纳顿的王后，古埃及历史上最有权势的女性。

品一样，在爱森纳赫[1]的矿洞中躲过了战争岁月，如今重新回到达勒姆（Dahlem）博物馆。她那骄傲地微笑着的嘴唇，看上去仍然令人想亲上一口。希特勒在东柏林的地堡最终扛住了苏联人的轰炸；如今它成了一座渣土山，很快就会变成儿童公园里一座种上了树的小山包。纪念教堂[2]的废墟得以保留，而且显然还会永远地保留下去，它就像库达姆大街上一根高大而难看的拇指，这也是对另一场战争的灰暗记忆。如果再小心翼翼地进行几次定点爆破，教堂的外观或许会变得好看一点。不过现在，周围建起的六口新钟令这座难看的废墟有了些许起色。霍亨索伦王室（Hohenzollerns）的最后血脉——威廉皇帝（Kaiser Wilhelm）的孙子路易斯·费迪南王子（Prince Louis Ferdinand）还为教堂谱写了一段乐曲。在施陶芬贝格[3]纪念馆，一个裸体青年的铜像立在希特勒阴沉的、如洞穴一样的陆海军通讯中心的庭院里，它的后面是一堵加固了的混凝土墙，能抵挡任何炸药。铜像纪念的是 1944 年 7 月刺杀希特勒的行动。看门人诺勒在枪决施陶芬贝格时就在现场，他指给我们当时行刑队的位置。"没有，"他说，"墙上没有弹孔，所

---

1 爱森纳赫（Eisenach）：德国中部城市，位于德国图林根州与黑森州交界处。

2 纪念教堂（Gedächtnis-Kirche）：全称威廉皇帝纪念教堂，是威廉二世皇帝为纪念他的祖父——德意志帝国的第一个皇帝威廉一世而建。威廉一世皇帝取得了普法战争的胜利。

3 施陶芬贝格（Stauffenberg, 1907—1944）：纳粹德国的将领，在二战中试图刺杀希特勒，但功亏一篑。

柏林

有这样的枪决都是在土堆前进行的，这样就不会留下枪决的证据了。"这是柏林分外阴森的地带，这种阴森的气氛因兰德维尔运河而变得更为浓重——1919 年"斯巴达克起义"时，罗莎·卢森堡[1]和卡尔·李卜克内西[2]遭艾哈德自卫民团逮捕，在"试图逃跑时"惨遭杀害，他们的尸体就被扔进了这条运河里。

阿德隆酒店[3]位于东柏林威廉大街（Eastern Sector），如今这里几乎只剩下了门牌号 70A。战前，我曾在这里狂喝滥饮。酒店过去的辉煌早已荡然无存（有一本书专门描写了这段往事），如今幸存的三层建筑弹痕累累，人们只能从原来留给仆人的大门进出。我们在"餐厅"点了一杯磨得很粗的咖啡，周围就像艳俗的"大车店"，映入眼帘的是土黄色的壁纸、落满灰尘的仙人掌，以及苏联餐厅的标准装潢。"餐厅"内除了我们还有一桌顾客，有一个面容憔悴、全身紧绷的小个子男人，他有着一张强迫症般兴奋的面孔——显然，他不是告密者就是黑市中人。他正与一个看起来挺有钱的商人窃窃私语。商人的情妇（我们猜的）有一头金色乱发，她正小口啜饮着高加索红酒。

1　罗莎·卢森堡（Rosa Luxemburg, 1871—1919）：波兰犹太人，马克思主义理论家、革命家。她曾反抗支持一战的德国社会民主党，组建了"斯巴达克同盟"。

2　卡尔·李卜克内西（Karl Liebknecht, 1871—1919）：德国共产党的创始人之一。

3　阿德隆酒店（Hotel Adlon）：拥有百年历史的传奇酒店。二战前是德国最奢华的酒店。威廉二世曾说："孩子们，如果你们想洗个舒服的澡，或者享受舒适的生活，那就去阿德隆酒店吧。"

佩加蒙博物馆（**Pergamon Museum**）或许是苏控区唯一算得上必去的景点。这里庄严陈列着苏联刚刚归还德国的著名古典艺术品。其中，佩加蒙祭坛¹摆在一个恢宏、宽敞的大厅里。正如米其林指南所说，这里绝对"值得专门来看"。

顺便一说，这个伟大的博物馆特别有意思的一点是苏联人的荒唐之举：所有展品上都不用"公元前"标注其年代，而用"我们的时代之前"，"公元"则根本不用。

离开这些伟大的艺术品之后，我们去了亚历山大广场（**Alexanderplatz**），我紧张地眺望了一眼东德秘密的警察总部。这里还有贡特尔·波多拉²上过的私立学校，以及他度过大部分童年的阴森森的房子。广场另一侧是希特勒臭名昭著的盖世太保总部遗址。对我来说，这片区域到处是过往和今昔的尖叫声。于是我们匆匆离开，穿过边界，回到西柏林友好的灯火和繁忙中，喝上一杯"莫尔与科恩"（**Molle und Korn**，锅具制造商和他的助手）杯装的啤酒，再来上一杯荷兰金酒。

我们坐在马夸特咖啡馆（**Café Marquardt**）的红外线暖气下，享受着旅行者的乐趣。邻桌的人正按照旧时泡咖啡馆的节俭做法，喝着"一杯咖啡，配七杯水"。窗外的库达姆大街上车流汹涌，危险重重。安东尼·特里说，德国的交通事故率为

---

1 佩加蒙祭坛（**Pergamon Altar Frieze**）：古希腊佩加蒙宙斯大祭坛的一部分，古希腊时期的艺术杰作。

2 贡特尔·波多拉（**Günther Podola, 1929—1959**）：德国小偷，因在英国刺死了一名警察而被判处绞刑。他是英国最后一个被判处绞刑的人。

柏林佩加蒙博物馆

世界之最，高达英国的两倍。虽说德国人本来就是一个疯狂的民族，如今却也几乎被繁重的工作逼疯了，尤其是管理层。他们白天在办公室上班，下班后呼啸着开上高速公路，一边以 130 千米 / 小时的速度开车，一边打盹。结果，汽车要么飞过隔离墩，撞上对面的汽车；要么越过路肩，一头扎进树丛。为了预防此类事故发生，司机们靠咀嚼脱氧麻黄碱或苯甲吗啡来保持清醒，这些药物会抑制疲劳，但也会增加精神负担。德国人普遍过量食用便宜的油煎食物，许多人 50 来岁就患上心脏病。德国每天的报纸上都充斥着打了黑框的讣告，上面写着：某某负责人先生"在其事业正隆时"不幸去世。

安东尼·特里每年在高速公路上行驶一两万千米，他提到英国的 M1 高速公路以及我们英国人对更多高速公路的渴望，他怀疑高速公路是否是万能药，究竟能否减少交通事故。在他看来，高速公路上也会发生交通事故，不过是用一类事故代替了另一类事故而已，毕竟人们照样会在方向盘后面神情恍惚，昏昏欲睡。

我们又喝了几杯，随后前往里茨餐厅（Ritz），这是柏林屈指可数的顶级餐馆之一，光菜单就有八种语言。在这里，我一边吃着美妙的晚餐，一边听特里继续谈论白天的话题——著名的乌尔斯坦报团[1]是怎样被战后出版业巨头施普林格收购的；

1　乌尔斯坦报团（Ullstein）：于 1898 年由犹太人乌尔斯坦创办。旗下有众多报纸，其中《柏林晨邮报》（Berliner Morgenpost）曾是德国销量最大的报纸。

柏林

西德政府部门的肮脏基金"爬行动物基金¹",更明白的叫法是"中东式的友谊"——实际是为来访的小国元首提供色情服务;德国没有"垮掉的一代"运动,因为德国人没有反叛的传统;古惑仔在德国的重要性微不足道;从希特勒时代开始,由于没有了犹太人——德国这块粗面包里曾经的酵母,文学艺术的发展全面停滞了。此外,我们还谈到近来被严重夸大的"纳粹和反犹主义的死灰复燃",这场舆论喧嚣主要是那些想制造"新闻"的报纸搞出来的。

这就是柏林夜生活的大致情况,凌晨 4 点才告一段落。

当然,柏林不再是从前的样子了,不过异装癖仍然盛行——男人穿女人的衣服,或者相反,这是战前柏林的一大特色。如今,在诸如埃尔多拉多俱乐部(Eldorado)和伊甸园俱乐部(Eden)(就在我们离开不到十分钟,一颗自制炸弹爆炸,炸伤了三名顾客),有一些看上去特别古怪的"女人"。我被特地带去见一个中年卖花人,"她"坐在一桶玫瑰花旁——你在伦敦皮卡迪利广场(Piccadilly Circus)也会看到这样的卖花人,人称"卖花军士"。他曾是德国装甲部队的下士,能说柏林本地和伦敦东区的土话。此前,有一位著名的英国电影制片人在柏林工作,这位下士死缠烂打,最终获得了一个在电影中露脸的角色。他现在唯一想做的就是去英国,再让那位电影制

---

1 爬行动物基金(Reptilienfonds):由俾斯麦创立的预算外的秘密基金,专门用于政治和外交方面的贿赂、收买行为。

片人给他份工作。还有一个漂亮的"女人",以前是管理军队服装店的。最令人惊叹的是里基·勒妮(**Ricky Renee**),他是一个 **25** 岁的美国人,生于迈阿密(**Miami**),一开始只是个不温不火的踢踏舞男,后来决定变成"女人"。这个新身份让他一下子火了,他甚至还在意大利电影《夜的世界 2》(*Il Mondo di Notte*)中扮演了一个脱衣舞娘。

服务时,"女侍者"们能够极为巧妙地藏起他们的大手大脚,点单时也捏着嗓子。他们挺着隆过的胸,戴着假发,化着浓妆,看上去就像美丽端庄的女士。

还有两家夜总会也充斥着十足的德国风情——在著名的"雷斯"夜总会(**Resi**),宽敞大厅的桌子上摆着拨盘电话,你可以给房间里任何看上眼的女孩打电话。此外还有歌舞表演,包括一个很特别的大型喷泉,能向空中喷射五颜六色的水柱,伴随着音乐《野蜂飞舞》(*Flight of the Bumblebee*)的节奏。

另一家夜总会就没那么有意思了:在一块不大的区域里,有一片铺着木屑的马场,里面有两匹温驯的高头大马。点下一杯酒之前,你可以跨上一匹马,在马场里遛上十来圈——这也不失为一种别出心裁的消磨夜晚的方法。

间谍是柏林的主要职业之一。由于中心区域保护严密,我差不多一天时间都在东西柏林的交界处活动。从二战结束起,边缘地带就是柏林间谍们的竞技场。我把目光聚焦在一个独立间谍身上,他是一个著名的中间人,哪个西方情报机构肯给好价钱,他就把"信息"卖给哪个机构。我姑且叫他 **O** 吧。

他住在树木茂密的郊区，一栋巨大的"汉塞尔和格蕾特尔[1]"式的房子里。房子看上去天真无邪，只有前门的窥视孔暴露了其本质。o 是一个身材矮小、肥胖，并且不失风趣的男人（所有这类间谍谈起他们口中的"这场游戏"时，都是一副幽默讽刺的样子），能讲多种斯拉夫语言。他喜欢有金色过滤嘴的默拉蒂牌（Muratti）香烟，我已经很多年没见过这种香烟了。他和任何有教养的人一样大大方方，喜欢挖掘那些看似秘密实则不然的小道消息。他恰当地假定我足够机智，不会去深究这些消息背后的真相。

"你要理解，如今情况变得越来越困难了，弗莱明先生。我的朋友们（间谍指称他们西方雇主的暗语）越来越挑剔，而现在对方的保密措施也做得非常好。东边已经被灌输了十五年的安保理念，现在任何重要的机密都会被分成若干部分，包括策略、地点、技术手段、资金、背后的人员——这简直就像把一张拼图的每一块都分别加了密。而且，每份情报只有各个部门极少的几个人知道。虽然这容易造成混乱，也不利于协作，毕竟每份情报之间必然有所交集，但这大大增加了安全系数。如果有哪份情报泄露了，就可以追溯到某个部门的某五个人身上，然后调查就开始了——出身、朋友、银行账户等等这些标准化的流程，接着就是处决。因此，渗

---

1 汉赛尔和格蕾特尔（Hansel and Gretel）：《格林童话》中《糖果屋》（Candy House）一篇的主人公。兄妹二人在森林中迷路，结果误入了女巫用糖果做成的小屋。

透变得极为困难和危险。此外，还有怎么出卖情报的问题。在过去的好日子里，你可以申请西方的庇护，有钱有房，还有'民主的生活方式'，也就是'自由'这些，现在就不那么容易了。人们惊异地发现，苏联和东德官员不会再为这类诱惑而出卖情报了。其实，这样的误解是愚蠢的，真实的情况是：苏控区的生活水平已经显著提高，东边的人已经不再稀罕这些了。对于那些我们希望拉拢的聪明人来说，共产主义的未来看上去并不比欧洲和美国差，甚至还可能会更好。乱糟糟的民主是吸引不了这些人的，他们觉得我们以民主之名，把事情全都搞乱了。他们更喜欢共产主义的统一性和计划经济——特别是当'计划'看上去很成功之时。另外，斯普特尼克卫星成功发射这样的事情也让他们信心大增，他们确信自己站在了更有优势的一方，认为苏联比西方更强大。这些人是很现实的，他们为什么要放弃这些实实在在的好处，来换取西方不值钱的'舒适'呢？况且一切还要从头开始，并且忍受强烈的思乡之苦，说不定还会在政治交易中被捕，甚至枪毙。弗莱明先生，我们必须承认，现在砸在宣传上的数百万美金——包括巨型发射台、可笑的传单气球等，都是在浪费金钱和精力。成功的宣传只能从实力中来，仅仅给人们提供好鞋、好衣服、爵士乐是不够的。当然，你要记得，东边的青年一代如今接受的几乎都是共产主义教育。孩子长到 16 岁，共产主义是他们唯一知道的东西。如果父母说还有别的社会制度，孩子们就会认为父母古板、过时，就像全世界的孩子眼中的父母那样。"

　　所有这一切都向我表明，0 马上就要失业了。但是他解释说，在间谍活动中，帕金森法则[1]的适用有其特殊性。他说，西德目前有一万多名共产党的间谍，他们集中在几百个机构中，又被分成若干个单元。要对付这些人，就需要部署一支反间谍大军。另一方面，因为渗透进东边变得越来越困难，西方就得雇用一大批专业人士，每一丁点儿东边的"情报"都需要比原来更多的西方间谍。对双方来说，情报工作都变得越来越专业化。二战结束后的十年"任君自取"的幸福时光已经一去不复返了。在那时，一大帮警察和抢劫犯活跃在边境地带，绑架、谋杀和叛变都是家常便饭。0 问我有没有听说过"大隧道"（Great Tunnel）故事的真实版本。"那个故事只是个玩笑。"0 说。

　　我说，1956 年我在报纸上零星读到过一些。不过这个故事被冷处理了，我想可能是出于保密原因。

　　0 笑了。"更可能的原因是觉得丢脸。"他说，"这个故事刊发在了所有的苏联报纸上，并且附有隧道照片和英国器材，这还有什么保密不保密的呢？苏联人甚至开着大巴，把所有西方记者带到那里，让他们自己去看。这真是件有意思的事。

　　1　帕金森法则（Parkinson's Law）：官僚主义的别称，也可称为"官场病""大企业病"。此说源于英国历史学家诺斯古德·帕金森于 1958 年出版的《帕金森定律》一书。按照帕金森的理论，在行政管理中，行政机构会像金字塔一样，层级不断增多，行政人员会不断膨胀，每个人都很忙，但组织效率越来越低下。这条定律又被称为"金字塔上升"现象。

事情的经过是这样的：

"1955 年的某天，你们英国的情报人员正在看大柏林地区的规划图。一个聪明的电信员发现东柏林和莱比锡（Leipzig）之间的主干电缆从地下穿过，离美控区的一座小山包只有不到 300 米。另一位工作人员发现电缆连接的是东德人民军（East German Army）总部，相当于东德的奥尔德肖特¹。更令人兴奋的是，你们还发现一位苏联官员的电传打印机使用的也是这条电缆。于是你们找到美国人商量，希望从舍内费尔德公路（Schoneielder Chaussee）旁的美国雷达站开挖一条地下隧道，监听从这里穿过的电缆。显然，这是一个技术活儿，也非常难搞，因为苏联人一直在这条路上巡逻，而美控区还要面临安全性问题。我相信，你们肯定提心吊胆过，尤其是当拥有这片土地的农民开始收割玉米时——美控区放哨的人看到隧道正好从地里露出了个斜角，等土地再次犁过后，就更显眼了。不过他当时并未在意，直到整件事情败露。那个农民起诉了美国人和蒙在鼓里的苏联人，说他们毁坏地里的土壤，非法侵入，还有些别的什么，鬼知道。这时，这件事开始显得滑稽起来。不管怎么说，隧道完成了，电缆被监听，上百台录音机接到线上，24 小时连轴录了几个月，为此雇用了几百名英美员工，他们要翻译从隧道里得到的一切情报。

"之后，当然，不可避免的事情发生了。有一天，你们

1 　奥尔德肖特（Aldershot）：位于伦敦西南部，是大型军事训练中心所在地。

的监视人员发现有几个电话维修工开着卡车，来到电缆和隧道相交的那段公路上，开始懒洋洋地在路边至关重要的地点进行挖掘。此时，除了尽快疏散人员，没有任何办法，地下安装了各种设备的房间也来不及拆除了。只有两三名工作人员留下来，躲在房间门后监听。他们听到了电话维修人员的交谈，出人意料的是，他们只是因为雨水渗漏而来这里排查线路故障。最终，事情败露了。一车车的苏联专家和扛着冲锋枪的军人来到这里，封锁了整片区域，开始了调查。整个事情被捅给了媒体，弄成了一个巨大的丑闻，还牵扯到了美国人。当然，更是牵扯到了英国人，因为所有设备上都刻着"英国邮政总局财产"（**Property of the G.P.O.**）的字样！为了挽回颜面，美国人唯一能做的就是在隧道穿过的边界上竖起一个告示，上面写着'注意，你即将进入美国控制区'。对了，他们甚至连隧道里的电灯都忘记关掉了。"

"不管怎么说，" O 总结道，"曾经有过好的时候。现在，两边都更小心翼翼了。显然，在峰会成为主流之时，没有人希望在间谍战中再爆出丢人现眼的丑闻。"他笑道，"虽然如此，在今天的大柏林地区的边缘地带，这一侧仍有一大批盟军间谍，另一侧也仍有一大批共产党间谍。这仍然是一个很大、很重要的产业。"

O 递给我一份绝密的东德情报，上面有东柏林秘密情报机构（隶属于国家安全部）的完整谱系。从这份谱系中，我注意到两个有意思的部门：第四部门，"负责北大西洋公约组织在西德及巴黎总部的军事间谍行动"；第八部门，"负责转移视线和破坏性活动，为'关键时刻'做好准备"。拿着这份临别的礼物，我们互道了再见。

我毫无留恋地离开了柏林。正是从这座灰暗的首都发出的命令，在 1917 年杀死了我的父亲，又在 1940 年杀死了我的弟弟。我想，相比汉堡和其他许多德国城市，只有在柏林和烟雾缭绕的鲁尔河（Ruhr），我才看到了日耳曼民族邪恶的一面，这当然非我所愿。在这两个地区，我能闻到紧张和歇斯底里的气息，正是这种气息让我们在两次大战中深受其害。这人类历史上的两次悲剧都让我的国家惨遭重创。在这些地方，我总是不断做着倏然惊醒的噩梦：10 年、20 年、50 年过去了，在哈茨山（Harz Mountains），在黑森林（Black Forest）深处，一整片绿色的、微笑的田地悄无声息地打开，露出地堡那黑洞洞的嘴巴。在一片绿色的小树丛中，伴随着上千马力的咆哮，一枚巨大的火箭弹头从一个大型机器（克虏伯、西门子、蔡司和其他所有工厂的智力结晶）的后面升起。英国已经拒绝了最后通牒。火箭先是喷出一阵微小的气流，然后是一条巨大的火龙。它缓慢地，非常缓慢地从地下发射装置中飞出来，飞向它的终点。

是的，对我来说，显然是时候离开柏林了。

酒店

五星级：凯宾斯基酒店（Kempinski）位于库达姆大街（西柏林的"皮卡迪利广场"）Fasanenstrasse 街角，是西柏林仍然留存下来的夜生活中心。尽管酒店有流线型的现代外形，但还保留着记忆中战前那种舒适、有点厚重、高效、老派的氛围和服务。希尔顿酒店则更加奢华，堪称"超五星""超现代"。酒店有正方形大床，你想怎么躺就怎么躺。房间里可以看到全景式的城市风景——遭受空袭后的灰色瓦砾。睡在低层的人，早上会被千奇百怪的鸟叫声吵醒，因为城市动物园就在下面。

一星级：如果你想再体验一下 1945 年废墟中的柏林，我推荐一家小巧、价格合理的酒店，就在老安哈尔特（Anhalter）火车站旁边。酒店位于一片废墟中，这里过去曾是柏林的商业中心，在攻克柏林的战役中被夷为平地。酒店稳稳地矗立在西柏林，距离波茨坦广场（Potsdamer Platz）只有 400 米。如今，这里已经是东西柏林的交会点，距苏控区只有几步之遥。在苏控区边境地带还有一家风格类似的 Alemannia 酒店。它位于东柏林警察的射程范围内，但对方并不会开枪。酒店的档次是一星级，但很干净。客人可以在酒店享用简单的柏林家常菜。柏林也有不那么"刺激"的酒店选择：位于英控区 Fasanenstrasse 大街、靠近动物园的 Astoria 酒店，房间虽然不大，但服务很有效率。

餐厅

五星级：位于市中心 **Rankestrasse** 大街的里茨餐厅，以各类东方牢狱饭 [1] 著称，经常有名人光顾。**Aben** 餐厅位于库达姆大街哈伦塞（**Halensee**）一带，供应美味、干净、诱人且价格合理的柏林风味餐食，主要客群是驻柏林的英国军队中的美食家们。或者可以去 **Berliner Kindl** 餐厅，各个阶层的柏林人都会来这里大快朵颐，畅饮啤酒。对那些喜欢中餐的人来说，柏林至少有五家出色的中餐馆，其中最好的三家无疑是库达姆大街上的岭南餐厅（**Lingnan**）、斯图加特广场（**Stuttgarter Platz**）的广东餐厅（**Canton**），以及挨着库达姆大街法国公馆的香港餐厅（**Hong Kong**）。**Motzstrasse** 大街的 **Kottler's** 餐厅拥有老派、舒适的环境。在这里，顾客可以享用施瓦本 [2] 风味的餐食（比柏林食物更厚重，调味更多），听齐特琴演奏《第三个人》的旋律和维也纳的施拉梅尔（**Schrammel**）作品。柏林的美食家们也力荐马丁·路德大街（**Martin Luther Strasse**）上的 **Schlichte** 餐厅。尽管装修比较寒酸，灯光也有些刺眼，但这家餐厅的菜肴无疑非常出色。

对于"只吃英国菜、美国菜和法国菜"的人来说，价格合理的法国正餐厅法国公馆（**Maison de France**）并非特别出色。不过，这里的气氛不错，可以跳舞，还附带一家不错的酒吧，侍者很懂酒，酒水从艾玛·皮孔 [3] 开胃酒到苏格兰威士忌，无所不有。巴黎餐厅（**Paris**）位于 **Kangtstrasse** 大街，就在西柏林歌剧院对面，靠近大学和动物园，它是由法国人开的学生档次的餐厅，价格可能是最便宜的了。餐厅的食材很新鲜，气氛是那种脏兮兮的法式风格。

---

1 牢狱饭（**Chi Chi**）：一种监狱餐食，类似合菜，大致原料有罗马面条、奇多粟米脆、牛肉干和萨萨酱等。

2 施瓦本（**Swabla**）：位于德国巴伐利亚西南部的历史区域。

3 艾玛·皮孔（**Amer Picon**）：法国一种橙子味的开胃酒。

夜生活

　　西柏林的夜生活已经不像二战刚结束时那样充满欢声笑语、纸醉金迷，但它还是会提供一些有趣的、非主流的娱乐方式，比如异装夜总会。城里主要的异装夜总会有两家，其中一家位于马丁·路德大街，名为 Eldorado。在这里，人们把异装当成一个玩笑，舞台表演也充满自嘲精神。Eldorado 夜总会的价格不高，但表演并不低俗，你甚至可以带家人过来。你很难看出那些"女孩"不是真身，除非事先就有所了解。价格：入场费 1 先令 8 便士，苏格兰威士忌（一小杯）5 先令 6 便士，法国白兰地 4 先令 2 便士，啤酒 3 先令 4 便士，土耳其咖啡（一壶）3 先令 4 便士，葡萄酒约 1 英镑一瓶。

　　老情调夜总会（Old-Fashioned）堪称五星级，但价格并不贵。敲三下门，说找弗兰茨·舒伯特（Franz Schubert，老板的名字，与那位音乐家舒伯特无关）才可以进门。这里有出色的意大利乐队，有舞池，客人中漂亮女孩的比例很高。在柏林逗留的外国人比较喜欢这里。Cherchez la Femme 是 Fasanenstrasse 大街上的一家小型夜总会，这里有得体的半裸舞表演，偶尔也表演新派的脱衣舞。Charly's 位于维滕贝格广场（Wittenbergplatz），这里适合那些想跳舞或者想玩投币点唱机（柏林近期的潮流）的人。这家时髦的夜总会很受柏林有钱的年轻人欢迎，但价格并不贵。戏剧界人士喜欢光顾位于 Nurberger 大街的 Badewanne 舞厅，这里价格低廉、环境喧哗，充满柏林的活力，不妨过去看看。Resl 夜总会位于 Hasenheide 区，这里是西柏林工人阶级最集中的地区，也是最危险的地区。最近的调查显示，Resl 70% 的客人都是外国人。这家大型夜总会有上百张桌子，由电话和气动邮件互相连接，这样陌生人之间就可以互发信息，顾客也可以匿名投诉。Remde St Pauli 夜总会靠近动物园，位于英控区的中心。这家夜总会热闹非凡，有各种打情骂俏的表演，还有以汉堡的绳索街为蓝本的"内衣秀"，表演者全是少女（台上没有上了年纪的女人）。和 Resl 夜总会一样，这里的价格也十分合理。

偏僻但不容错过之地

24 小时营业瑞菲菲夜总会（Rififi），为柏林年轻人的业余生活提供投币点唱机和摇摆乐。如果你不是跳舞高手，最好别在这里跳舞，但值得过来看看。这里的顾客（包括胸部丰满的女老板）都像是从电影《瑞菲菲在东京》[1] 里出来的。在这里，有的游客会得到热情的招待，而有的游客可能就会被晾在一边了。

---

1 《瑞菲菲在东京》（*Rififi à Tokyo*）：1963 年的法国黑帮片，导演为雅克·德雷（Jacques Deray）。

10

Vienna

10

Vienna

维也纳

▲

　　离开柏林，我很高兴再次回到车上，奔驰在德国春意盎然的腹地。我热衷的趣事之一就是在海外开快车：早上 8 点出发，选好午餐地点作为目标，11 点左右找个有阴凉的露台停车，或是在旅馆外的果树下歇脚；到达目的地后，好时光也随之而来，午餐可以喝一杯德国杜松子酒，再来一杯啤酒；午后开一小段路，到达之前选好的酒店；先在村子或小镇里随便走走，然后享用晚餐；确定好第二天的行程后，就可以上床睡个安稳觉了。异国他乡的美食、从未见过的风景和新鲜的气息，加上平安、准时抵达的成就感，实在令人愉快。你会产生"劳累一天后，出色地完成了工作"的幻觉。每个自驾旅行者都能体会到这种感觉（想必很少有女人能理解这一点，大概因为她们只坐车不开车）。我认为，对于我们这样的岛上民族来说，从加来（Calais）、布洛涅（Boulogne）、奥斯坦德（Ostend）的鹅卵石街道启程，直到最后悲伤地登上返回英国的船，看着其他幸运儿的汽车从船上卸下来，在这整个过程中的欧洲大陆自驾时光，无疑是人生中最畅快的体验。

维也纳

我开的是一辆雷鸟汽车[1]。4 年前，我买了第一辆双座汽车，开了 8 万千米后，最严重的问题也只是车灯不亮了而已。之后我又买了一辆四座的新车，从奥斯坦德出发时才开了 1600 千米。我乐呵呵地预定了很多新潮的小装置——自动挡、助力方向盘、助力刹车。一开始，我很担心自己适应不了它们，如今我重新树立了对 50 马力、7 升引擎的权威，几乎可以随心所欲地驾驶了——其实，话说回来，有了这些招人恨的"辅助"，你永远也做不到百分之百地随心所欲。当然，对于长途旅行来说，这辆车还算不错，舒适、宽敞、迅捷。在高速公路上，保持 145 千米 / 小时的车速，留有 50 千米 / 小时的余地，是很舒服的。里程表像书页一样咔嗒作响，直到车身悠然拐进蜿蜒的乡村小路，那里有你之前选好的午餐地点以及要下榻的酒店——这就是对待高速公路的态度，把它当成连接两处偏僻风景的捷径。那天，我从汉堡出发，在卡塞尔（Kassel）吃了午餐，然后一路沿着充满浪漫的路线，从巴特黑斯费尔德（Bad Hersfeld）开到维尔茨堡（Würzburg）、罗滕堡（Rothenburg）、丁克尔斯比尔（Dinkelsbühl）和奥格斯堡（Augsburg），最后在这片美丽地区的心脏地带过夜。

如果你喜欢德国和奥地利，那么在离开高速公路后，你会遇到令你感到欣然的事物——广阔的蒲公英田、牛粪的气息、

1　雷鸟汽车（Thunderbird）：福特汽车公司的招牌车型之一。1954 年出产的这款雷鸟是当时个人豪华汽车的代表，很快风靡美国。

乡村锯木厂的锯木声，还有小巧的教堂那充满梦幻色彩的尖顶。英国的春天十分美丽，但是在更北的地方，再次体会果树开花的盎然春意，这是多么幸运的事！我甚至想，可以从西班牙南部出发，一路悠然北上，哪怕开到莫斯科也无妨，这样就可以一路置身于春天了。

第二天我又上了高速公路，向着慕尼黑（Munich）和萨尔茨堡（Salzburg）的方向飞驰。我只管赶路，为的是在夜幕降临前抵达维也纳。

按照计划，我在几天时间里要开 1000 千米，于是我不由自主地思考起开车这件事。德国人是世界上最危险的公路杀手。1958 年，13 500 名德国人死在了路上，将近 50 万人因交通事故受伤。在人口不过 5200 万的国家，这算得上是巨大的伤亡数字了，但是没人知道该如何预防。修建起能跑 160 千米／小时车速的公路，却竖起限速 80 千米／小时的牌子，这显然起不到任何作用。德国的统计数据表明，大多数交通事故都是在 50~80 千米／小时的车速时发生的。日耳曼民族的紧张和狂躁，加上内心深处的自卑感，使得所有人都坚持认为只有自己才是公路的主人，这是隐藏在悲剧数字后面的实质。在德国和意大利的高速公路上，我有了一些关于高速公路的思考，或许值得一说。

首先，后视镜（米特福德[1]小姐，此处可不是指化妆镜）

1　南希·米特福德（Nancy Mitford, 1904—1973）：英国小说家，社交名媛，米特福德六姐妹之一。

的重要性几乎和前挡风玻璃一样。你开得越慢，就越需要注意后方来车。闪光大灯（希望英国汽车制造商能够尽快改进）由车灯控制杆最上部的按钮操控，在高速公路上，它比鸣笛更有效，因为大多数小汽车为了阻挡风声，都把窗户关得很紧。最重要的一点是：人们可能在高速公路的出入口干出任何令你匪夷所思的事情，永远绷着这根弦才是明智的做法。在这个"上等民族"国家（上等人开着梅赛德斯或欧宝，老百姓开着大众），我个人觉得他们的开车习惯还算不错。一路上，我只看到了一起交通事故：一辆被撞成纸团的大众汽车，正被前来救援的起重机从篱笆墙上吊起来。不过，水泥地面上到处都画着骇人的防滑标志，这意味着在这条完全笔直的公路上，一定发生过不少惨痛的交通事故。

一路开着车，我会乱想一些关于汽车设计的问题，好奇为什么有些细微的改良没有被广泛接受。比如，美国两盏汽车大灯并排放在一起的设计，是不是比英国及欧洲大陆的单盏大灯更好？法国坚持使用黄色大灯的做法是否正确？如果并非如此，他们为什么要这么设计？汽车后排的拉手真的有助于抑制晕车吗？如果说奥地利的油罐车拖根链子是出于绝缘的考虑[1]，那为什么其他国家没有这样的规定？在英国，转弯和拐角处会有写着"转弯"和"拐角"的标志牌，为什么其

---

1 油罐在运输过程中，油会与桶壁摩擦会产生静电，拖一条铁链是为了将电荷传导至大地。

他地方没有这些幼稚的说明也过得好好的？为什么英国没有采用国际通用的"道路湿滑"标志？为什么英国汽车协会的路书如此陈旧，路况测评净是"快速但有坡度的公路""两旁有行道树的乡村公路"这样敷衍的话，还没完没了地列出沿途的教堂？幸运的是，如今每个在国外开车的人只要在壳牌、英国石油公司或埃索的加油站加油，就能免费领取高质量的地图和当地行车指南。话又说回来，英国汽车协会显然是时候从已经多到溢出的油水中拿出一点，请一批一流的旅行作家去改进路书的内容和样式了！

　　截至目前，高速公路上最亮眼的汽车是大众。这些神奇的汽车以速度见长。报告显示，大众车的驾驶员可以稳定地以130 千米／小时的速度行驶，而且几乎不会产生疲劳感。大众公司原本是作为部分赔偿抵给英国的，想到这一点，会有些不可思议的感觉。当时，英国汽车工业协会派去了一名代表考察大众，他在享受了一番奢侈的招待后，才匆匆扫了一眼大众的工厂。他认定，在考文垂¹眼中，后置发动机毫无前途，于是便打道回府了。不过，出于对这只"丑小鸭"的同情，也为了解决就业问题，英国占领当局还是下了一个20 000 辆汽车的订单，好让工厂恢复生产。如今（1959 年），大众汽车每天可以生产将近4000 辆汽车，而去年的出口量是404 000 台。大

1　考文垂（Coventry）：当时英国的汽车工业中心。

众汽车刚刚上市时，注册资本为 5000 万英镑，根据德国工业信贷研究所估测，公司的破产价值估算约为 1.25 亿英镑。保时捷博士[1]是保时捷现任主管的父亲，基本设计方面的荣誉应该归功于他。为了避免设计中出现任何差错，他曾在奥地利的阿尔卑斯山区用党卫军的继电器测试最初的设计样本。顺便提一句，他和第一辆汽车的发明者一样，也是奥地利人。我很想知道，那位英国代表现在对此事有何看法！

　　一不小心，我就会沿着大河错误的一侧前进。比如，我沿着罗讷河（Rhône）西岸，开上了快速而危险的 N7 公路。我在林茨（Linz）跨过多瑙河，经过一小段险峻、狭窄又迷人的小路后，在格赖恩（Grein）开上美丽的"葡萄酒之路[2]"。这条路沿着多瑙河北岸，几乎一路延伸到维也纳。

　　严格来说，我已经有 30 年没来维也纳了。它不是我喜欢的城市。在蒂罗尔（Tyrol），我曾随著名小说家菲利斯·博顿[3]的丈夫埃尔纳·福布斯·丹尼斯（Ernan Forbes Denis）学习德语，他是当时蒂罗尔使馆的副领事，常驻基茨比厄尔[4]。他们都是伟大

---

1 费迪南德·保时捷（Ferdinand Porsche, 1875—1951）：德国汽车工程师，甲壳虫汽车的设计者，保时捷公司的创始人。

2 葡萄酒之路（wine road）：奥地利的多瑙河北岸沿线均为葡萄酒产区，故有此称。

3 菲利斯·博顿（Phyllis Bottome, 1884—1963）：英国小说家。她丈夫是 MI6 的特工。

4 基茨比厄尔（Kitzbühel）：奥地利西南部蒂罗尔州的度假胜地，有"阿尔卑斯山的珍珠"之称。

的心理学家阿尔弗雷德·阿德勒[1]的热心追随者（菲利斯·博顿写过阿德勒的传记）。我从埃尔纳身上学到的人生经验比在学校学到的还多。长期在蒂罗尔生活，我对蒂罗尔人满怀深沉的感情。我不喜欢维也纳人，在我看来，他们性格冷淡，总是强颜欢笑，还有一种自吹自擂的 Gemütlichkeit[2]——我过去把这个词翻译成浅薄、愤世嫉俗和邋遢的综合，现在依旧如此。（多年来，我回过蒂罗尔无数次，我相信蒂罗尔人是世界上最招人喜欢的。）

　　暌违多年后回到维也纳，我发现了两个不太美好的变化：一个是交通堵塞和噪音问题（他们给小型摩托车起了个很好听的名字——游手好闲的火箭），当然，这个问题令所有国家的首都都备受困扰；另一个是文艺生活的崩溃。在希特勒进军前，文艺生活原本是维也纳最大的乐趣之一。

　　我想起二战前的那些日子，因为受到埃尔纳的鼓励，我阅读了卡夫卡、穆齐尔、茨威格、阿图尔·施尼茨勒[3]、韦尔弗[4]、里尔克、冯·霍夫曼斯塔尔[5]以及古怪的心理学家魏宁格[6]和格

1　阿尔弗雷德·阿德勒（Alfred Adler, 1870—1937）：奥地利心理学家，他认为"自卑情结"在人的性格发展中起着独特且重要的作用。

2　德语，本意为"舒适度"。

3　阿图尔·施尼茨勒（Arthur Schnitzler, 1862—1931）：奥地利小说家、剧作家。

4　弗兰茨·韦尔弗（Franz Werfel, 1890—1945）：奥地利犹太裔小说家、剧作家。

5　冯·霍夫曼斯塔尔（Von Hofmannstal, 1874—1929）：奥地利作家，影响了茨威格一代。

6　奥托·魏宁格（Otto Weininger, 1880—1903）：奥地利哲学家，以研究性心理闻名。23 岁时自杀。

罗德克[1]——更不要说阿德勒和弗洛伊德的著作了。我还购买过（一度收集过）科柯施卡[2]和顾宾[3]绘制插图的初版图书。在我的记忆中，这一切，和许多别的事情，让维也纳成为中欧的"左岸"，走进这样的世界一定令人心情愉悦。那时的维也纳似乎有数不清的小卡巴莱[4]，人们只要花上几个先令，就可以吹嘘自己和某位大师有过一面之交。如今，所有这一切都消失不见了（尽管"辛普利吉斯姆斯[5]"卡巴莱还保留着一点尖锐和具有攻击性的奥地利智慧）；而维也纳——这座海顿、莫扎特、贝多芬、布鲁克纳、舒伯特、斯特劳斯和莱哈尔[6]的城市，在最近 20 年中又出现过哪些音乐家呢？

　　和慕尼黑、柏林一样，维也纳文化层面的凋零，是因为 20 万犹太人的整体流失。不管他们有何缺点（尽管在这个斯拉夫民族和中欧犹太民族的汇聚之地，犹太人也一直备受歧

1　格奥尔格·格罗德克（Georg Groddeck, 1866—1934）：奥地利医生、作家，被认为是身心医学的先驱。

2　奥斯卡尔·科柯施卡（Oskar Kokoschka, 1886—1980）：奥地利画家，表现主义的代表人物。

3　阿尔弗雷德·顾宾（Alfred Kubin, 1877—1959）：奥地利制版师、插画师，被认为是表现主义和抽象主义的重要代表之一。

4　卡巴莱（Cabaret）：一种具有喜剧、歌曲、话剧、舞蹈等元素的娱乐表演。表演场地主要为设有舞台的餐厅和夜总会，观众可以一边进食一边观看表演。巴黎的红磨坊就是比较著名的卡巴莱。

5　辛普利吉斯姆斯（Simplizissimus）：维也纳最古老的一家卡巴莱，于 1912 年 10 月开业。

6　弗兰茨·莱哈尔（Franz Lehar, 1870—1948）：奥地利作曲家，尤以轻歌剧闻名。

视），但正是他们创造出了一种氛围，让文化得以繁荣发展。

我不知道维也纳还能否重拾她的波希米亚风格。没有了贵族阶层和精英阶层（除了滑雪冠军们），奥地利的官僚阶层已经彻底掌控了国家，而他们不过是一群等着拿养老金的平庸之辈。没有一个奥地利富翁，甚至没有一个有钱的新贵愿意为艺术赞助，中立主义也无法产生刺激艺术发展的土壤。而且，和瑞士不同，奥地利没有税收上的优惠来吸引当代的流亡知识分子。

对于从世界舞台上谢幕，维也纳似乎也并不后悔。尽管这里产生了两位诺贝尔和平奖得主，以及 12 位包括医学、物理和化学在内的诺贝尔奖得主，可是这些人当中有多少人在国内得到了认可和赞赏呢？奥地利人制造了第一台打字机、第一台缝纫机、第一辆汽车和第一个汽灯罩，还有轴流式水轮机和慢动作摄像机，然而是谁将这些东西发扬光大了呢？显然不是奥地利人。这些城市中的奥地利人只是一群耸耸肩膀的人，一群精明的诋毁者。当他们说"有什么关系""谁在乎这些"时，他们的确是这么想的。他们讨厌现代发明和进步，仅仅是因为弗兰茨·约瑟夫[1]讨厌它们。

对旅行者来说，奥地利人真正的"魅力"当然是他们对待生活那轻佻、随意的态度，以及对政府的"失望"。举个例

---

[1] 弗兰茨·约瑟夫（Franz Joseph, 1830—1916）：奥匈帝国的皇帝，发动了一战，导致帝国解体。

子，相比意大利、法国和瑞士，奥地利国民是最不善于从游客身上榨取金钱的人；他们把过马路不走斑马线当作一种荣耀；他们嘲笑政府为奥地利重返伟大国家之列而做出的每一次努力。置身于这样一个"美丽的"国家是多么美好啊！

我和人民党首相兼党魁尤利乌斯·拉布博士（Dr. Julius Raab）有过一段有趣的对话。他有骄傲的理由，而且这个理由很充分，因为奥地利如今已经超越瑞士，成为法国和意大利之后欧洲第三大旅游目的地。与此同时，他和一起招待我的外交部长克赖斯基博士（Dr. Kreisky）又对奥地利在世界上的地位和其严峻的"使命"感到不甚乐观。我说，游客除了喜欢奥利地低廉的生活成本，更爱的是这里怡人的风光和惬意的生活态度。奥地利与其追求更高的政治和战略地位，还不如建造更多的酒店，修好维也纳至萨尔茨堡的高速公路（当时，这条高速公路正像某些爱尔兰的公路项目一样，进展十分缓慢），这样可能更有益于人民的福祉。对于我"缺乏政治远见"的建议，他们礼貌却不置可否地点了点头。克赖斯基博士拥有杰出的头脑，曾经英勇抵抗过纳粹，他将话题转移到了原子能监控委员会（Atomic Control Commission）是否能像国际原子能机构（Atomic Energy Agency）一样，把总部设在维也纳。幸运的是，在一个对歌剧院的财政补贴远超整个对外服务预算的国度，作为游客的我们，大可不必担心这样沉重的话题。

大多数关于维也纳的传说都只是传说。维也纳并非建在多瑙河上，多瑙河也并非蓝色（说到这个话题时，拉布首相说，他确有一次在明亮的蓝天下看到多瑙河呈现出蓝色），维也纳女孩的姿色还不到英国女孩的十分之一。维也纳是一盘种族的大杂烩，基本原料是波兰人、捷克人、匈牙利人和罗马尼亚人，再加上来自犹太人的极大影响。或许，除去匈牙利人，这样的组合不太容易培养出美女。至于维也纳女孩名声在外，是由于维也纳的音乐和歌曲，以及我们父辈错误的记忆而已。不过，她们的确有魅力、幽默、热情，并且相当时尚。年轻的英国男士对她们有致命的吸引力，令她们很容易深陷其中，并对他们言听计从，就像奥地利男人也着迷于英国女孩那样——这是两个友好国家之间的幸福交往。

维也纳的夜生活从来都不像人们吹捧的那样，除了葡萄酒花园 [1] 和小酒馆，它和大多数地方的夜生活一样沉闷而老套。我不太喜欢有人在我耳边演奏吉卜赛音乐，不过在维也纳，你可以在著名的大主教酒吧（**Monseigneur Bar**）找到一些演奏高手。安东·卡拉斯 [2] 无疑是世界上最幸运的人之一，他仅仅靠他的《第三个人》就能大发其财。每天晚上，他兴致勃勃地为美国游客演奏齐特琴，游客们总会要求坐在乐器后面拍照留念。在葡萄酒花园，葡萄藤蔓间的维也纳郊区生活气息

1　葡萄酒花园（**Heurigen**）：奥地利东部地区一种特别的露天酒场。每年的特定季节，当地的酿酒者会拿出当年的新酒供大家品尝，通常会佐以简单的食物和现场音乐。

2　安东·卡拉斯（**Anton Karas**, **1906—1985**）：维也纳齐特琴演奏家，曾为当时著名的电影《第三个人》（*The Third Man*, **1949**）作曲。

令人十分愉快。5 月份我在那里时，紫丁香和果树的花朵开得正艳。月光下，我一不小心就喝了大量酸味十足的新酒。空中飘荡的手风琴声，一定像人们世世代代所听到的那样。在这里，在格林津[1]，手风琴和小提琴如泣如诉，陶贝尔[2]唱着《月亮》《六月》之类的民谣，撩拨着你的心弦，当它们用异国语言唱出来时，显得尤为动人。辣椒炸肉排已经进肚，第 20 杯葡萄酒正等待着你一饮而尽，梦一般的赞美诗继续营造出一种柔和的气氛、一种逢场作戏的真情，抵御着玩世不恭和油滑世故。

其他物质享受包括萨赫酒店[3]（已被萨赫家族出售），它如今仍是欧洲最奢华的酒店之一。还有德梅尔[4]糕点店，它是维也纳糕点界的标志。德梅尔糕点店最近刚赢得一场与萨赫酒店的官司，之后它将有权生产著名的萨赫蛋糕。这种蛋糕最初是萨赫酒店的厨师为梅特涅[5]制作的。在德梅尔糕点店，整个维也纳似乎都来吃午前茶了，室内回响着维也纳传统"吻手礼"的声音。

---

1 格林津（Grinzing）：著名的酒村，位于维也纳森林中。

2 理查德·陶贝尔（Richard Tauber, 1891—1948）：奥地利男高音歌唱家。

3 萨赫酒店（Hotel Sacher）：维也纳最奢华的酒店之一，建于 1876 年，诸多皇室成员曾下榻于此。其出品的巧克力杏仁酱蛋糕被称为"萨赫蛋糕"。

4 德梅尔（Demels）：位于维也纳霍夫堡皇宫附近的著名糕点店，于 1786 年开业。

5 克莱门斯·梅特涅（Clemens Metternich, 1773—1859）：曾任奥匈帝国首相，他反对民主主义、自由主义和革命运动。

　　毫无疑问，我应该去参观维也纳的歌剧院和美术馆，但是我没去——相比艺术，我更热爱自然。我花了一天时间，去新锡德尔湖[1]看看铁幕[2]，那里也是整个欧洲奇怪的迁徙鸟类的家园。在这之后，我把时间花在了维也纳童声合唱团（**Vienna Boy's Choir**）和西班牙马术学校（**Spanish Riding School**）上。上次去类似铁幕的地方还是在世界另一端的澳门，而这次的情形丝毫没有比上次乐观：宽广、空旷、沼泽般的匈牙利大平原，一直延伸到遥远的地平线，在笨重的、将近四米高的铁丝网后面，每隔一段距离就有一座瞭望塔。这一切看上去都显得陈旧、忧郁而愚蠢——之所以说愚蠢，是因为你仍然会不时听说，清晨时分，有匈牙利人的尸体挂在了这些铁丝网上——他们趁夜翻越铁丝网，被探照灯发现后惨遭击毙。就在几年前，还有18万男女老少赶在铁幕落下之前步履蹒跚地穿过无边无际的大平原。我沉浸在了无尽的抑郁感中，于是我赶紧离开，去往附近的布鲁克（**Bruck**）村。村里的每个烟囱上都有一个鹳鸟巢，这里还有一家美妙的葡萄酒庄，我们赶紧让抑郁感淹没在一个古老的吉卜赛乐队那悲咽的琴声中。

　　维也纳童声合唱团（实际上一共有三个，其中一个经常出国演出）每周日都在宫廷乐室（**Hofkapelle**）演出。攥着门票，

---

1 新锡德尔湖（**Neusiedler See**）：位于奥地利和匈牙利的边境，是"冷战"时期东西方阵营的边界。

2 铁幕（**Iron Curtain**）：此处指奥地利、匈牙利之间的边境线。

沿着狭窄的楼梯挤上去，会有人将你带到座位处。在这里，你既看不到合唱团，也看不到正在楼下小教堂里举行的弥撒，你只能坐在座位上，忘掉周围的游客，闭上眼睛，倾听透过乐器声传来的美妙嗓音。你必须闭上眼睛，才能感受到男童们具有神秘感的尖细嗓音，因为教堂的弥撒和游客的嘈杂声会令人分心。人们花钱买了票，似乎就觉得自己拥有了特权，可以随心所欲，即便在教堂做弥撒时也有人大声耳语，所用的语言我就不讲明了；有人为了看清楚演出而站起身；我前面的一个男人还大嚼口香糖。没办法，这些游客不文明的行为，正在迅速把世界上所剩不多的良辰美景亵渎殆尽。如果你想看维也纳童声合唱团的演出，就得和周围 200 名同样买票进来的人共处一室。他们当中很大一部分人只是来"收藏景点"的——就像收藏邮票那样，回家后往相册里一塞，你不可能指望他们花费比走马观花更多的耐心。对他们来说，这是筋疲力尽的一小时，毕竟演出期间得一直忍着烟瘾。演出结束后，你得捺着性子和他们一起挤出大门，然后被推搡着走下狭窄的石头楼梯，这样他们就刚好够时间赶往隔壁的西班牙马术学校——这是维也纳周日套餐的第二个"必去景点"。

我在西班牙马术学校还算比较走运，买到了一张周一晚上的特别演出票。

我对马并没有太大兴趣，我们之间短暂的友谊在我 12 岁那年就宣告结束了。我记得，我分到的那匹马的尾巴上，拴着一根系巧克力盒子的那种红色长丝带——这意味着这匹马

Vienna

维也纳童声合唱团

喜欢踢人。我一边跟我哥哥彼得抱怨，一边骑马前往附近牛津郡（Oxfordshire）的集合地点。我远远地站在一旁，其他人也对我敬而远之。倒霉的是，当领队和猎犬经过我那头牲畜时，它立刻尥起蹶子来。我用瘦弱的脚跟踢它，用吃奶的力气拉扯缰绳，仍然无济于事。只听领队愤怒地咆哮道："妈的，管住你的马！"我只能更使劲地拉住"魔鬼"的缰绳，它后踢的动作反而更迅猛了。我们就这样一路挣扎着前进，沿途踢中了领队的坐骑和一两只猎犬。最后走到一丛金雀花前，马才停了下来，因为我们卡在了那里。我脸色苍白，浑身发抖，而"魔鬼"心满意足——一切好像贝特曼[1]卡通里的可怕场景。我被责令回家，要求"会骑马了再来"。这件事，以及后来在桑德赫斯特（Sandhurst）骑兵学院同样可怕的经历，令我对不知谁说的一句话深表赞同：离马远点，因为站在马前马后很危险，坐在马背上又难受。

不过，西班牙马术学校是另一回事：它在世界上独一无二的优美环境中，以最优雅的方式展示马术纯粹的格调。这一次，我不辞辛苦地前往马厩，阅读现任指挥官博德哈斯基上校（Colonel Podharsky）的文字，试图更多地了解马术。

利皮扎种马（Lipizzan）的祖先是恺撒大帝送给西班牙人的雪白骏马。在摩尔人（Moor）占领西班牙期间，它又与纯种

---

1 贝特曼（H.M. Bateman, 1887—1970）：英国漫画家。

阿拉伯马杂交，后在 16 世纪时由马克西米利安二世（Maximilian Ⅱ）引入奥地利。今天种马的标准，就起源于靠近的里雅斯特（Trieste）的利皮扎村（Lipizza）。受此影响，马匹繁殖业遍及帝国的多瑙河流域。根据一战的停战协议，利皮扎种马作为部分赔偿款项，由奥地利和意大利平分，其中分给意大利的 109 匹留在了利皮扎，而分给奥地利的 89 匹马被运到了施蒂里亚州（Styria）的皮贝尔（Piber）。今天，利皮扎种马分为六大支，可以追溯到以下雄性种马：普鲁托（Pluto）、孔韦尔萨诺（Conversano）、那不勒塔诺（Neapolitano）、法沃里（Favoury）、马埃斯托佐（Maestoso）和西格拉维（Siglavy）。此外，尽管匈牙利、罗马尼亚、南斯拉夫和波兰也在大量繁殖利皮扎马，但奥地利种马的主要产地仍在皮贝尔。

二战期间，利皮扎种马的命运充满了戏剧性。1942 年，皮贝尔的种马被运到了捷克斯洛伐克的霍施泰因（Hoštejn），在那里和利皮扎的种马会合一处。这是自 1919 年以来利皮扎种马的首次皮合，总共有 350 匹。随着希特勒逐渐溃败，苏联军队开始向捷克斯洛伐克挺进，利皮扎马的末日似乎就要来临。最后关头，1945 年 3 月，浪漫感人的一幕发生了：所有马匹，连同载着它们的服饰和装备的行李车，穿过战火，行军上百公里，抵达了上奥地利州（Upper Austria）的圣马丁（St Martin）。这些漂亮的白马一路西行的情景，令很多人为之动容。在战火纷飞中，圣马丁的骑术学校等待着美军的到来。幸运的是，负责这个地区的巴顿（Patton）将军是一名出色的骑手，他曾经代表美国马术队参加过 1912 年的奥林匹克运动会。他将马匹置于自己的保护下，并护送它们一路返回了故乡皮贝尔。

利皮扎马的高度在 14 至 15.2 个手长之间。出生时为黑色，但会逐渐变成灰色，直至 4 岁左右变成白色。在那时，它们也完成了三种步法的基本训练：走、快走和慢跑。在马术学校，只有公马用于表演，每匹马每天只演出一刻钟，最多训练 45 分钟，以避免专注力和控制力承受过度的负荷。

马术大厅在夜晚最为辉煌，两组巨大的枝形吊灯上分别闪烁着 100 盏灯。吊灯是 1735 年由巴洛克建筑大师费歇尔·冯·埃尔拉赫[1]的后人建造的。在 90 米长的白色大厅里，唯一的色彩来自栏杆上酒红色的长毛绒，而大厅的内部装饰颇具古典的纯洁。它让我想起了全世界我最喜欢的教堂——慕尼黑圣母教堂里白色的巴洛克内饰，我并没有任何不敬之意。

这间美丽的马术大厅在战争中得以完好地保存下来。在玛丽亚·特蕾西亚[2]时代，这里也用于举办锦标赛和旋转木马表演，还充当过舞厅以及狂欢节穿着奇装异服表演的场地。1814 年，贝多芬曾在这里为一千名音乐家指挥他的大型协奏曲。此外，这里也是 1848 年奥地利议会第一次集会的场所。（当纳粹到达维也纳进行"大清洗"时，这个优雅、纯洁的大厅曾一度作为关

1　费歇尔·冯·埃尔拉赫（Fischer Von Erlachs, 1656—1723）：奥地利建筑师、雕塑师，他的巴洛克式建筑深深影响了哈布斯堡王朝（Habsburg）的建筑风格。

2　玛丽亚·特蕾西亚（Maria Theresa, 1717—1780）：奥匈帝国唯一的女王。

押上千名犹太人的监狱，成年人和儿童挤在大厅里，没有食物和卫生设施，持续数日。这是历史上秘而不宣的一页。）

然而现在，这些美好或可怕的回忆全都消散了。晚上 8 点，墙上的壁灯和枝形吊灯亮了起来。远处，在那幅查理六世（Charles VI）骑着利皮扎马的画像下，两道大门突然打开，8 匹漂亮的骏马载着身材笔挺的骑手（他们的座右铭是"骑马向前，保持笔挺"）步履庄严地走了进来，面对皇家包厢站好。骑手们单手摘下三角帽，又戴回去，脸上是严肃而专注的神情。伴随着后台管弦乐团奏响赖廷格（Reidinger）的《节庆入场曲》（Festive Entrance），马和骑手开始表演第一套动作——"高级花式骑术"。骑手们穿着巧克力棕的骑士礼服和白色马裤，以及长至膝盖的黑色马靴，双排铜扣闪闪发光。他们腰板笔直，面无表情，如同骑兵人偶一般，而马匹也有着儿童玩具一般柔软、温和、丰满的身形。起初的动作相对简单，骑手只需轻轻握住缰绳，由着马儿颠步小跑或侧身滑步，铺满锯末和棕色树皮并且整齐耙过的地面逐渐被踏乱了。接下来便是难度较大的"前蹄扬起"和"沿墙踏步"。在你观看这些时，远端角落里的一匹马做起了更好看的"原地腾跃"动作。你会发现，缰绳的作用逐渐显现出来。马匹受到缰绳的约束，这样脖颈才能始终保持骄傲的弧度。马的嘴边沾着唾沫星子，棕色的眼珠显示出专注和英勇。不过，一完成那些高难动作，骑手就会放松缰绳，让马姿态优雅、昂首阔步地小跑过整个大厅——这是令我印象最深刻的步法。

西班牙马术学校的马术表演

就这样一个动作接着一个动作，从"徒手舞步[1]"、"镜像舞步[2]"和"缰绳舞步[3]"，直到最后的"四对舞"——八匹马伴随肖邦和比才的音乐，姿态庄严而悠然地表演阿拉贝斯克[4]舞姿，作为整场演出辉煌的结尾。

这时，尽管整场表演的规整和威严已令人心悦诚服，但人们还是希望看一点奥尔德肖特军乐那样俗气的东西。比如，或许可以表演一回纵马驰骋。这只能说明人们在这类艺术上的品味是多么庸俗。在这个精致、典雅的世界里，并不会有什么冗余的表演。之后，在《奥地利近卫军进行曲》（*Austrian Grenadiers*）令人振奋的旋律下，马匹再次列队，骑手们优雅地举起三角帽，又戴回头上。漂亮的马队悄无声息地从钟表下的大门鱼贯而出，肃静得如同举行葬礼一般，直到马刺和马嚼子最后的叮当碰撞声也悄然远去。

体验过这些不同的雅趣后，我在维也纳还有最后一场约会——一场不太协调的约会——参观 1956 年联合国设立在此的国际原子能机构。

对于各种类型的国际机构、会议或者委员会，我都不太

---

1 徒手舞步（Work in Hand）：指骑手站在马身后，不拉缰绳，马在完全自由的状态下完成的步法。

2 镜像舞步（Pas de Trois）：指两匹马如镜像一般做出对称的动作。

3 缰绳舞步（Work on the Rein）：指骑手在马下牵着缰绳，引导马做出前蹄腾跃等动作。

4 阿拉贝斯克（Arabesque）：一种芭蕾舞的基本步法，又称"迎风展翅"。

感兴趣。**1932** 年我在国际联盟短暂的工作经历令我相信：所有国际机构都是对金钱的严重浪费，产出的不过是几份过于昂贵却毫无用处的报告。我约访维也纳人所谓的"原子委员会"（**Atom Kommission**）的确是带着某种偏见的，心里暗想的是去找点乐子。然而，我不幸落入了塞利格曼博士（**Dr. Seligman**）手中，他曾是哈威尔[1]同位素部门的主管、英国驻国际原子能机构的干事（自成立之日起），他让我的如意算盘完全落空了。塞利格曼博士是那种聪明、幽默、思想开放的科学家（他让我想到索利·朱克曼[2]爵士），他能够以热情洋溢又带有讽刺的语言，将科学问题以通俗易懂的方式讲解给门外汉。他完全让我相信，原子能机构虽然人员和预算都不多，却做着非常重要的工作，而且干得很好。

我私底下以为原子时代是后人操心的事，让像我这样的外行考虑如此宏大又悬而未决的问题，有点晚了。不过我承认，核问题会一直存在。几年前，每个小国都想拥有自己的国家航空公司，如今每个小国都想拥有自己的核反应堆，当然，他们一概宣称是用于和平目的。

原子能机构的建立就是为了应对这样的要求，保障核反应堆的安全，教会工作人员如何操作才不会令世界毁于一旦。

---

1 哈威尔（**Harwell**）：英国的核研究中心。

2 索利·朱克曼（**Solly Zuckerman, 1904—1993**）：英国动物学家、行动调查员，曾作为二战盟军轰炸策略的专家，此后又推动了《核不扩散条约》的建立。

我现在意识到，有这样的国际安全机构存在，对我们所有人都是至关重要的。

那些希望和平发展和使用核能的非发达国家需要依靠外部协助（无一例外），原子能机构就提供这种协助，它的任务就是从核物理、原料、反应堆、同位素的医学应用和工作人员简报等方面，考察每个国家的资格。比如，他们在 1959 年考察了印度、印度尼西亚、泰国和锡兰（斯里兰卡），如今也有其他类似的任务在世界各地进行。原子能机构也负责购买设备、训练人员，各成员国政府只需依据本国的经济情况提供物资和必要的人力。

这样一来，原子能机构就可以在世界大部分地区跟踪记录所有动力反应堆和核材料的使用情况。顺便提一句，苏联也参与其中，但在我看来，其热情相当可疑。

除了这个警察般的职能外，原子能机构也独立研究核能安全措施，包括核废料的处理——这是吃力不讨好的工作，但显然非常重要。

举一个极端点的例子，机构手头（1959 年）正在进行的项目被称为"长春花剂量学项目"（Vinca Dosimetry Project）。1958 年 10 月 15 日，南斯拉夫的"长春花"零号动力反应堆发生了一次短暂核泄漏，几位工作人员遭受了一定剂量的辐射。受辐射人员马上被送到了巴黎的居里（Curie）医院，接受抗辐射的新疗法，这自然引发了科学和医学领域的密切关注。第二年 4 月，南斯拉夫的反应堆再次发生"险情"（用他们的话说）。

处置"险情"的过程中，有不明元素泄漏。维也纳的机构认为，必须全面重新复原事发环境，以便从辐射安全角度确定人员受到中子和伽马射线的准确剂量。南斯拉夫同意了，许多国家也加入其中。英国出借了重启反应堆所需的重水，美国则从橡树岭[1]提供了四个装有盐溶液的塑料模，在实验中，它们将接受不同程度的辐射。

塞利格曼博士证实了外交部长的预测——如果东西阵营能够达成共识，那么在日内瓦讨论已久的原子能监控委员会的总部将有望建在维也纳。很难想象，一个如此美丽、轻松的城市，会成为如此严肃、超现代事业的总部。

思考着这些矛盾的问题，我离开了这座充满浪漫梦想的城市，启程前往塞默灵山口（Semmering Pass）和阿尔卑斯美丽的山间公路，向着萨尔茨堡、因斯布鲁克（Innsbruck），一路向西。

---

1 橡树岭（Oak Ridge）：位于美国田纳西州，原子能研究机构所在地。

1964 年维也纳举办的国际原子能机构会议

前线情报

酒店

五星级：萨赫酒店仍然是最好的酒店。这里有完美的服务和餐饮，除非你有关系或者很早下手，否则很难订到房间。不过，即便订不到房间，你仍然可以在晚餐前或者听歌剧前，在萨赫酒店的蓝色酒吧（Blue Bar）和红色酒吧（Red bar）喝一杯。你还可以在酒店吃到最正宗的巧克力萨赫蛋糕，依然是弗兰茨·约瑟夫皇帝喜欢的配方。不过，那些讲究的维也纳人更喜欢在老牌咖啡店德梅尔（Demel）享用糕点，它位于几条街之外的科尔市场（Kohlmarkt）。另一家五星级酒店是大使酒店（Ambassador），位于 Karntnerstrasse 大街后面的新市场，维也纳人称之为"Kranz"。建议你在这里订一个墙上挂着红色厚丝绸的房间。这里的餐厅也十分出色。

一星级：Allstria 酒店，位于 Wolfengasse 大街，Fleischmarkt 市场外，毗邻多瑙河。酒店在一条狭窄的巷子里，舒适、古朴，有一种克制的、维也纳式的不慌不忙，但服务很有效率。酒店对面是维也纳最古老的餐厅 Griechenbeisl。

餐厅

五星级：萨赫酒店仍然无可匹敌。15 年前，这里被英国管理委员会当作员工食堂，不过如今它的餐饮水平已经基本恢复正常了。这里的招牌菜是焙扁豆和吐司配干火腿，还能喝到海陆空军协会供应的茶。此外，五星级餐厅还包括 Am Franziskaner Platz 餐厅和位于 Weihburggasse 酒店的 Drei Husaren 餐厅。

不过，维也纳人更倾向于将五星级餐厅留给外国人，而去光顾景色优美的一星级餐厅，比如位于 Rauhensteingasse 的 Weisser Rauchfangkehrer 餐厅（意为"白色烟囱清扫工"）。在这里，你可以舒服地坐下来，一边喝维也纳郊外 Gumpoldskirchen 山麓葡萄园产的白葡萄酒，一边聆听饱含深情的钢琴演奏。这里比任何一家五星级酒店都更接近维也纳真正的家庭料理。维也纳人也喜欢点着蜡烛的浪漫餐厅，比如位于 Habsburgergasse 酒店的 Kerzenstuberl 餐厅和 Rotenturmstrasse 大街上的 Lindenkeller 餐厅。

夜生活

五星级：马克西姆夜总会（Maxim）有艳舞表演，这里的女孩让人想起柏林在二战前的好日子。这里的一切都很精致，远胜当今柏林的任何资产阶级夜生活。同样推荐爱娃夜总会（Eva），这里也有情色表演，但更为私密。

一星级：位于彼得广场（Peters Platz）的胖乔治夜总会（Fatty George）颇有历史渊源。二战时它叫作东方夜总会（Oriental），盖世太保常在这里缉捕不小心走漏风声的德国士兵。这些士兵要么正在休假，要么刚从残酷的东线退下来休养。他们并不知道，这里每个座位后面都安着麦克风。那时，老板是一个叫艾哈迈德·贝（Achmed Bey）的人，他的名字至今都让维也纳人感到恐惧。如今，"胖乔治"由一个乐队领队（并非白人）经营，氛围很轻松，主要演出闹哄哄的摇滚乐。对于那些喜欢跳舞和用维也纳方言演唱歌曲的人，玛丽埃塔（Marietta）再合适不过。玛丽埃塔曾有一位歌手，在二战时为了不被纳粹送进集中营而逃到了英国，加入了前线部队。相比喜欢夜总会的外国人，维也纳人更喜欢坐在葡萄酒花园里，喝着葡萄酒，唱着怀旧的老歌。这样的葡萄酒花园大都消费很低，其中最出名的是埃斯特黑齐酒窖（Esterhazy Keller）。在这里，所有的葡萄酒都来自埃斯特黑齐庄园，而酒窖位于一个 13 世纪的地窖里。地窖深入地下，四百年前土耳其人入侵这里时，连他们也不敢进入这个污秽、阴森的地方。乌尔巴尼酒窖（Urbani Keller）是另一个古老的葡萄酒窖，位于市中心。这里有出色的葡萄酒，但是那股霉味总让人怀念贝克街（Baker Street）和芬奇利街（Finchley Road）之间的城市地铁。

偏僻但不容错过之地

　　新奇的钟表博物馆位于维也纳市中心的新市场，它在旅行指南中鲜有提及，甚至连维也纳本地人也不一定知道。博物馆的主人上了年纪，但颇有魅力，他把馆藏捐给了市政府，但仍然把经营这里当作业余爱好。他无比热爱这些收藏，每周只有一到两天才对公众开放，剩下的时间他就待在博物馆里，让上千只钟表和手表合在一起那震耳欲聋的嘀嗒声充斥着房间。馆藏包括一些带有活动色情图片的钟表，图片在上锁的钟橱里，只对成年人开放。"反抗的部件"（*The piece de resistance*）是一个大型钟表机械，由几百年前的一位僧侣所造，它能够显示公元 4000 年之前的一切潮汐运动和月亮圆缺，以及其他许多没什么用但很有意思的信息。

11

Geneva

11

Geneva

日内瓦

❧

　　大多数人一定觉得，将日内瓦囊括在欧洲的惊异之城里不合情理——巴黎、伊斯坦布尔、威尼斯怎么办？但在我看来，巴黎太大了，伊斯坦布尔太亚洲了，而威尼斯早就落入俗套了。我曾想写一篇关于威尼斯的幽默散文，但不写运河、贡多拉[1]、教堂和广场。我将专注于描写火车站纯粹的建筑艺术、证券交易所的运作、威尼斯财政的乱象，以及自来水厂和发电厂的历史。兴许，我还能旁征博引，从威尼斯民俗学的角度阐释为什么他们管这么小小的一座桥叫"宏伟桥[2]"？往好里说，这算是令人扫兴的讽刺小品。不过，除了胡诌这样一篇，威尼斯实在没什么新鲜的东西可谈。它就在那里，你能对别人说的也就是"你应该去亲眼看看"。所以，我选择了日内瓦。它干净、整洁、敬畏上帝，是致力于高尚事业——加尔

1　贡多拉："gondola"的音译，意为威尼斯尖舟。

2　宏伟桥：原文为"Bridge of Size"。威尼斯圣马可（San Marco）广场附近的运河上有一座著名的"叹息桥"（Bridge of Sighs），这里弗莱明用谐音加以戏谑。

1964 年 3 月，在日内瓦举行的国际会议

文 [1]、红十字会和联合国的模范城市。

对我来说，日内瓦乃至整个瑞士都有一种乔治·西姆农的特质——这种特质简直让惊悚小说家想拿出一个开罐器将整个城市撬开，探寻其表面之下的东西。那些住在谷仓街（rue des Granges）的大家族，他们那飘着加尔文旗帜的城堡的蕾丝窗帘背后有什么故事？青铜栅栏保护的瑞士银行里有什么秘密？这个美丽、平和的国家，其外表之下隐藏着何种动荡？

一旦跨过阿尔贝格山口（Arlberg Pass），进入福拉尔贝格州 [2]（顺便提一句，这里曾在 1919 年公投加入瑞士，但被瑞士拒绝），一切就都变得不一样了，就连约德尔唱腔 [3] 也不一样。在奥地利和巴伐利亚，约德尔唱腔柔和、轻快、明丽，充满浪漫情怀；但在瑞士，约德尔唱腔隐隐透出一种忧郁，有时几乎婉转、低沉得像是来自远古的哭泣，又好似山笛的悲鸣——回荡着对瑞士道德、名望和规矩束缚的控诉。瑞士的稳固建立在一个巨大的阴谋上，它对于任何混乱都置之不理，不管这种混乱来自邻国还是国内，瑞士都把它们干干净净地扫到地毯下面。

1　加尔文（Calvin，1509—1564）：法国宗教改革家，创建了基督教新教的重要派别——加尔文教派。

2　福拉尔贝格州（Vorarlberg）：奥地利最西部的州。

3　约德尔唱腔：阿尔卑斯山区牧民传统的山歌唱法，其特色是运用真假嗓交替演唱。

瑞士是一个大型的"休息之所[1]"，务必保持这家"欧洲小旅馆"的井井有条。这样一来，先不考虑其他方面，至少"旅馆"的"租金"可以一直维持在高位。瑞士政府（它更像是一个管理机构）和所有瑞士人经常得费劲儿打扫，维持表面的整洁、秩序以及无可挑剔的财务状况。

这种过家家似的态度，让刚从奥地利过来的随遇而安的旅行者感到自己快得"幼稚病"了。在说瑞士德语的地方，人们用起词缀来就像小孩说话似的。词缀"li"到处都是，从 Bürli、Mädli，当然还有 Kühli（男孩们、女孩们和奶牛们），到著名的 Müsli——伯彻-布雷纳[2]博士用这种健康食物救了斯塔福德·克里普斯[3]爵士的性命。我最喜欢的词是 Kelloerettli，源自 quelle heure est-il[4]，而在伯尔尼方言里意为"一块手表"。周围干净整洁，瑞士火车的汽笛高亢明亮，奶牛的铃铛声叮当作响，抚慰人心。奶制品和巧克力的广告无处不在，布谷鸟钟在每个商店的橱窗里嘀嗒嘀嗒，这一切都让来瑞士旅行的人感觉来到了一个巨大的幼儿园。

1　原文为法语 "Non Repos"。

2　伯彻-布雷纳（Bircher-Brenner, 1867—1939）：瑞士营养学家，他发明了 Müsli（混合麦片）这种营养食物，并将其推广。

3　斯塔福德·克里普斯（Stafford Cripps, 1889—1952）：英国工党政治家，因反对张伯伦的"绥靖政策"被开除出工党，后来先后担任英国驻苏联大使和财政大臣。此外，他也是著名的素食主义者。

4　法语，意为"几点了"。

日内瓦

　　然而从别的诸多方面来看，从欧洲其他国家来到瑞士又令人振奋：在这里，你总算可以把车停在街边而不用锁车了；街上没有乞丐、皮条客和黑帮；油泵里的高级汽油货真价实；人们尊重隐私，没有八卦作家；盥洗室一尘不染；侍者和店员发自内心地希望取悦顾客——这种愿望几乎只在极其俭朴的国家才有。

　　在这个整洁而有秩序的国家，你也必须表现得整洁而有秩序。瑞士的行政人员和官僚机构特别爱管闲事，喜欢挑刺儿。把车停在了不该停的地方，乱扔了一点垃圾，或者坐火车时买错了车票，都会招致严厉的行政处罚。一旦遭到阻挠或冒犯，瑞士人马上就会像心理学家说的那样"突然爆发"。对于每个英国滑雪俱乐部的成员来说，如果他冒犯过瑞士火车上的保安，想必都会同意上面的说法。这种爆发（与对称主义者对混乱的反应类似）是由压抑导致的深层精神疾病的表征，就像高压锅爆炸时飞出的锅盖。统计表明，恶化的症状还表现在自杀率上——瑞士的自杀率大约是英国的两倍，离婚率为欧洲第四高。拜对荷兰杜松子酒的偏爱所赐，酗酒是导致这个国家精神失常的首要原因。谈到这一点，一位住在苏黎世（Zurich）老城的朋友告诉我，每到星期六晚上，郊区人民和附近的农民就会聚到一起，进行每周一次的"打开高压锅盖"的活动。狂喝滥饮的人们把夜晚弄得一片狼藉。他们喝醉后东倒西歪，还跑到大街上对着月亮号啕大哭，以宣泄心中的挫败感。

　　不过，为了"休息之所"的形象，关于此类悲剧的新闻全部遭到封杀（在瑞士报纸上，任何人的死亡都不能说是自杀），其他暴露人性弱点的事件也会加以掩饰。例如，婚外情虽然有可能闹到离婚法庭上，但通常会保持体面。瑞士生意人大都有情人，这是默许之事。同样心照不宣的是：情妇不应该在"窝边"找，而要在经常出差前往的邻近城市找。在瑞士人典型的观念里，这位叫洛特或丽莎的女士不能是那种整天躺在绸缎椅上翻阅时尚杂志，并不时把手伸进巧克力盒子里的漂亮情妇。苏黎世生意人的理想情人要在伯尔尼（Berne）有份令人尊敬的工作，能把爱巢打理得井井有条，情夫来过夜时，还能为他准备一桌好菜。她既得是好公民，又得是好情人。为了让整件事看起来干净利落，堕胎在多数州都是合法的，尽管过程相当繁复而正规：无论是何国籍的女孩，都要先去看普通医生，让医生证明她不适合怀孕——血压太高或太低啦，或者身体有这样那样的毛病啦。然后，医生推荐一位妇科大夫，而妇科大夫再推荐一家诊所。如此这般，把风险和责任分散开来（通过这样的三角合作，还能顺带把收益增加到 80~100 英镑），和赌博类似。除了在股市和黄金交易所之外，瑞士人算不上是好赌徒（尽管我相信是瑞士人发明了赌球），不过近来瑞士多数大城市都允许赌场存在了，但须遵守两个条件：赌博项目只有法式滚珠 [1]，最大赌注只有 5 瑞

---

[1] 法式滚珠（La boule）：一种类似轮盘赌的游戏。

士法郎——这两个限制条件有效地控制了赌博的危害性。

尽管将大多数人普遍性的弱点如此美化了一番，金融犯罪依然存在，而瑞士人也没打算把它藏在地毯下面，相反，他们把针对神圣的瑞士法郎的犯罪上升到了十恶不赦的层面。之所以这样做，是因为他们的确认为这种罪行十恶不赦，毕竟瑞士法郎是整个国家膜拜的偶像。一位经常收听瑞士广播的朋友告诉我，在瑞士，不会有哪个新闻简报节目没有关于瑞士法郎的报道。各州预算会精准到生丁[1]，地方图书馆、足球场，或一座新公寓大楼的花费，同样要如此精确（这类瑞士地方新闻通常放在国际新闻之前）。在瑞士，最严重的犯罪就是和金钱有关的犯罪，即便是最不起眼的入室行窃，也会遭到警方的严厉追查。教会儿童认识金钱的价值是教育的重中之重。如果你在街上看到一群瑞士人，他们一定不是站在商店橱窗前，而是站在银行窗户前。所有瑞士人都能在华尔街开市半小时后，说出股票的价格和之后每小时的价格。

这种对金钱的狂热并不鲜见。日内瓦人亨利·杜南[2]创立了红十字会。在宣传人道主义理念时，他的家族生意——阿尔及利亚的纺织厂破产了。这意味着他犯下了在日内瓦所能想象的最严重的罪责——白白浪费了金钱。多年以后，在阿彭策尔

---

1 生丁：瑞士法郎的辅币，1瑞士法郎等于100生丁。

2 亨利·杜南（Henri Dunant，1828—1910）：瑞士商人和人道主义者，"红十字会之父"。1864年的《日内瓦公约》就是以他的思想作为基础。

260

州（Appenzell）过着穷人生活的杜南获得了首届诺贝尔和平奖。尽管此时距离他破产已经有 30 年了，但债主还是马上试图冻结他的奖金用于抵债。杜南暂时躲开了他们。1910 年去世时，他把奖金捐给了慈善机构，没给家人留下一分钱。

对于自然资源匮乏的国家来说，对金钱的渴望是经济发展的首要动力。从更广阔的层面讲，这样的国家只有服务可供出售。和苏格兰人一样，瑞士人也勇武好斗，他们最初靠当雇佣兵为生（梵蒂冈的瑞士守卫是其中的幸存者）。不过从 20 世纪开始，他们就把精力转移到了酒店业和疗养业上（随着肺炎的攻克，他们又精明地转而致力于由压力和紧张导致的可控制的现代病上），还建立了世界上最稳固的银行系统。

瑞士银行最大的优点是它不仅稳固，而且私密。在苏黎世、巴塞尔（Basle）和日内瓦的地窖里，藏着价值数十亿英镑的秘密财富。这些渴望寻找安全港的不义之财之所以大量涌入瑞士（尤其是在战后），就是由于瑞士政府对热钱（或多或少算是热钱，如果不"热"，也就不会流出）所持的同情态度。在瑞士银行，你可以拥有只用数字代表的账户或保险箱，这个数字只有你自己和一位银行主管知道。主管绝不会泄露你的身份，即便是对他的上级。举个例子，假定伊恩·弗莱明有这样一个账户，朋友给瑞士银行打去 10 万英镑给伊恩·弗莱明，银行会否认有我这个客户，并会把钱退回去。但如果钱是打给 1234 这个账号，就可以正常汇入钱款。只有当瑞士政府在瑞士法庭上调查我的犯罪行为时，相关主管才会被传唤到庭，将我的账户或保险箱公开。

为了巩固这一机制，1934 年 11 月 8 日（值得注意的是，这个时间点刚好与犹太人和德国人为了逃避希特勒而大量转移资金的时间点暗合）出台的法律规定，对破坏银行安全的行为处以严厉的联邦处罚。我不辞辛苦地查找相关的 47B 条款，抄录如下：

无论是机构、官员、银行雇员、会计或会计助理，还是银行委员会成员、秘书处职员或雇员，凡故意违反绝对保密的责任或泄露职业秘密，凡引诱或试图引诱他人违反上述责任的，都将被处以 20 000 瑞士法郎的罚款，或最高 6 个月的监禁。两种处罚可以同时执行。

这些安保措施就像阿尔卑斯山上那些冷杉，面对狂风也沉默不语，绝不吐露秘密。难怪瑞士被公认为世界的保险箱。

瑞士的隐秘财富是无法以百万或亿来估量的。《皮克世界货币报告》（*Pick's World Currency*）在最近的调查中给出了世界各国人均黄金持有量的数据，瑞士人以人均持有 370 美元的纯金轻松位列前茅——这个数字是美国公民人均持有量的三倍还多。（我不想让读者形成瑞士十分吝啬这样的印象：不仅瑞士政府为海外慈善事业慷慨捐款，红十字国际委员会、红十字会联盟以及瑞士红十字会的经费也多由瑞士提供。此外，很多半官方和私人的瑞士慈善组织每年也会为国外的慈善项目大笔捐款。）

　　瑞士痴迷于保护并进一步积累国家财富，这一点并不令人惊讶。这个国家对隐私和安全的重视，或许既是为了吸引永远在寻找"安全港"的金钱，也是为了国家的和平与安宁。瑞士不仅在边境线，也在全国众多的桥梁和战略要地不断对用于战备的坦克陷阱、伪装的堡垒和爆破地点加以维护，从而增强银行戒备森严的气氛。（比如，在里昂到日内瓦主路的一个路口处，有一座简洁的别墅，窗台上放着花箱。走近仔细观察，你会发现这是一座坚固的混凝土碉堡。）年龄在 **20~60** 岁的公民必须服兵役，每名民兵都要在家准备好步枪和 **40** 发子弹，以便听到召唤随时能出来进行巷战。应对紧急情况的准备工作已经到了这样的程度：每个家庭主妇都要在食品贮藏室存放定量的食物，大致包括每人一升食用油、两千克的米和糖，还要定期更新以保持新鲜。这些措施，加上虽不灵活但十分强大的警察机构，共同营造出一幅在动荡世界中法律有效、秩序井然、安保到位的生动画面。此外，瑞士人的诚实、工业化和整洁，也使得外国人和外国资本无不留下"瑞士是天堂"的印象。

　　历史上，瑞士是战争难民和受迫害民众的避风港，如今它开始接收一种新型难民——避税者。政治难民仍然多是流亡的皇室，包括意大利人、罗马尼亚人、西班牙人、埃及人和一批阿拉伯酋长。这些世界风云的悲惨弃儿被人从宫殿中赶出来，却在莱芒（Leman）湖畔的宫殿酒店里找到了避难所。在那里，他们时常组织茶会和桥牌会，规矩严谨而庄重，令本地的势利之徒趋之若鹜。

很多稀奇古怪的人攀附在这群前国王、前皇后的腐朽世界里。洛桑（Lausanne）有一个奇怪的组织，有 30 多人，全都崇拜英国女王，他们相信伊丽莎白女王是《圣经》中大卫王[1]（King David）的后代，她将君临天下，开启全人类的幸福时代，而这个世界的统治中心在洛桑。这个组织在一个仓库上建起"宫殿"，饰以明亮的七彩布帘，还放置了一把红色的皮质扶手椅，那是女王的御座。一把样子相似但小一号的椅子属于查尔斯王子。成员们轮流每次斋戒 24 小时，等待女王陛下的到来。领头的叫弗雷德里克·伯西（Frederick Bussy），是一位留着络腮胡的先生，不到 50 岁，穿一件白色长袍，上面绣着英国王室的纹章。他用录音机录下组织的预言，之后誊写出来，寄给世界各国的首脑。令伯西先生尤为自豪的是，女王陛下似乎也听到了他的请求。他对一个记者说："我们曾建议女王陛下在加冕大典上选择爱德华加冕椅[2]，她果真这么做了。"

有一群英美演员和作家，他们是我们这个时代的伏尔泰、卢梭和斯塔尔夫人[3]——其中包括查理·卓别林、诺埃尔·科

1 　大卫王：《旧约》中记载的犹太以色列国王，勇敢而正义，多才多艺，具有理想帝王的形象。

2 　爱德华加冕椅：英国皇室加冕用的宝座，于 1296 年由爱德华一世（Edward I）制造。宝座下方放置斯昆石（Stone of Scone），它是爱德华一世征服苏格兰的战利品。

3 　斯塔尔夫人（Mesdames de Staël, 1766—1817）：法国评论家、小说家、浪漫主义文学的先驱。

沃德、英格丽·褒曼（Ingrid Bergman）、理查德·伯顿[1]、彼得·乌斯蒂诺夫[2]、尤尔·伯连纳[3]、威廉·霍尔登[4]、乔治·西姆农、梅尔·弗尔[5]和奥黛丽·赫本（Audrey Hepburn）。在蒙特勒（Montreux）附近，我与诺埃尔·科沃德住了一段时间，我太太也在那里与我会合。诺埃尔·科沃德既是我的朋友，也是我的偶像。我对媒体上的口诛笔伐[6]感到十分厌烦，但我不赞同他的律师几年前说的话——他劝科沃德，与其在英格兰慢慢走下坡路，还不如到国外定居，悠闲地生活下去。我不打算向读者赘述事情的细节，但是我建议英国的税法做出一项基本修改，我称之为"安慰条款配额"，以显示其在法律中恰如其分的重要性。简单来说，这个条款将给那些经过独立法庭判定为"曾给人民带来巨大欢乐的人"以税收减免。大多数受益者肯定来自

1　理查德·伯顿（Richard Burton, 1925—1984）：英国电影演员，他的第二任太太是伊丽莎白·泰勒。

2　彼得·乌斯蒂诺夫（Peter Ustinov, 1921—2004）：英国电影演员，曾在《尼罗河上的惨案》（*Death on the Nile*, 1978）等电影中出演过大侦探波洛。

3　尤尔·伯连纳（Yul Brynner, 1920—1985）：号称"光头影帝"，生于海参崴，拥有瑞士和美国双重国籍。

4　威廉·霍尔登（William Holden, 1918—1981）：美国电影演员，出演过《战地军魂》（*Stalag 17*, 1953）《桂河大桥》（*The Bridge on the River Kwai*, 1957）等影片。

5　梅尔·弗尔（Mel Ferrer, 1917—2008）：美国电影演员，与奥黛丽·赫本共同出演过《战争与和平》（*War and Peace*, 1956）。

6　二战期间，诺埃尔·科沃德暗中接受英国政府任命，利用自己的声望在海外鼓动民意，创造有利于英国的舆论环境。但他依然维持了以往的富家子弟形象，过着相当舒适和奢华的生活，这招致了英国媒体和民众的不满。

艺术领域——表演、写作、绘画、音乐等，但也会有来自体育、政治和医学领域的人。在我看来，这个条款会得到大众的支持，极大地促进艺术繁荣，并保持我国的创造力。（请抄送英国税务局以备实施！）

诺埃尔·科沃德安排了一场晚宴，除了我们，还有他的邻居查理·卓别林。这两个人给我的生活带来了最多的欢乐，与他们共进晚餐自然是一件愉快的事。查理·卓别林住在一栋 18 世纪的漂亮房子里，有一座树木环绕的大花园，俯瞰沃韦镇（Vevey）。房间的家具普通而典雅，是那种舒服且适合过日子的家具。或许除了晚餐用的杯子，这里没有一点虚荣矫饰。查理·卓别林不喜欢这些杯子，它们是从威尼斯买来的，杯身上是蜘蛛网似的图案，镶着金边。查理·卓别林讲到他和妻子在威尼斯的经历：他们竭尽所能，还是不免被贡多拉送到了"那个倒霉的吹玻璃的小岛"。他逼真地做着吹玻璃的动作，脸都憋红了。"然后他们强迫我——完全是强迫——花了 1000 美元买了这些垃圾。"他挥了一下手，"我中了圈套，生气极了。"当晚的大部分光彩都归属于乌娜，她是卓别林年轻美丽的妻子、尤金·奥尼尔[1]的女儿。在他们 17 年的婚姻中，她为卓别林生了 7 个儿女。看到两人真挚地沉浸在彼此的爱意中，我感到十分美好，而这样的美好也点亮了整个夜晚。

查理·卓别林穿着一件紫红色的起居夹克。他说，穿上这

---

[1] 尤金·奥尼尔（Eugene O'Neill, 1888—1953）：美国剧作家，曾获 1936 年诺贝尔文学奖。

件衣服，会让他感到自己是百万富翁，既活力十足，又不乏人们期望从他身上看到的那些贬损和自嘲。我们慎之又慎地谈起卡罗尔·切斯曼[1]的死刑，在深入谈及政治之前转移了话题。（卓别林对整件事都感到厌恶，但他还是认为，切斯曼通过自己的死，为人类做出了比战后任何人都多的贡献。）之后我们谈起《宾虚》[2]，不过卓别林从不去电影院或剧院，也没有电视，所以并未看过。这时，卓别林突然变得兴致盎然，因为他即将拍摄一部伟大的电影，那将是《宾虚》、《安娜·卡列尼娜》（*Anna Karenina*，1948）、《南太平洋》（*South Pacific*，1958）等几部杰作的混合体，名字叫"浪漫80天"（*Around Romance in 80 Days*）。他会拍一段双轮马车的追逐戏，反派人物的车轮上挂着大刀，他想拦住英雄——"一个叫格列佛、堂吉诃德或类似名字的哥们儿"。反派人物渐渐追赶上来，英雄神情自若地掏出一块火腿，拿起挂在轮上的大刀，片着火腿，然后一片片地吃下去。之后，他将能量大增，赢得这场追逐。英雄与反派一来一回、一动一静，整场戏弥漫着持久的张力，让人紧张得喘不过气来。

1　卡罗尔·切斯曼（1921—1960）：美国人，犯有抢劫、绑架和强奸等罪行，后被判处死刑。他是美国当代第一个因非致命犯罪而被判处死刑的人，在当时引起了轩然大波。切斯曼在狱中出版了四本书，还被改编成电影。

2　《宾虚》（*Ben-Hur*，1959）：改编自卢·华莱士（Lew Wallace）的同名长篇小说，讲述了犹太人宾虚同罗马指挥官玛瑟拉之间的爱恨情仇及其反抗罗马帝国压迫的故事。该片获1960年第32届奥斯卡最佳影片和最佳导演等奖项。

卓别林换了一副严肃的口吻说，他还会再拍一部"小人物"题材的电影。我太太建议，主题可以是"从没这么走运过的小男人"。卓别林觉得这个点子不错，笑纳了。然后，他向我们活灵活现地讲述他接受威斯敏斯特公爵[1]的邀请，去法国打野猪的事。他讲如何借衣服，然后马如何把他带跑。后来，在诺埃尔·科沃德的有意引导下，他又把话题岔开，讲起了早年在英国寄宿学校的事情，以及他崇拜的伟大演员、他个人的打拼和刚受到大众关注那会儿的情况。

如今，卓别林正在写自己的回忆录，每天从上午 11 点写到下午 5 点，已经写了 900 页。我们见面的这天，他还有 20 页就彻底完工了。他抱怨瑞士秘书总是让他心烦，因为她老想纠正他的英语写作。卓别林说这事很正常，因为英语是他自学的，说不定秘书远远比他水平高。即便如此，他还是更喜欢自己的版本，希望能在出版时得以保留。我们当然也都极力主张他拒绝任何出版社的审查和修改，但又担心他的谦逊性格会让编辑得逞。（那些"不写东西"的人反而比写东西的人写得好得多——艾德礼[2]勋爵、莫兰[3]男爵、蒙哥马利[4]子爵，

---

1 威斯敏斯特公爵（Duke of Westminster）：1874 年由维多利亚女王赐予格罗夫纳（Grosvenor）家族，由长子世袭。

2 克莱门特·艾德礼（Clement Attlee, 1883—1967）：英国工党政治家，1945 年接替丘吉尔担任首相。

3 查尔斯·威尔森（Charles Wilson, 1882—1977）：丘吉尔的私人医生，被封为莫兰男爵。

4 伯纳德·蒙哥马利（Bernard Montgomery, 1887—1976）：英国陆军元帅，受封为子爵。

还有最近的拉尔夫·理查森[1]！）这个夜晚不得不告一段落了。当你发现你的偶像比你想象的还完美时，是多么美好的事！

当时正是水仙花节，诺埃尔·科沃德家（他最后还是没叫它"诗莉小屋"）周围的土地上开满了鲜花。这些花同样也铺展在我环欧旅行的路上——荷兰的郁金香、维也纳的丁香花、瑞士的水仙花，还有后来在那不勒斯见到的九重葛和木槿。可惜，我不得不告别纯洁的阿尔卑斯[2]（顺便一问，高山的定义是什么？高山什么时候会变成冰山？），回到日内瓦——那座让伏尔泰"眼前一亮的闪耀之城，它骄傲、尊贵、富裕、深邃又狡猾"。

日内瓦比伏尔泰的时代富裕太多。当时舒瓦瑟尔公爵[3]——受蓬巴杜夫人[4]宠信的外交部长建议："如果你看到一个日内瓦人从窗户跳出去，试试跟着跳呗，你可能还有 15% 的机会捞一笔呢。"今天，无数国际组织和受税收优惠政策吸引而来的外国大型企业，如克莱斯勒和都彭，它们给日内瓦经济带来了巨大的发展。这里 1/4 的居民是外国人，每年有超过 100 万的游客。城市边缘在不断扩张，但真正的日内瓦人数量依然

---

1 拉尔夫·理查森（Ralph Richardson, 1902—1983）：英国演员，尤以诠释莎士比亚剧中的人物而闻名。

2 阿尔卑斯（Alps）：本意为高山。

3 舒瓦瑟尔公爵（Duc de Choiseul, 1719—1785）：法国军官，曾出任法国外交大臣。"七年战争"失败后，他致力于重建法国的威望。

4 蓬巴杜夫人（Madame de Pompadour, 1721—1764）：法国国王路易十五的情妇。她对当时的文学艺术有很大影响，是洛可可艺术风格的主导者和推广者。

很小，只有大约 5 万人，他们正痛苦地避免被巨大的金牛犊[1]拱翻。最初他们满怀热情，现在却心情复杂地为它提供牧场。

今天，在任何城市停车都是难上加难的事，日内瓦市中心尤其如此。我一遍遍兜着圈子，像落入陷阱的老鼠。我意识到，对驾车者来说，"P"已经成了最渴望看到的字母。能够把车停下，从车里出来，还不用担心回来时被人臭骂，这是多么幸福的事！对日内瓦来说，唯一的希望只有在著名的湖区上空修建大型停车场了。

美丽的湖水、世界最高的喷泉，以及气象庄严、轰鸣着穿过城市的罗讷河，加上勃朗峰（Mont Blanc）——所有这一切，都没能让日内瓦变成一座快乐的城市。丑陋的、高耸入云的教堂顶，就像悬在市民头上的一把"道德利剑"，彰显着加尔文的强硬主张，令人惶恐不安。紧挨大教堂的谷仓街上，那些贵族之家：德·康多尔[2]家族、德·索绪尔[3]家族、皮克泰[4]家族，他们为名望和守旧立下了可怕的基调，并成为没那么富有的日内瓦人竞相模仿学习的对象。国际机构（包括委派代表、各类组织的

---

[1] 金牛犊：摩西上西奈山领受十诫时，以色列人制造的一尊偶像，它引发了上帝的震怒。后来也被引申为对财富的追求。

[2] 德·康多尔（Agustin Pyarmus de Candolle, 1778—1841）：瑞士植物学家，曾提出"自然战争"理论，影响了达尔文。

[3] 费迪南·德·索绪尔（Ferdinand de Saussure, 1857—1913）：瑞士语言学家、符号学家，现代语言学理论的奠基人。

[4] 皮克泰（Pictet）：瑞士著名家族，私人银行和资产管理机构的创始家族。

工作人员和外国企业雇员）甚至连日内瓦社会的边缘都没进入，他们彼此之间也并不融洽。比如，美国人缺乏适应能力，于是他们在日内瓦美国妇女俱乐部主席和世界卫生组织心理健康部主管的要求下，编纂了一本小册子（顺便一提，这本小册子写得挺接地气），目的是让来日内瓦工作的美国人能够适应所谓的"文化震惊"——欧洲生活方式对美国人的冲击。

主要问题是语言，其次是怎么教育孩子。日内瓦和瑞士其他地方一样，小孩喝茶时要吃黄油或果酱。年满 18 岁前，瑞士小孩不允许看大部分电影，甚至连无害的丹尼·凯[1]也要等到 16 岁以后才能看，看时还必须出示身份证。瑞士小孩参加派对回来，家长会问："你刚才乖吗？"而美国家长问的是："玩得开心吗？"瑞士母亲还发现，她们很难和外国母亲进行成人间的交流，因为直到 1960 年，瑞士妇女才以微弱的优势获得投票权，并且只是在少数的几个州。从 1914 年起，瑞士人大体的价值观和道德判断就没怎么发展过，而外国人的观念早被两次世界大战搞得天翻地覆了。

最重要的是，日内瓦人冰冷的态度刺痛了那些特别渴望得到爱的美国人（英国人倒并不在乎别人是否喜欢自己，或者说他们太迟钝了，不招人待见也意识不到）。在伏尔泰不断攻讦加尔文主义时，他竭力试图摧毁的正是这种冰冷和自命不凡的态度。现在，只有巨大的丑闻才能挫败这种骄矜之态。幸运的是，

日内瓦

我一向认为上帝对加尔文主义没什么好感，时不时会降下这样那样的丑闻来羞辱加尔文今日的徒孙们。1960 年 5 月，我在日内瓦时，这类丑闻的回声仍在隆隆作响——这次是皮埃尔·雅库（Pierre Jaccoud）的案子。此人是日内瓦的资深律师、律师协会主席、日内瓦激进党领袖，此案绝对堪称丑闻"大满贯"。

故事是这样的：1958 年 5 月 1 日，年迈的查尔斯·祖巴赫（Charles Zumbach）被杀，死在日内瓦郊区的家里。那天晚上，他的太太参加完教堂活动回来，也被歹徒击中受伤。据她形容，歹徒高个子、黑皮肤，穿一身黑色西装，行凶后跑出房间，骑上一辆黑色自行车逃跑了。这成为报纸的头条新闻，但轰动性远远比不上一个月后皮埃尔·雅库以谋杀罪被捕的新闻。

丑闻发展得很快。据透露，谋杀案发生后不久，雅库就跑到了瑞典斯德哥尔摩，并将头发漂白。在警方调查时，他还试图服毒自杀。他有一个情妇叫琳达·波特（Linda Baud），是日内瓦广播电台的秘书。在学校时，他就因为清教徒般的性格被戏称为"加尔文"；当上律师后，他做过阿里·汗[1]、萨夏·吉特里[2]，以及法本化学公司[3]的代理人；他也是音乐专科学院和瑞士罗曼德管弦乐团（Orchestre de la Grand Romande）的指挥；他还是市政议员、日内瓦大委员会的副主席；更值得一提的是，

---

[1] 阿里·汗（Aly Khan, 1911—1960）：印度尼查尔派穆斯林苏丹的王子。

[2] 萨夏·吉特里（Sacha Guitry, 1885—1957）：法国演员。

[3] 法本化学公司（I.G.Farben）：总部位于法兰克福，曾是世界最大的化学公司。

他住的街道就挨着谷仓街！所有这一切，就发生在这样一位"日内瓦之子"的身上。

原来，雅库在一场官方晚宴上遇到了当时 20 多岁的琳达·波特，正如他的律师所说，"他从未这样爱得像个纯情少年"。这场恋情维持了 10 年，其间跌宕起伏。雅库太太全都知道，但由于害怕世俗的看法，她没有采取任何行动。恋情结束后，忍气吞声的雅库太太还是接纳了丈夫，弥补了婚姻的裂痕。

不幸的是，1957 年夏天，琳达·波特又找了一个情人，这人是日内瓦广播电台一个年轻的技术员，名叫安德烈·祖巴赫。出于嫉妒，雅库写了数封下作的匿名信：

我听说你是琳达·波特的朋友。我觉得你有必要知道事情的真相。她做过酒吧老板的情人，然后是你们公司一个员工的情人，还有其他很多艳遇。此后，她还给一个有妇之夫当过数年情妇。我刚听说她正和一位与我关系甚好的人交往。8 月 17 日，我看到他们在一起，还偶然发现了一张极具启发性的照片，能够说明他们一起时都干了些什么。我把照片随信附上。

（签字）西蒙·B

照片是琳达的一张裸照。琳达说这是某天晚上，雅库在他们用来偷情的那间脏兮兮的小屋里用枪指着她拍的。安德烈·祖巴赫指控雅库是寄信人。检方认为，雅库出于恐惧来到祖巴赫家，想要杀死安德烈·祖巴赫，拿回信件。不想碰到了安德烈的父亲，惊慌之下杀死了他，还向安德烈的母亲开了枪。

审判从 1960 年 3 月开始，持续了三个星期，充满了戏剧性。检方出示了雅库写给琳达·波特的 500 封情书，还有在雅库家中发现的一把沾有血迹和肝脏细胞的摩洛哥匕首。在案发现场，警方还发现了从英国风衣上掉下来的一枚纽扣，而这件风衣就在雅库的公寓里，他正准备将它打包捐赠给红十字会。

好像是为了增强戏剧性似的，公诉人竟然是雅库的好友，然而两人在庭上只是以"你"相称。这个法庭也是雅库经常替人辩护的地方。法官同样认识被告人，辩护律师也是他的老朋友。公诉人承认自己与琳达·波特很熟。而一位来自巴黎的著名律师勒内·弗洛里奥[1]作为辩方证人出场，使得这场好戏愈加精彩。他在法庭上肆无忌惮地搅浑水，至今仍让日内瓦民众感到愤怒。

最终，得益于日内瓦人对权力、尊号以及早就灰飞烟灭的上流社会发自内心的崇敬，雅库虽被判定有罪，但只被处以七年监禁，随后减刑至三年。

还有一起案件是 1957 年的迪布瓦（Dubois）间谍事件。这类案件发生在瑞士总会产生更大的影响，因为尽管世界上任何国家都有肮脏的勾当，但它实在不应该来骚扰一个把"休息

1　勒内·弗洛里奥（Rene Floriot, 1902—1975）：法国律师。在雅库一案中，他巧舌如簧地攻击证人，并宣称："只有罪犯才需要不在场证明，杰出的人从不会记得晚上的时间是怎么度过的。"

之所"当作座右铭的国家。这些丑闻在国外不会比杀人新闻更吸引眼球，但若在瑞士，就像一个巨大的高压锅，锅盖被掀起一角，一阵毒气喷薄而出——这种从人类混乱的大锅里冒出来的气体，正是崇尚规矩的瑞士最大的敌人。

我担心我写的这些无论是对瑞士人，还是对他们无比美丽的国家，都有太多甚至过多的批判。然而我的本意并非批判，我只是想去观看、调查一个国家表面之下的内里。比起那些把感情和精神症状都写在脸上的国家，瑞士要神秘得多。我在瑞士完成了部分学业——在日内瓦大学学习过社会人类学，所有课程都由著名教授皮塔尔[1]指导。我还和一个瑞士女孩订过婚。我对这个国家和它的人民怀有深刻的感情，这份感情不会产生任何动摇。但是，正如我在开始所说，瑞士有一种西姆农式的特质，有一种静水流深的气氛。对惊悚小说家来说，这是最大的诱惑。我东挑一点刺儿，西找一点碴儿，面对瑞士展现在世人面前的那张矜持甚至可以说是严肃的面孔，我总愿轻柔地加以嘲弄。那是因为在剧院看戏时，相比坐在观众席上，惊悚作家更喜欢站在后台。

最后，我将揭开瑞士最后一层面纱。在所有秘密中，这也许是最让世人困惑的——瑞士奶酪上的孔，是在制作格鲁耶尔奶酪（Gruyere）和爱芒特奶酪（Emmental）的过程中，产生的二氧化碳形成的。当奶酪凝固时，气泡就保留了下来。

1　尤金·皮塔尔（Eugene Pittard, 1867—1962）：瑞士人类学家，著有《种族与历史》。

巴塞尔的瑞士银行大楼

酒店

日内瓦的酒店通常住满了参加大型会议的代表。尤其是冬天以及那些闻所未闻的会议，更喜欢选中这里。

奢华酒店如雨后春笋般涌现，其中里士满酒店（Richmond）和贝尔格酒店（Hotel des Bergues）尤其受到来访的上层人士和国家要员的喜爱，而新建的罗讷河酒店（Hotel du Rhône）则更受商业大亨和阿拉伯"土豪"们的青睐。

还有另一种类型的奢侈酒店——地处静谧而遥远的湖畔，拥有乡村庄园的氛围。针对这种类型，我推荐不太为人所知的 Clos de Sadex 酒店。靠近尼翁（Nyon），离市中心 25 千米，位于苏黎世通往洛桑的公路上，因此只推荐给有车一族。酒店主人是会讲英语的 Tscherner 夫妇，他们把自家改造成了一流的酒店，同时也为想去湖上短途游的客人提供他们的摩托艇。

拉马丁酒店（Hotel Lamartine）是风景如画的隐居地，但并不昂贵。它是一家正宗的木屋旅馆，附带花园，位于 Champel 区的 chemin des lochettes。米其林指南也推荐过这家酒店，为顾客提供住宿和早餐服务。

想少花点钱？在日内瓦城外的 la Belotte，chemin des Pecheurs 有一家舒适的小酒馆样式的湖边膳宿酒店 Hotel de la Belotte。周日有很多游客来到这里品尝特色湖鱼，但房间数量很有限。

餐厅

日内瓦的美食稍稍被它的邻居盖过了风头——相距不到 50 千米，就是法国三大餐厅之一的 Le Pere Bise。这家餐厅位于塔卢瓦尔（Talloires），就在过了阿讷西

（**Annecy**）不远处。

在日内瓦城内，**Béarn** 餐厅堪称"无冕之王"。除去这家，选择就多而有趣了，只能从不同的侧重来给出建议。

如果你想吃当地特色的奶酪火锅，位于老城 **Grand Rue** 大街 23 号的 **Le Chandelier** 餐厅颇受好评。这里的奶酪火锅可以搭配切好的生牛排，你需要自己动手把牛排穿在钎子上，然后放进桌上的热黄油里煮。火锅还能搭配各种酱料。

人们在夏天很少吃奶酪火锅。小饭馆里的奶酪火锅比大餐厅的好吃。我一直认为，这道由奶油与白葡萄酒做成的美食是偷师于另一道更美味的菜——烤奶酪（**Raclette**）。烤奶酪虽然只是烤过的奶酪而已，但实在太美味了！厨师将奶酪直接放在明火上烤，然后将熔化的奶酪不断地刮到你的盘子里，直到你撑得求饶为止。烤奶酪应该直接在山里食用，赶在新鲜奶酪和奶牛下山之前。在日内瓦，贝尔格酒店有一个地窖，专门做烤奶酪——不过里面的温度够让人受的。

Le Bagnard 咖啡馆的烤奶酪和奶酪火锅同样出色，环境也凉爽些，只是没什么风景可言。**Bagnard** 这个名字来自 **Bagne** 奶酪，而不是说咖啡馆过去的某位老板进过监狱[1]。

我希望老顾客们能够原谅我把这家供应美味的食物并且货真价实的小餐馆透露出去：**Chez Bouby**，位于 **Grenus** 街 1 号。

Gentilhomme 餐厅隶属于里士满酒店，它与上述餐厅截然不同。在这里，你可以一边吃饭，一边欣赏音乐，或者跳舞，算是去夜店前的"热身餐厅"。（顺便提醒一句，不知出于何种原因，上述所有餐厅，包括 **Béarn** 餐厅，在预订时都需要在黄页中的咖啡馆条目下才能找到电话号码。）

---

1 **Bagnard** 在法语中有"罪犯"之意。

夜生活

日内瓦的夜总会数不胜数，比英国的便宜，却和巴黎的一样疯狂——至少日内瓦人是这么评价的。

艾琳夫人经营的巴塔克兰夜总会（Bataclan）以艳舞闻名。来这里看演出的都是瑞士德语区的人——他们的家乡没有这么好的演出，这也是他们来日内瓦出差很重要的原因之一。

La Cave à Bob 是老城里的一家酒窖，同样有艳舞女郎和香颂歌手。这里试图让人联想起巴黎的圣日耳曼大街。红磨坊夜总会（Moulin Rouge）通常有来自巴黎甚至纽约的极为出色的表演者。

如果有明星出场，夜总会通常会收取 10 法郎以上的入场费。不过也不必担心，你可以在这里要一瓶威士忌或者分喝一瓶白葡萄酒（约 10 先令一个人），就可以撑到凌晨两点。当然，想花掉更多的钱是轻而易举的。

12

Naples

12

Naples

那不勒斯

▼

OLIO SASSO[1]！OLIO SASSO！OLIO SASSO！巨大而丑陋的高速公路广告牌一闪而过。意大利人对其国家珍贵的艺术和建筑总是漠不关心，而这些广告牌更有力地证明了这个国家是一个市侩之地。后视镜中的一个小点渐渐变成一辆阿尔法或者玛莎拉蒂，双风喇叭焦灼地尖叫着，摘掉了消音器的双排气管发出加特林机枪似的噼啪声。几分钟后，前面一辆车都没有了，只有空旷的高速公路泛着白光，消失在闪闪发亮的、蒸腾的热气中。

在意大利开车是格外残酷的事情，特别是刚在"父亲之吻"（Père Bise）餐厅附属的为数不多的房间里过了一夜之后。这家餐厅是法国最好的三家餐厅之一，位于阿讷西（Annecy）湖畔的塔卢瓦尔（Talloires）。我惭愧地承认，对我那三个星期以来习惯了家常炸肉排配生菜的胃来说，那里的鹅肝酱配热面包和烤小龙虾实在太过丰盛了。但是，我可不会让这丢脸的事情毁了我在欧洲最爱的美景。缓慢地迂回在高海拔的萨

---

[1] 意大利橄榄油品牌。

沃伊[1]地区，翻过十天前才开放的塞尼（Cenis）山口，穿过大片的龙胆、阿尔卑斯藏红花以及白色和硫黄色的银莲花，向着意大利俯冲而去，这一切堪称从欧洲温文尔雅的北方到恬不知耻的南方的美妙过度。然后就到了都灵（Turin）、米兰（Milan），宽阔的、丝带般的太阳高速公路[2]驱赶着汽车向南直达佛罗伦萨（Florence）。在那里，他们将与国际旅游大军狭路相逢，耳边将充斥着战后意大利的混乱喧嚣。

佛罗伦萨粗野得令人吃惊，而正在筹备1960年奥运会的罗马则更加可怕。这座城市可能不是一天建成的，但现在差不多要在两年内重建。我们到的时候，正是最后的疯狂阶段，桥梁、绕城公路、体育场和新建住宅区，到处是飞土扬尘。修路钻头和挖掘机已经把这座城市变成了一座迷宫，到处是封闭的道路、混乱的绕行标识和危害车轴的大坑小坑。在这个巨型迷宫里，原本就歇斯底里的罗马人显得既愤怒又困惑，他们在高频喇叭和尾气的混沌中东奔西跑，努力在城市规划师的大靴子踹上他们之前，到达他们想去的地方。在这种情况下，外国自驾者只能胡乱开到台伯河（Tiber），疯狂地沿着河岸驾驶，直到大汗淋漓、筋疲力尽地抵达黑乎乎、静悄悄的酒店房间。

1　萨沃伊（Savoy）：法国东南部和意大利西北部的历史地区。

2　太阳高速公路（Autostrada del Sole）：意大利最长的高速公路，又称A1高速公路，连接米兰和佛罗伦萨。

在整个罗马，以及其他大多数意大利城市，都是"禁止鸣笛区域"，然而数量繁多的提示牌显然只是浪费木板和油漆而已。意大利人，特别是南部意大利人，他们的整个心理都建立在 **far figura**[1]——"装酷"上。随着小摩托车的出现，这种通过华丽的衣装，以及夸张的声调、语言和手势表现的姿态更是变本加厉了。每个意大利男人都有这么一辆小摩托车，装备了二冲程引擎、电喇叭和排气管。这种叫作"斯普特尼克"（sputnikare）的利器，让意大利男人更有了自己很牛的幻觉。这种摩托车，特别是它的排气管所制造的分贝数，已经渐渐成为衡量男子气概的标志。对警察来说，企求意大利人安静，就像要求他们在说话时别做那么多夸张的手势一样徒劳。

1959 年约有 **700** 万游客到访意大利，其中英国游客有 **150** 万；到了 **1960** 年，我听说游客订单锐减，英国游客数量下降尤甚，这自然引发了相关部门的忧虑。看来，未来我一定会丧失光顾意大利的雅兴，对此也许我可以提一点建议。

尽管意大利人一边厌恶和鄙视游客，一边又想用最少的尊严榨取最多的金钱，但游客不想来意大利，并不是因为这些普通的意大利人，也不是因为大部分意大利城市的服务贵得离谱（尤其是餐饮服务），而是因为那可怕的噪音和丑陋的乱象着实令人崩溃。

在大部分现代城市，这类问题都很严重，但是在意大利，城市的混乱绝对到了有损游客身心健康的程度。至于这个国家是如何自毁建筑之美的，我建议旅游部长去锡耶纳（Siena）

看看，到那里后，留意一下粉红色、贝壳形的广场。五个世纪以来，这里的美景一直令人心醉，如今却魅力尽失，广场已经神奇地变成了旅游大巴和小轿车的停车场。为了避免此类破坏（每位游客都有自己的案例），罗马那几位古迹保护者和博物馆馆长应该怎么做，才能保护意大利的市容呢？仅靠"在入口处停车不给收据"的措施，是根本不可能改观的。

披荆斩棘地开出罗马郊区，驶上通往那不勒斯的亚壁古道 [1]，是一件幸福的事。这是一条美丽的公路，它穿过庞廷（Pontine）沼泽，在泰拉奇纳（Terracina）与大海相遇。沿着新建的海岸公路再走 16 千米，过了斯佩隆加（Sperlonga），之后会经过很多在悬崖上开凿的公路隧道。就在进入第一个隧道之前，路旁铁丝网的后面就是我和妻子打算探访的提比略 [2] 岩洞遗址。要进入遗址，需要有罗马相关机构的介绍信，但是听了《星期日泰晤士报》的名字后，门卫就放我们进去了。我们向下爬，穿过一片野生的黑种草和许多疾走而过的绿色蜥蜴，便来到了遗址现场。临时搭建的小屋里放着一些出土的雕像，全是 1957 年以来雅克比（Jacopi）教授指导挖掘出来的。天哪，它们全都成了碎片！

碎石已经清理干净，巨大的岩洞面朝大海，显得十分浪漫。一座雄伟的水塔紧邻基座，过去它显然是一座漂亮的瞭

1　亚壁古道（Appian Way）：一条古罗马时期的大道。

2　提比略（Tiberius，前 42—37）：公元 14—37 年为罗马皇帝。

望塔，俯瞰着斯佩隆加湾美丽的海岸线。在岩洞幽深的底部，有一个直径六米的圆形游泳池，里面注满流动的泉水。池中央立着一座四面墙，上面雕刻着一组拉奥孔[1]与蛇搏斗的大型群像。拉奥孔的一条大理石腿和周围的一部分蛇已经得到修复，光是那条腿就有两米多高。紧邻圆形水池的是几座巨大的养鱼池，海水奔涌而入。据保安说，很久以前人们曾把奴隶投喂给池里的巨型海鳗，来增加这种罗马珍馐的风味，这有些过于离奇了。环绕泳池的道路上铺着明亮的蓝色马赛克。据说，雕像是按照在洞穴内壁的样子排列的，有些立在入口的两侧，有些则立在向东的地岬上。不过这些只是推论，因为在某一时间点，这座美丽的洞穴连同其中雅致的珍玩全都化为了碎片——或许这是在岩洞完成的几百年后，来到这里的基督徒所为。

我想知道，提比略是否真是一位暴君，就像我们所熟知的那样。他的故事似乎总会引起人们极大的反感。他死后很久，人们仍然毫不留情地摧毁他留下的遗迹。那么，像饿狼一样扑咬他的塔西佗[2]、苏埃托尼乌斯[3]和尤维纳利斯[4]，又比八卦作家

---

1 拉奥孔（Laocoon）：希腊传说中的特洛伊英雄。他识破了希腊人的木马计，最后被毒蛇咬死。

2 塔西佗（Tacitus，约 55—120）：古罗马历史学家，著有《罗马史》和《编年史》。

3 苏埃托尼乌斯（Suetonius）：罗马历史学家，著有《罗马十二帝王传》。

4 尤维纳利斯（Juvenal，约 60—127）：罗马讽刺诗人。

那不勒斯

高明在哪里呢？当然，我这无疑是异端邪说，但我好奇的是：既然人们喜欢给历史上的伟人制造泥足，那么，那些传统意义上的反派人物，就不值得人们去发掘出一些优点来吗？真正的恶魔远比真正的圣人罕见——当我们到达那不勒斯时，我仍然玩味着这个沉甸甸的话题。

对疲惫的旅行者来说，那不勒斯的残酷近乎野蛮，几乎和初到欧洲大陆给人的震惊一样。在这里，你仍旧是不容辩驳的"外国佬"，仍旧被坑、被撞、被偷，还常常遭到当地人的恐吓，和你小时候在法国加来时的情况一样。这就好比当你到了以后，整座城市舔舔嘴唇说："这家伙来了。"然后你就等着遭受体力和智力的双重进攻吧。在你带着钱包里残存的钞票逃走前，进攻一刻都不会停。二战期间，那不勒斯承接了美国在意大利军事总部的全部权力，却像给兔子剥皮一样对待它：由于需要铜丝，横穿海湾的海底电缆就被截去了一大段；攻占城市时受损的重型坦克本来只是暂时搁置在这里，却像冰激凌一样慢慢风化；美国大兵被那不勒斯人剥皮去骨，吃得干干净净，再吐出残渣，就像是当地饭馆强迫你吃的那些名过其实的那不勒斯鱼。

贫民区里有不少不良少年，他们受费根[1]一样的成年团伙教唆、控制，成为欺压外国人的主力军。其中一个对付美国

---

1 费根（Fagin）：狄更斯小说《雾都孤儿》（*Oliver Twist*）中的人物，教唆犯的代名词。

大兵的方法"极具天赋"，令我深深折服：来了一位想找点乐子的美国大兵（最好是黑人）。先把他骗进一个小酒吧，卖给他一瓶下了药的烈酒。他喝了酒，倒在地上，人事不省。小屁孩们就把他拖进小巷，放到手推车上，穿过偏僻的小巷，运到正等着的"费根"们那里。小孩们会得到一些零碎打赏。衣服、钱包、手表一应俱全的美国大兵，身上值钱的东西全都被扒下来，通过"费根"的公司拍卖给出价最高的人，之后把人送到穷乡僻壤。大兵醒过来，就得开始在某个偏僻的葡萄园干苦力，一直干到营养不良或别的什么原因变成废人为止。之后给他一闷棍，把他扔在港口的什么地方，等着被军方或警察发现。

当年的黄金时代已经过去，只有在贩卖烟酒的黑市上，依然有来自丹吉尔（Tangier）和贝鲁特（Beirut）的充足货源。色情出版业欣欣向荣，早上 9 点 38 分，就有人向我兜售色情明信片——创下了我所经历的纪录。向美国走私毒品的生意也做得聪明狡诈，风生水起。意大利和美国的特工没有更好的办法，只能听信传言，捕风捉影地把罪责推到一位叫"幸运的卢西亚诺"的先生身上。

雷蒙德·钱德勒去世前大约 18 个月，我安排他来那不勒斯会见"幸运的卢西亚诺"。当时，钱德勒已经没什么创作的冲动，而我希望这位阿尔·卡彭时代的最后一位传奇人物能够重新找回他的创作力。钱德勒回到英格兰，他相信卢西亚诺是被手下人陷害的，他们供出他来，是为了在首席检察官杜威

20 世纪 60 年代初期，那不勒斯贫民区的孩童

"幸运的"卢西亚诺

（**Dewey**）那里求得自保。钱德勒很喜欢这一看待卢西亚诺的全新视角，他为我勾勒出一个非常有趣的剧本大纲——关于一个黑帮分子被陷害的故事。但在他看来，命运对卢西亚诺实在有失公允，所以他决定先写信获得卢西亚诺的同意，再着手自己的创作计划。然而，卢西亚诺一直没有回复，钱德勒的计划也就无疾而终了。不过在我当初打算来那不勒斯时，我通过我在罗马的朋友亨利·托蒂（**Henry Thody**）先生安排了与卢西亚诺的会面，希望借此得出我自己的观点。

这并非易事。卢西亚诺对媒体格外小心。或许他审慎地意识到，让他名声在外的身份最好能淡化一些，而且他也厌倦了被人追逐的生活。每次美国舰船进港，那些呆头呆脑的水手都热烈地向他证明，他们在意大利只想见他和教皇。尽管如此，我们的会面还是安排妥当了。到那不勒斯后的第二天，卢西亚诺先生来了，我们在怡东（**Excelsior**）酒店相当正式的环境中喝了个茶。

卢西亚诺是一个整洁、安静、头发灰白的男人，有一张疲倦但漂亮的脸。不管他身上的恶名是否实至名归，他的确拥有某些令人印象深刻的特征——严肃而沉着的目光、强硬而坚定的下巴，不动声色。人们总是习惯将这些特征和有权势、有决断的人物联系在一起。在场的有我和我太太、李·托蒂（**Lee Thody**）女士（一位出色的自由摄影师，多亏卢西亚诺对她的信任，这场茶聚才得以进行），以及卢西亚诺，我们坐在宽敞的客厅一角，气氛很友好。侍者礼貌地奉上糖和奶，小茶点精致得甚至让我觉得有些好笑。不过，卢西亚诺先生那政府官员般的外表与这套文明礼仪颇为相配：他穿着得体的灰色休闲西装、白色丝绸衬衫，打着黑色领带；胡子和指甲都精心修剪过，尽管并不显眼，但还是能看出花费不菲（我听说每天早上有两名理发师帮他打理）。只有当他低声讲起鲁尼恩[1]式的俚语时，才显出他在芝加哥生活过的痕迹。

"我告诉过你，有个人想陷害我，他是美国缉毒局的。案子在帕尔马（Palma）和卡塔尼亚（Catania）的法庭重审时，法官已经认可了陷害我的证据。有个市长被谋杀了，他们认为是我干的，还有丹吉尔的一起绑架案，乃至其他很多事情，我都闻所未闻。然后这个狗杂种——"他尴尬地停顿了一下，"请原谅我的措辞。这个人说我和这些案子有关，然而这些案子我也是从报纸上才知道的。当然，意大利警方开始调查这起陷害我的案子，并要求我出庭——这是美国缉毒局梦寐以求的。法官问我知不知道这些事情，我说不知道，他就说：'那你可以走了。'然后检察官站起来说，陷害我的那个人犯了伪证罪，应该判处三年监禁。那人最终被判了两年半。所以，明白了吧？这些美国缉毒局的人总是想陷害我。为什么？因为他们想不到还有什么人可以为美国的毒品犯罪背黑锅。可惜的是，他们总是自取其辱。你们想想，如果我和那些事情

---

1 达蒙·鲁尼恩（Damon Runyon, 1884—1946）：美国记者和短篇小说作家。他擅长描写美国大城市中的低收入人群。

有关，在那不勒斯这样没有秘密的地方，我还能平静地生活吗？我觉得这些人恨我，因为我叫它们'碳酸氢盐警察'。他们总是事先就认定这个人走私毒品，于是派一个特工找他买。这个人接过钱，道了谢，然后交给特工一个样子神秘的包裹。缉毒局打开包裹，不料里面装的只是制作苏打用的碳酸氢盐。"

我们纷纷表示同情。然后我问他，流入美国的大部分毒品是否来自意大利，卢西亚诺否认，说那都是老皇历了。他从报纸上读到，现在的毒品大多来自墨西哥。"弗莱明先生，你知道吗，这全都怪美国政府。他们应对毒品问题的方法不对，这才是问题一年比一年严重的原因。华盛顿每年花费数以亿计的美元想阻止毒品走私，但这不是解决问题的方向。弗莱明先生，你必须明白，毒品是很贵的，你每周大概需要200美元来买毒品，可谁会有这么多钱呢？大多数人都得靠偷窃或者杀人来搞到毒资。那么华盛顿应该怎么做？他们应该在全国建立诊所，就像在英国一样，你可以去诊所登记，说自己是瘾君子，然后免费拿到毒品。诊所设有很多个门，所以你不用担心被人认出来。你每次前往诊所，都会得到一小点毒品，但每次都比上一次的少，这样你最终就能戒掉毒瘾了。明白了？弗莱明先生，我的意思是，如果能免费拿到毒品，你就不会为了毒资去抢劫、杀人了。同样，中间人和毒贩也没生意可做了，没有了毒品走私，也就用不着执法机关了。你看，弗莱明先生，这就是一个怎么花钱的问题——是把钱花到诊所上，还是把钱花在只会把事情弄得更糟的执法部门上。"

我"同意"，这个办法"很好"。我问他为什么不写下来寄给总统，卢西亚诺谦虚地耸了耸肩，说他还没有足够的数据和细节来支撑他的意见。我"劝"他继续努力，现在的态度依然如此。我感到，用"卢西亚诺计划"解决毒品问题的想法，连同最初他被判从美国引渡回国，只是给美国毒品消费主力军——"垮掉的一代"和商人们"发信号"的伎俩。

我随后又问，为什么除了"长腿"戴蒙[1]和其他个别人，美国所有的黑帮一直都是意大利裔？黑手党在美国是否如传闻所说的那样活跃？在我看来，卢西亚诺只是含糊地否认了这些问题。他说，这不过是因为如今的美国人对意大利人怀有偏见。至于黑手党，那都是记者炒作出来的。黑手党在那不勒斯活跃吗？卢西亚诺先生耸了耸肩，对黑手党是否存在都含糊其词。他说，那全是瞎编的，只是让记者有故事可写。

我个人觉得，卢西亚诺先生这种对阴暗面的全然否定，对于他展现在世人面前的尊贵和备受尊敬的形象并无帮助。他试图忘掉年轻时代令自己名声大噪的一切，这当然没什么不妥，但对意裔美国人的犯罪行为也一概否认，就实在有些矫情了。不过，卢西亚诺先生说对了一点：记者们的措辞的确

---

[1] "长腿"戴蒙（Legs Diamond, 1897—1931）：费城、纽约地区的黑帮分子，爱尔兰裔。

不太谨慎，尤其是那些批评他现在生活的报道，往往会起一个耸人听闻的标题，这对他在意大利的友善形象是一种诋毁。特别是在那不勒斯，这里的人都知道他热心慈善事业，为人表率。他被限制居住在那不勒斯，如今他的一大梦想就是能到别处定居，最重要的是，他希望自己的居所能有一个高尔夫球场——那是他最怀念的娱乐项目。在那不勒斯，自从心爱的女伴去世，他就了无所依、无所事事，只有三只小型杜宾犬相伴。此外，还要遵从医嘱，注意清淡饮食。

我劝他写写回忆录，他真诚而悲伤地说，没有人会去看他的回忆录，除非他写的都是自己干过的坏事。尽管曾经的案子都已经被证明是陷害，他也被法庭宣判无罪，但仍然没人想了解他善良的一面。

我们一起走出酒店，好让李·托蒂拍照。我问卢西亚诺，城里最好的餐厅是哪家，他说是安杰洛餐厅（Angelo's）。我问他怡东酒店门前那家游艇码头上的餐厅如何，他说："别去那里吃。菜做得还行，但是价格太贵。"

该如何把那不勒斯这位谈吐优雅的卢西亚诺，和过去在芝加哥的"幸运的卢西亚诺"联系到一起，我不知道。不过，我还真不怕麻烦地查阅了他在意大利的档案。这份档案干净清白。我们有理由相信：如果说他在美国时长着毒牙，那么这些毒牙要么已经被拔掉了，要么就在流亡中自行脱落了。例如，1958 年 3 月，那不勒斯地方法院特别委员会曾应罗马警方的请求，考虑将卢西亚诺从那不勒斯流放到小岛或山村，理由是他涉嫌从事国际毒品走私。但最终卢西亚诺并未受到起诉，委员会认定卢西亚诺"如已证明的，是一位有自由行动权的公民，过着完全正常、无可指责的生活"。公诉人进行了上诉，宣称针对卢西亚诺的证据没有得到充分考量，但意大利上诉法庭"甚至没有发现一丝可疑之处"，卢西亚诺"没有任何从事违法活动的疑点"。随后的 1959 年 3 月，发生了卢西亚诺跟我详述过的那起案件。根据案件记录，法庭认定一个叫希比利亚的人诽谤了卢西亚诺，也确实判处了他两年半的监禁。希比利亚承认自己"为了挣钱"，把关于卢西亚诺的假情报卖给了罗马的美国缉毒局人员。这份情报的大致内容是：在卢西亚诺的授意下，一个意大利市长"失踪"了，因为他曾在毒品交易中欺骗了卢西亚诺。

这个男人，这段传奇，将会如何收场？据说昆廷·雷诺兹[1]正在为环球影业写一个卢西亚诺的剧本。如果故事这样结尾就太完美了：美国采用了卢西亚诺的方案，打败了毒品走私贩。卢西亚诺荣归美国，随之响起好莱坞电影最擅长的天堂般的合唱。卢西亚诺先生优雅地接受了塞米诺尔高尔夫球俱乐部荣誉会员的殊荣！[2]

在结束这一小段之前，我必须岔开话题，写一下我们的摄影师李·托蒂女士的一段奇遇。我们当时正在谈论巫术迷

---

1 昆廷·雷诺兹（Quentin Reynolds, 1902—1965）：美国记者，以关于二战的报道闻名。

2 卢西亚诺先生于 1962 年平静辞世。——原著者注

信与狂热的天主教信仰——这两者共同构成了那不勒斯人精神生活的支柱。那不勒斯人对巫术的迷信，连教堂也禁止不了。他们之所以热衷巫术，主要是希望能在购买乐透和国家彩票时发现某些预兆。意大利的"巫术之王"是一位生活在罗马的占卜师，名叫弗朗西斯科·瓦尔德曼（**Francesco Waldman**）。李·托蒂对这些事情很感兴趣，她最近刚写了一篇关于此人的文章。之后，她来到占卜师那里，想拍几张他的照片。占卜师起初不太情愿，但在她的坚持下最终还是同意了，不过他提醒她，这天拍的照片肯定用不了。如我此前所说，托蒂女士是一位享有声望的职业摄影师。她准备好了徕卡相机和闪光灯，试了一遍又一遍，闪光灯就是无法工作，可在此之前一直都没出过问题。于是，她换了禄莱相机拍了几张照片。

第二天一早，她把两台相机交给了助手。他先检查了一下徕卡相机的闪光灯，发现完全正常。之后他打算冲洗禄莱相机的胶卷，发现竟然是空白的！托蒂女士不知所措地回到占卜师那里，讲了发生的事情，请求再拍一组照片。占卜师提醒她，自己早就说过那天给他拍照没用，不过现在拍可以了。于是，她用两台相机都拍出了效果不错的照片。

那不勒斯以南，不仅阴气森森，甚至还有一种中世纪的野蛮和荒凉感，最近在南方内陆发生的这个小故事充分体现了这点：

有一个叫萨尔瓦托里·富纳里（**Salvatori Funari**）的年轻农

场工人，他在去农田的路上，总会经过一座农舍，农舍里住着四兄弟和他们 25 岁的小妹妹安东尼娜·吉尔兰多（Antonina Guirlando）。萨尔瓦托里早上出工和晚上回家，经过此处时总向女孩招手。终于有一天，他喊了一声"早上好"。几个星期后，女孩才鼓足勇气回喊了一句"早上好"。这个年轻人在院子的篱笆旁停下脚步，和女孩聊了几句村里的家长里短。这个天真无邪的习惯持续了两年。两人的关系并没有进一步发展，但是女孩开始把一头黑色的长发严肃地扎在脑后了——这在当地表示已经订婚。

一天晚上，女孩没有出现。萨尔瓦托里没有细想就敲了敲门。女孩打开门，萨尔瓦托里开玩笑似的亲了她一下，然后兴高采烈地回家了。

女孩把这件事告诉了哥哥。四兄弟愤怒地表示，家族名誉受到了玷污。他们马上把萨尔瓦托里叫来，说他欺辱了他们的妹妹，必须娶她才行。

萨尔瓦托里辩称，他并没有做什么不光彩的事，那只是一个玩笑，再说他还没到结婚年龄。四兄弟拿来一把左轮手枪，交给了妹妹。第二天，萨尔瓦托里路过喊"早上好"时，妹妹开枪打死了他。

妹妹对警察说，萨尔瓦托里玷污了她，但是医生发现她仍是处女之身。她因谋杀罪被起诉，我不知道最后的判决结果如何。

无数作家和社会学家都写过，那不勒斯以南的农村地带是如何野蛮而荒凉。20 世纪的遗迹越来越少，偶尔才有一座酒店。我们没兴趣探索比帕埃斯图姆[1]更远的地区，只是选了一条常规的旅游线路，从一个五星级景点跳到另一个。我简单汇报一下情况：

卡普里（Capri）这个充满梦幻、浮华和谎言的岛屿，是一个迷人而古怪的地方（在夏天或许例外）。在这里游泳有点可怕，因为海滩狭窄又遍布卵石，海面还漂浮着黑色的油渍。不过，这里是放空的好地方，因为没有什么事情可做，除了盯着别人或你自己的肚脐眼，以及把皮肤晒成时髦的黑色。在这里只有五种短途旅行方式——向北、向南、向东、向西，或者坐船环岛，因此，除了晒太阳，人们百无聊赖，要么挤在网球场大小的广场上，要么做爱或者做不成爱。做不成爱——被拒、分手、大哭、吵架——是这个小岛的一大能量来源，也是谈资之一（皆大欢喜的艳遇不吸引人，只有倒霉的事才值得八卦）。我上一次来这里还是 30 年前，那时卡普里还是同性恋者的胜地。如今，为了寻求更多的私密空间，同性恋者像旅鼠一样离开了，去了伊斯基亚（Ischia）岛和西西里（Sicily）岛以北的那些更南、更小的岛屿。除此之外，唯一能看出的变化是格雷西·菲尔德斯[2]小姐在皮科船坞（Piccola Marina）上建起了奢

1　帕埃斯图姆（Paestum）：位于奇伦托地区北部，那不勒斯东南方 85 千米萨莱诺省靠近海岸的地方。公元前 6 世纪为希腊殖民地，后罗马人移居此地。

2　格雷西·菲尔德斯（Gracie Fields, 1898—1979）：英国演员、歌手，后半生在卡普里度过。

华的餐厅和游泳池。她是那里的女王。尽管菲尔德斯小姐常常被英格兰游客打扰，她还是友善地邀请我们过来共进午餐。

卡普里总会至少有一位名人，令每个来卡普里的人都想见见。这些名人几乎总是外国人。如今，格雷西·菲尔德斯已经接过阿克塞尔·蒙特[1]和诺曼·道格拉斯[2]的大旗，除了时装设计师埃米里奥·璞琪[3]之外，她就是卡普里的"今日之星"。这位来自兰开夏郡（Lancashire）的女性端庄、亲切，富有幽默感，正如她的崇拜者们所预料的，她对这份声誉也是淡然处之。她认为这里的 5 月到 10 月间最让人舒心，而总会抱怨这里的冬天沉闷得要死，除了看电视就无事可做了。于是冬天里，她就坐飞机去看看以前演出过的剧场。

"鲍里斯（她极富魅力和智慧的俄国丈夫）和厨师都特别爱看电视。我也爱看，但听不懂当地语言。鲍里斯会给我翻译，可始终赶不上电视里说话的速度。于是我说，生命短暂，无所谓了，然后我们就继续看电视。是的，在这里我已经不唱歌了。有时苏菲·塔克[4]或别的什么人过来，我们会聚一聚。卡

---

1 阿克塞尔·蒙特（Axel Munthe, 1857—1949）：瑞典物理学家和作家，著有《圣米凯莱的故事》。他在卡普里的住所是圣米迦勒别墅，可以俯瞰卡普里镇、大港、索伦托半岛，远眺维苏威（Vesuvius）火山。

2 诺曼·道格拉斯（Norman Douglas, 1868—1952）：英国作家，著有描写卡普里岛的《塞壬之乡》等作品。

3 埃米里奥·璞琪（Emilio Pucci, 1914—1992）：意大利时装设计师，璞琪品牌的创始人。

4 苏菲·塔克（Sophie Tucker, 1887—1966）：乌克兰裔美国歌手、演员，红遍 20 世纪上半叶，被昵称为"最后的热艳妈妈"。

普里还有很多让人兴奋的事。有时会有一艘漂亮的游艇载着一帮人过来，他们上了岸，然后一个姑娘就把我拉到一边，扑进我的怀里，向我哭诉她丈夫要杀她。你知道游艇上的人啦，他们很戏剧化的！我在这里也可能会遇到一些'电影情节'，跟邻居啊，竞争的餐厅啊，或者别的什么发生冲突，还有人想杀我呢。于是我就对这个姑娘说：'亲爱的，这种事情到处都有。男人勒死女人的戏码到处都在上演，这种心你是操不完的。'"

鲍里斯给我们拿来自家葡萄园酿的酒，这可能是岛上为数不多的真正的卡普里酒，而商店卖的几乎都是混合酒。他亲自监督酿酒过程。我说，我一直好奇酿酒时是不是真的需要漂亮姑娘拿脚去踩葡萄，他说没这回事儿。在意大利有个传统观念，认为女人干活是危险的，人们相信女人在经期时接近的任何作物都会死。他说，在意大利的农业学院里，经期中的女孩甚至都不准来农场或地里上课。所以，踩葡萄的都是男人，他们事先会把脚泡在叶子和草药调成的溶液里（配方每家都是保密的），这样做是为了使皮肤上的毛孔收缩。一天工作结束后，他们还要用热水泡脚，让血液再次流通。

我问他，他们建在海滩上的泳池怎么样。他说非常好，除了很多德国人带着午饭来野餐，吃得到处都是之外。他们经常争论是否应该收门票。某次，有一个奇人在门口大吵大闹，非要进来，但拒绝支付门票，理由是德国人相比意大利人是更优秀的士兵，而且为意大利打仗死了很多人！鲍里斯被叫去解决纠纷。他告诉那个德国人，他可以代为支付门票。德

1960 年夏天，卡普里一个度假村里晒日光浴的人们

国人愤怒地拒绝了，他既不愿买票，也不想接受鲍里斯的恩惠，坚持要免费进来。对这种强词夺理的态度，鲍里斯哈哈大笑。最后，那个德国人一边咒骂，一边跺着脚走了。

我们在附近的伊斯基亚岛上遇到了一群"上等民族"——发了福的前冲锋队队员，他们正在有辐射的海滩上为自己"挖坟墓"，借此减肥。他们用火山灰盖住身体，只露出紫色的、满是汗珠的脸庞。总的来说，意大利人是乐于见到德国人的，因为德国人十分节俭，很快就会把那些小型食宿公寓和房间占满。而且两国人因为战时的经历，都能轻松地听懂对方的语言。

在这里，还出现了一种比"挖坟墓"更可怕的行为。满脸空虚的人把半导体收音机扛在肩头，晃荡着走过，想用他那可怕的"单人乐队"装酷。实际上，他就像是旧时的麻风病人那样摇着铃铛，像是在说："离我远点，这个世界的混乱和疾病都笼罩着我。"

庞贝古城（**Pompeii**）虽然有成群的游客、皮条客和导游，但它仍然是一个非常伟大的奇观。我们没有雇向导，也没买旅行指南，结果差点就累死在那里了——我们忘了庞贝有多大，忘了在马车压出车辙的巨大的鹅卵石上走路是多么痛苦。

在声名远扬的古罗马妓院门口，有个正直的本地看门人，完全不接受贿赂，坚决不让我太太进去，她只好和一位法国太太站在石头小屋外等她们的丈夫出来。我和法国人进入了妓院。妓院有六间小卧室，高处的墙上画着幼稚的春宫图，教人怎么做爱——如果你身材匀称且十分健壮的话。对于太太不能进来欣赏这座过度神秘化的古代妓院，法国人显得颇为不满，一直愤愤不平。看门人努力讲解着墙上一些粗鄙的涂鸦和已经严重风化的春宫图，希望借此震撼我们。"你们看，"他两眼放光，"这是女人，这是男人！""呵呵！"法国人鄙夷地说，"你觉得我从巴黎大老远跑过来就是为了看这个？什么意思？这个动作我 16 岁时就会做！""但是看这个，先生，还有这个……"看门人哀求道。"太小儿科了！"法国人大声说，"这些愚蠢的罗马人完全不懂怎么做爱，而你竟然还不让我太太进来看这些垃圾！""不，先生，**troppo pericoloso**[1]。""狗屁！"法国人说，然后我们就回到了不满的太太们身边。

　　刚刚发掘完毕的神秘别墅[2]就在附近，远比庞贝本身美丽。这座雄伟、巨大的建筑显然是献给神秘的狄俄尼索斯或巴克斯[3]的。由于关于他们的流言蜚语很多，仪式不得不在秘密中进行。人行道和湿壁画保存得十分完好。壁画远比庞贝的任何东西都美好、鲜亮，内容是一个处女进入秘密仪式的场景。据说，这些优雅而迷人的壁画只是仿品，已然消失的原作（不用说，又是基督教的牺牲品）更为壮观。这座美丽的神龛

1　意大利语，意为"太危险了"。

2　神秘别墅（**Villa dei Misteri**）：古罗马时期的别墅，位于庞贝附近，其中的壁画描绘了女子进入古罗马秘密宗教仪式的场景。后随庞贝古城一起被火山灰埋葬。

3　狄俄尼索斯（**Dionysus**）、巴克斯（**Bacchus**）：分别是希腊神话和古罗马神话中的酒神。

不在旅游线路上，但是来庞贝的游客不妨缩短在鬼魅的废墟里漫步的时间，来这个奇异又阴森的地方看看。

游览完这里之后，就没必要去赫库兰尼姆[1]了，除非你对历史上第一条下水管道、中央供暖和二层小楼有兴趣。这座古城的废墟既荒凉又忧郁，唯一令我印象深刻的是女子浴室中的尼普顿[2]行道。不过，进一步的考古挖掘已经得到批准，或许可以发现一些更有意思的东西。

帕埃斯图姆辉煌的神庙沉默而悲伤地矗立在海边，让我心中充满忧郁。不管废墟的历史有多古老，我都不会太喜欢。还好，我们很幸运地在一个远离主路的海边小酒店"奥林匹亚"（Olympia）用了午餐。在那里巨大而荒凉的海滩上晒太阳时，我们目睹了一个自然奇观：当时我正坐在一个沙堆旁，两只中等大小的黑色屎壳郎出现了，它们正拼命地滚着一只乒乓球大小的动物粪球。这两只屎壳郎好像是母的，因为有一只更大个儿的屎壳郎突然钻出沙子，冲过来抢走了粪球。它赶走其中一只母屎壳郎，然后继续在沙子上疯狂地滚粪球，后面跟着那只被它选为老婆的母屎壳郎。公屎壳郎不是用鼻子拱粪球，而是用了一个极为别扭的姿势——前腿站立，后腿蹬着粪球倒着走。

我们着迷地观察了将近两个小时。只见屎壳郎急匆匆地

1　赫库兰尼姆（Herculaneum）：古罗马古城，临那不勒斯湾。公元 79 年，与庞贝古城一样，被维苏威火山的大喷发所湮没。

2　尼普顿（Neptune）：古罗马神话中的海神。

奔向大海，小小的装甲在柔软、干燥的沙滩上留下一串蛛网般抽象的素描。这对屎壳郎夫妇遇到了很多险阻——他们滚落"沙谷"，攀爬"高山"，还要绕过障碍。与此同时，由于与沙土之间的摩擦，粪球也一点点地变小了。

我对太太说，这幅画面就是我们自身的生存写照。我千辛万苦地推动事业向一个看不清的目标前进，而她手忙脚乱地跟在身后，还不时碍手碍脚。屎壳郎夫妇不时停下来，看上去好像在打架，或者也可能是在表达爱意——这让刚才的类比显得更加贴切了。之后，屎壳郎先生再次低下头，继续他西西弗斯式的劳作。

太阳渐渐落山，我们仍然舍不得离去，想亲眼目睹这场泰坦尼克般的朝圣之旅的结局。这的确是泰坦尼克般的，因为两只屎壳郎已经在海滩上走了将近两千米——这大致相当于人类跨过了整个欧洲。但是现在，或许是因为落日点亮了沙丘和金合欢树丛的轮廓，也照亮了许多昆虫赖以辨别方向的地平线，屎壳郎先生最终朝内陆一拐，匆匆跑向了沙丘。

到达沙丘后，一切都清楚了。它们沿着沙坡，把粪球扔进一丛草里。公屎壳郎小心翼翼地让粪球停在一小块沙土上，然后开始奋力挖起草根来。有一瞬间，粪球似乎要从坡上滚下来了，还好忠诚的屎壳郎太太正等在不断变大的洞口旁，她见状立刻跑过去将粪球扶稳。屎壳郎先生挖了大约10分钟，才从洞里钻出来。他推着粪球，将其准确地滚进了家门。然后，他和身后的屎壳郎太太也消失其中。沙子轰然坍塌，将洞口封住。

我们只能想象两只屎壳郎此刻正在挥汗如雨，繁衍后代，而粪球则是给小屎壳郎们贮存的食物。它们将从粪球中摄取营养，直到长大成"人"，走出巨大的沙土世界，去寻找另一个粪球、另一位伴侣——就这样周而复始。

我们最后游览的地方是库迈[1]，位于那不勒斯以北，靠近阿佛纳斯湖[2]。我们整个登山的过程很轻松。这里有西比尔[3]的岩洞。正是从这儿，埃涅阿斯（Aeneid）跨过冥河，进入地府。（自从小时候被罚抄写上百行维吉尔的诗句以后，我就没再想起过这些故事。）这个岩洞几乎没有游客造访，洞穴中的米诺斯[4]式雕刻令人惊叹，让人不禁想起当年的末世景象。岩洞长90多米，宽大约2米，高5米多。前厅的大窗户面朝大海，十分明亮。穿过几座前厅，就到了内部的圆厅。圆厅连接着卧室。在那里，西比尔由祭司看管着。她只是个朴素的农家女，但拥有预言天赋。岩洞四周的沙石墙壁上布有奇怪的、用途不明的管道，或许是传声装置，能让祭司把西比尔的预言从私密的幔帐里传给

---

1 库迈（Cumae）：公元前8世纪希腊在意大利本土建立的第一个殖民地。

2 阿佛纳斯湖（Lake Avernus）：死火山湖。古罗马人认为这里是地狱的入口。

3 西比尔（Sibyl）：希腊、罗马神话中的女预言家。在维吉尔的《埃涅阿斯纪》（*The Aeneid*）中，古罗马英雄埃涅阿斯在岩洞中找到西比尔，后者带他游历了冥府。埃涅阿斯见到了亡父的鬼魂，并看到了罗马未来的辉煌，这使他坚定了缔造罗马的决心。

4 米诺斯（Minoan）：爱琴海地区的古代文明，属于青铜时代文明，是希腊古典文明的先驱，以精美的建筑、壁画和陶器等著称。

外面的人群。另外的狭槽和小孔可能是用来挂窗帘杆和幔帐的。

洞穴黑暗而古老，似乎蕴含着强大的力量，但并没有敌意。你会感到，确有很多神秘之事在这里进行，但都是为了善事，而非邪恶。基督徒们显然也对神龛怀有好感和敬意，否则早将这里付之一炬了。

小山再往上几百米的地方，矗立着阿波罗神庙和宙斯神庙的遗址。下面有一座神龛，它是一条很宽敞的隧道，穿过山腰，通向旁边的阿佛纳斯湖。德国人曾把这条隧道当作弹药库，撤退时炸毁了中间部分。

整个区域都令人惊叹。有生以来，我第一次希望自己当年闷头抄写《埃涅阿斯纪》时能更认真些。

送给来那不勒斯旅行的人的最后一个建议——不要去登维苏威火山，至少不要走大路登山。山上除了冒泡的泥潭和从火山口冒出的缕缕烟气，什么都没有。更重要的是，据说火山今年还会喷发。至于我个人不推荐这里，是因为它的火山石——这个如女孩名字般美丽的单词[1]——残酷无情、尖刻暴躁、气味难闻，还黑乎乎的。最重要的是，维苏威火山一点生气都没有。虽然我太太在斜坡的一棵松树下发现了一株罕见的兰花，但是那成堆的死火山石就像维苏威火山渗出的某种精神抑郁，需要很多杯上帝的眼泪（山下出产的葡萄酒）才能治愈。

---

1 火山石的英文为 lava。

我试着分析维苏威火山带给我们的抑郁感。我想，我们之所以感到抑郁，是因为火山石没有一点儿灵魂。一切陆地上的矿物似乎都有这个特点，包括相对友善的煤。听了我这番话，一些喜欢火山石的人或许会感到不满。不同类型的火山石或许也有这样那样的用途，比如浮石，能用来擦掉手指上的尼古丁。但在我看来，火山石是世界上最卑贱的东西。

那不勒斯的很大一部分都是用这种来自地狱的材料建造的。这座城市位于地狱的一扇门户上，不时被火海和硫黄吞没。这个事实或许解释了为什么这座激动人心、令人快乐、明亮生动的城市总是徘徊在毁灭的边缘。

1899 年 1 月 17 日，阿尔·卡彭在位于那不勒斯郊区的阿夫拉戈拉（Afragola）降生，看到了人世的第一缕天光。这里几乎正好处在那不勒斯市中心和维苏威火山口的中点——当然，这只是巧合而已。

那不勒斯

维苏威火山

前线情报

那不勒斯

酒店

五星级：怡东酒店、韦苏维奥酒店（Hotel Vesuvio）和皇家酒店（Hotel Royal）都位于海边，俯瞰那不勒斯湾。皇家酒店是最新的一家，拥有采光极佳、颇具吸引力的工作室型客房。

二星级：托里诺酒店（Hotel Torino）和那不勒斯新贝拉酒店（Nuova Bella Napoli）都在中央火车站附近。在那不勒斯，我不推荐便宜的膳宿公寓。

餐厅

美国旅行指南作者菲尔丁（Fielding）对于那不勒斯的食物有这样的总结："从价格昂贵但味道一般，到彻头彻尾的糟糕。"我没办法总结得更精辟了。

每个到那不勒斯旅行的人，最终都去了桑塔露琪亚（Santa Lucia）码头上的 Transalantico 餐厅、La Bersagliera 餐厅或者 Zi Teresa 餐厅。这些餐厅之间"难分伯仲"——食物大同小异，侍者都粗鲁无礼，都有令人厌恶的条形照明灯。除了把盘子塞到你面前的短暂瞬间之外，现场演奏简直让人感觉永无休止。

在那不勒斯，包括海鲜在内的美味佳肴，如蚌汁意面（spaghetti alla vongole）、炸鱼拼盘（fritta mista），都能在那三家最好的酒店里吃到：怡东酒店、韦苏维奥酒店和皇家酒店。其中，皇家酒店尤其值得推荐。

如果有车，花 15 分钟前往 Capo Posilipo 的 Le Lucciole 餐厅是颇为明智的。餐厅位于海边，供应新鲜的海鲜。如果想吃正宗的那不勒斯比萨，试试 D'Angelo 餐厅，在那里还能看到那不勒斯湾的美景。

夜生活

对于一般的那不勒斯夜店，我最好的建议是：离它们远点。最"安全"的去处是皇家酒店里的皇家俱乐部（Royal Club，冬天开放）和"皇家屋顶"（Royal Roof，夏天开放），以及韦苏维奥酒店里的俱乐部。卡普里斯俱乐部（Caprice Club）则是一家走国际路线的普通夜总会。

不容错过的地方

尽管每本旅行指南都会推荐那不勒斯国家博物馆（Naples National Museum），但一些游客仍然遗憾地错过了。与那不勒斯的其他众多景点不同，这家博物馆堪称一流。馆内展出了从庞贝和赫库兰尼姆出土的最好的文物。

参观完博物馆，可以去有玻璃屋顶的拱廊大道 Galleria。可以去其中一家咖啡馆享用正宗的那不勒斯蒸馏咖啡或冰激凌。那里是充满真正的那不勒斯生活气息的地方，不过要留心钱包和手提包。

郊区梅杰利纳（Mergellina）的渔夫港口同样令人流连忘返，你可以在露天摊位吃到海鲜开胃菜——蚌、贻贝、海胆，搭配卡普里白葡萄酒。

卡普里

夏日天气好的时候，可以坐 25 分钟的直升机前往卡普里，每日 7 班，往返 3 英镑；或者乘坐水翼船 Aliscafi 号，30 分钟到达，单程 18 先令。（普通船 90 分钟，单程 3 先令 6 便士）。

酒店

五星级：推荐基兹扎纳酒店（Hotel Quisisana）和 La Pineta 酒店；在 Anacapri 地区。也推荐恺撒奥古斯塔斯酒店（Caesar Augustus，4~10 月营业），它建在悬崖上，坐拥那不勒斯湾的美景。如果大型酒店客满，卡普里所有的一星和二星酒店都足以让你舒适地小住几日。

餐厅

推荐 La Pigna 餐厅、Da Gemma 餐厅。尽管大部分旅行指南都没有提到卡普里最好的餐厅 Da Pietro，但它拥有罗马以南最出色的烹饪师，主厨是富有魅力的苏格兰移民格洛丽亚（Gloria）。这里的菜品和葡萄酒都很好，价格合理，特色菜包括奶酪煎饼、海鲜沙拉、烤鱼和龙虾。格雷西·菲尔德（Gracie Field）经营的 La Canzone del Mare 餐厅离 Da Pietro 仅几步之遥，这里菜品出色，但价格非常贵。

夜生活

2 号夜总会（Number Two）是一个阴冷潮湿、烟雾缭绕的爵士乐酒窖，在意大利，它是风格最接近巴黎卡巴莱小酒馆的去处。

13

Monte Carlo

蒙特卡洛

▼

"Neuf,Rouge,Impair et manque[1]。" 片刻安静之后，输掉的筹码"哗"的一声被推到赌桌另一边，接着就是一阵乱哄哄的议论声，然后尖锐的法语响起，向冰冷而耐心的荷官再次下注。为了提醒玩家，荷官重复着下注的情况。"Finale quatre par cinq louis[2]" "La derrière douzaine par cinq mille[3]" "A cheval[4]" "Transversale pleine[5]" "Carré[6]"……"咒语" 回荡在其中一张轮盘赌桌上，周围还有六张赌桌。十一点牌和巴卡拉纸牌桌上传来喧哗声，伴随着远处不知什么地方传来的音乐声。然而，我眼前这位白

---

1 法语，意为 "9 号，红色，奇数和低"。在法式轮盘赌中，赌注可押结果是红色（Rouge）或黑色（Noir）；奇数（Impair）或偶数（Pair）；低（Manque）即 1~18 号，或高（Passe）即 19~36 号。

2 100 法郎押尾数为 4 的数字，即 4、14、24、34。

3 5000 法郎押后 22 个数字，即 15~36。

4 将赌注押在垂直或水平方向上两个相邻的数字。

5 三数赌注，指将赌注押在一条垂直线上的三个数字。

6 四数赌注，指将赌注押在四个数字的相接点上。

发苍苍、一脸严肃的男人一直没有抬头，他对周围发生的一切都置若罔闻。他安静、沉着地坐在一张无人的牌桌前，背对着房间，如象棋选手般专注。他看着面前摊开的一张大纸，不时地在上面匆匆写下什么，间或对一下旁边的计时器。

就在我观察他时，一个穿着黑色绸裙、年纪可能是 50~100 岁之间任何一个岁数的女人离开最近的那张桌子，走到他身后。她的头发染色不均，表情显得忧心忡忡。她打开书包，抓出一把 100 和 500 法郎的筹码，放在桌上的计时器旁。男人依旧没有抬头，正用圆珠笔做着一系列计算，而她顺从地站在那里。几分钟过去了。男人又算了一会儿，然后对了一下计时器。他从旁边的筹码中挑出一些，说了句什么，依然没有抬头。女人拿起筹码，迅速走到最近的牌桌旁。我跟了过去，只见她将六个 100 法郎的筹码依次押在 6/8、10/11、13/16、23/24、27/30、33/36 上，并对荷官说："Tiers du cylindre sud-est[1]。"男人没有抬头，依旧摆弄着筹码，但他能听到女人的声音。出来的数字是 16。她押在 13/16 上的筹码赢了 1700 法郎，其余的输掉了 500 法郎。她捡起筹码和分红，一言不发地回到拿着计时器的男人身边。我也从赌桌走开，想最后再看他们一眼，好把他们刻在脑海里。他们看上去悲伤而专注，就像认为地球是平面的人。

我正试图鼓起勇气过去和他们攀谈，一个女孩的声音把我

---

1 法语，意为"轮盘东南的 1/3"。在法式轮盘赌中，轮盘东南这块区域被称为 Tiers du cylindre，对应的就是前文提到的这组数字。

拉回地球。那声音里掺杂着讥讽、惊奇、羡慕和喜悦，因为她发现了一个同样从英格兰来的朋友。

"我猜，你把赌场的钱都赢光了。"

"没，"我简短地回答，尽管我也很高兴见到她，"并没有。"

"你干吗不用锯短了枪管的 0.38 口径手枪把灯打灭？然后，我们就可以抓上一把筹码逃之夭夭了。"

我装作没听见。她注意到我的目光："那个老头在那儿做什么呢？"

"他在研究一个系统。"我说，"这个系统要么是根据星座，要么是根据地球绕轴线的运动。他对掷出什么数字不感兴趣，只是根据一天中的确切时刻，押注在三分之一的数字上。他认为轮轴的转动会受到磁场、引力或是别的什么因素的影响。他靠这个赢得潇洒至极。"

"他肯定疯了。"我的朋友说，"人们需要的是本钱，只用一万法郎是玩不出花样的。"（那时还是旧法郎的时代。）

"在以 100 法郎为基数的轮盘赌上，一万法郎就是 100 次均等的机会。"我干巴巴地说，"现在所有英国人都抱怨没有足够的本钱，但这只是想下多少注和想赢多少钱的问题，而不是乱扔钱。"

"我猜詹姆斯·邦德有个稳赢不赔的办法。"她淡淡地说，"你干吗不让大家见识一下？老实交代，否则我再也不理你。"

以下是我告诉她的方法（我相信这是唯一理性的赌法）：以 10 英镑为本金，以赚取一顿大餐的钱为理性目标，享受赌博带来的各种乐趣，体验参与这项技巧性运动的快乐，而这正是赌场的魅力之一。

我告诉她，第一条法则是在轮盘赌桌前找到一个座位。这就需要早点到赌场，比如晚上 9 点，或者下午。别被进入赌场的那套繁文缛节吓到。你需要的只是一本护照和一件得体的西装或连衣裙（在多维尔 [1] 和勒图凯 [2] 的森林赌场，你可能需要穿晚礼服，不然你也可以去特鲁维尔 [3] 或海滨赌场）。进赌场时，不要怯场，不要害怕，这不过是一些由银行职员和技术工人照看的水果机而已。放松心情，鼓起勇气。赌场很高兴看到你进来，不愿意看到你离开。在赌场里，你是少数用不着过度操心的人，因为你能赢，而且赢了就会停手。你有自由意志，也有钢铁般的自律精神，你必将打败那些机器。

你走进赌场，坐到轮盘赌桌前。（如果已经没位子了，就给穿制服的工作人员一两百法郎的小费，让他帮你找座位，问题就解决了。）记住：一定要坐下来。大部分在赌场输钱的人都是因为站累了，然后就想着把筹码随便挥霍掉，回去睡觉了事。如果可能的话，坐在红或黑的对面，看你喜欢哪个（可以根据你的头发或眼睛是红色或黑色，或者别的任何理由

1　多维尔（Deauville）：位于法国诺曼底海边，是高级度假胜地。

2　勒图凯（Le Touquet）：位于法国加来省海边。

3　特鲁维尔（Trouville）：与多维尔毗邻的小镇。多维尔是上流云集的度假胜地，而特鲁维尔则闲适宁静。

来选择）。放松，拿出一张卡片和一支铅笔，在卡片上写下数字 1、2、3、4、5。你已经去过门口的兑换处，你的口袋或者书包里有价值 10 英镑的筹码，每个筹码是 100 法郎，这样你就拥有 100 多个筹码了。这是一笔相当可观的财富，而最小的下注额是 100 法郎。不要理会其他玩家的喧哗、动作或情绪，带着雅兴和从容面对眼前的混乱，保持自身心态的平和。

我对女孩解释说，假定你选了红色。（你可以随意从六个机会均等的选项中选一个，还可以随时根据自己的意愿调整，不过我个人喜欢从"红色"、"奇数"或"高"中选一个，并且整晚不变。）你将第一注稳稳地放在旁边的大红宝石上，是你卡片上最大和最小数字的总和——5 加 1，即 6 个 100 法郎的筹码。如果赢了，你就把卡片上的 5 和 1 划掉，你的下一注就是卡片上剩下的数字中最大和最小数字的总和——4 加 2。一旦输了，你就把输的钱数写在卡片上。你的下一注和随后的投注，总是你还没划掉的数字中最大和最小数字的总和。当（假如）所有的数字都划掉了，你赢的钱数就是最初卡片上 5 个数字的总和——1500 法郎，或者说一顿大餐的钱。

这样成功玩完一轮后，如果想在赌场多玩一会儿，当然可以继续玩下去。不过要记住，从长远来看，赌场肯定会赢，所以你越早拿着赢来的 1500 法郎走人越好。我对女孩说，你是有自由意志的赌徒，像钢铁般自律，你肯定可以抵挡住诱惑，回家睡觉，在梦里还能回味一番由赌场埋单的晚餐。

最重要的是，你必须有耐心。在运气不好时，保持勇气，严格按计划行事。不要把筹码胡乱押在某一个数字上，不管这个数字是某个日期还是你裙子上的纽扣数，或是从哪儿得到的暗示。你是职业赌徒，必定要赚到钱，然后潇洒地离开。

我对女孩说："当然，没有哪种赌法是稳赚不赔的。所有方法，包括我说的这种，只是让你输得慢一些。不过用这个方法，就算只有很少一点资金，你也只有在一直玩下去的情况下才会输——这并不常见，要不就是你的运气实在太差，其他颜色出现的概率高得不正常。

"用这个方法的主要好处是你能充分实现金钱的价值。即便输了，也不会输得太快。在法国赌场小镇里，当地赌徒也会使用这个方法，这是最好的佐证。这种方法只是马丁格尔策略[1]的变种，或者叫增量系统——一种倍增保额方法的进化版。这种方法又被称为'雷伯切尔系统[2]'。"

那晚的晚些时候，女孩朝我走过来，两眼放光。"我赢了一大笔钱，"她说，"来跟我喝一杯。"

"我跟你说过，这个方法很好用。"

"别提你和你的方法了！"她轻蔑地说，"我折腾了一个小时，押的红色，可是一直出现黑色。你这套方法只是输钱的

---

1 马丁格尔策略（martingale）：18 世纪开始流行于法国的赌博方式。输钱时将赌金翻倍，赢钱时则将赌金还原到原始赌金。

2 雷伯切尔系统（Labouchere）：由 19 世纪英国政客、银行家亨利·雷伯切尔发明。由于伊恩·弗莱明将这种方法写进了邦德小说《皇家赌场》（*Casino Royale*），又被称为"邦德赌博法"。

Monte Carlo

电影《爱情万花筒》(*Kaleidoscope*，1996）中的一幕，摄于蒙特卡洛赌场

另一种方式罢了，而且还很累人。典型的詹姆斯·邦德式的白日梦，他不过是让痛苦更加绵长罢了。"

"发生什么了？"

"我输到只剩最后 1000 法郎了，我心想'见鬼去吧'，就把这 1000 法郎全押在了我的生日上，结果我赢了。请问，聪明的詹姆斯·邦德先生对此有何感想？"她冷嘲热讽。

"他可能会冷冰冰地建议你押最后 12 个数字中的一个。"我简简单单地说。

以上是我在蒙特卡洛第一晚有点小说化的记述。那晚，我的运气差极了。我事先做好了一切必要的准备——留意了酒店房间号，记下了太太的生日。最重要的是，我还摸了巴黎酒店大堂里路易十四骑马雕像的马蹄（一代代迷信之人已经把青铜表面摸亮，马蹄现在闪着金光），但所有这些都于事无补。我把坏运气归咎于自己心神不宁——在我玩十一点牌时，一群吵吵嚷嚷、毫无教养的意大利商人彻底打乱了我的节奏。还有一个重要的事实是：我吃晚餐时发现盘子右侧的两把餐刀是交叉的，这无疑是一个信号，表明我这晚的运气不好。

不管怎么看，我都算不上虔诚的赌棍，胆子也不大。不过我喜欢赌场烟雾弥漫的戏剧性气氛，也享受赌博带来的片刻的疯狂。蒙特卡洛的赌场不是我的最爱，在我看来，博略[1]

---

1 博略（Beaulieu）：法国科多尔省的一个市镇。

的赌场最有魅力，其次是勒图凯，排在最后的是巴黎郊外的昂吉安莱班 [1]，它保持着令赌徒愤愤不平的荣誉：每年赚的钱比欧洲大陆任何一家赌场都多。而蒙特卡洛的赌场太像一个表演场所了，巨大的赌厅有一种火车站的气氛，装饰特别阔气（注意绿色沙龙房间天花板上的仙女，她们正在"抽雪茄"），还有点吓人。体育俱乐部的环境倒是亲切，也招人喜欢，装潢就像赌场小册子上愉快宣称的"par les peintres Warring et Gillows [2]"。不过这家俱乐部并非谁都能进，而且有很严格的冬夏两季开放时间，到 5 月底就关门了。

蒙特卡洛赌场的部分问题在于它是在高雅时代为高雅人士所建的，然而在今天，赌博就如同穿着现代服饰演奏施特劳斯的轻歌剧那样单调而乏味。战后至今，最有钱的赌徒是意大利人、希腊人和南美人，他们毫无魅力可言。他们即便按照真正的赌场传统那样包养妓女，也会把妓女留在家里，以防赌博的时候分心。过去，赌博是一种消遣，如今却成了捞取免税钱财的乏味生意。蒙特卡洛和它的赌场本是为那些浮华子弟（俄国大公、英国绅士、法国女星，还有不时造访的印度王公）设计的，然而今天占据这座亮丽舞台的只是一群暴发户，他们从破产和流离失所的大潮中觅得了翻身的机会。

这台伟大的赚钱机器降低了对赌徒仪表的要求，还引进了

---

1 昂吉安莱班（Enghien les Bains）：巴黎大区唯一的温泉城，设有赌场。

2 法语，意为"由画家沃琳和吉洛斯操刀"。沃琳和吉洛斯是英国著名的家具制造商。

骰桌和水果机以迎合现代口味。它仍然在高效运转，却已毫无特色可言——钱赚得够多就行，不必在乎是从谁的口袋里赚的。我之所以说"毫无特色"，是因为赌场的经营策略看上去就是要忘掉那些浪漫传奇色彩，只顾闷声发大财。比如过去在开场前，每张赌桌下面都会储备一大笔钱，赌徒如果把这笔钱都赢走了，就叫作"打劫银行"（break the bank）。这时赌场会去金库取更多的钱来，与此同时，赌桌上会罩上黑布，以表"哀悼"。这一迷人的传统是每个赌徒心中最大的目标，如今却被废止了，实在可惜。

此外，人们现在对大部分的"浪漫传说"都嗤之以鼻：当然没人会因为在赌场输钱就饮弹自尽！从海洋博物馆旁陡峭的悬崖顶上飞身而下绝对是编造的！苏联驱逐舰长输光了自己的钱，也输光了保险柜里水手们的工资，于是将炮口对准赌场进行勒索——完全是胡扯！赌场传播的都是那些赌场倒霉的故事：赌场最近三天输了 6000 万法郎；1952 年，一对英国夫妇在一星期内赢了 3000 万法郎，此后便销声匿迹；还有查尔斯·德维尔·威尔斯[1]的故事，《在蒙特卡洛打劫银行的男人》（The Man who Broke the Bank at Monte Carlo）这首歌就是根据他的经历创作的。此外，弗雷德里克·约翰斯顿[2]爵士的改良版故事同样占了一席

---

[1] 查尔斯·德维尔·威尔斯（Charles de Ville Wells, 1841—1922）：英国人，因 1891 年在蒙特卡洛赌场狂赢 6 万英镑而被称为"蒙特卡洛的威尔斯"。

[2] 弗雷德里克·约翰斯顿（Frederick Johnston, 1872—1947）：曾任英国驻印度的行政官。

之地：1913 年，人们还在用金路易赌博时，这位英国老爷穿了一件黄铜扣的西装上衣，一颗扣子掉下来，滚到了桌子下面。"别让它分了您的心，老爷。"荷官大声说，"把金路易押在哪儿？红色？""一直押红色。"弗雷德里克爵士笑着说（不知道这意味着什么），然后就起身去了另一个房间。过了一阵子，工作人员找到他说，红色现在已经押到顶了，必须撤回一些才能继续——这位老爷用一颗铜扣子赢了 25 000 法郎！

蒙特卡洛充斥着这类传说，它们一次次被写进和赌场有关的书籍和文章中。我唯一有机会证明（但是记不清了）的是：在英国教堂里，人们只唱数字 36 号以上的圣歌，否则在唱出第一个音节前，信徒们就会溜之大吉，跑进赌场，在圣歌的编号数字上下注。

我一直渴望看看赌场是如何运作的。在奥纳西斯（Onassis）先生的手下的帮助下，我得以进入这家著名赌场的"引擎室"。

在赌场威风凛凛的大门左侧，有一扇没有标识的小门。从这里下去，走一段石头台阶，就进入了迷宫般的地下通道和房间，让人联想到剧场的后台。其中最大的一间屋子是建造轮盘赌的轮盘车间，赌博设备也在这里检修。车间主任是一个富有魅力的年轻人，他对工作充满热情，却对赌博毫无兴趣，他还骄傲地表示自己没在赌博上浪费过一个子儿。这天，他要修理三个轮盘，它们正覆盖着绿色台面呢在一旁"睡觉"。他掀开一张台面呢，把轮盘的轮轴拎出来放到模具上，并向我解释轮盘可能出现的几种问题：轮盘的所有零件每分钟都在磨损，轮轴自然不用说了，连铝制投币口、黄铜轴套、顶部的红木平面（球在上面转动）也会磨损，象牙球随着使用次数增多也会越来越小。所有这些，乃至其他方方面面，都要每日例行检查。早上 9 点 30 分，离赌场营业还有半小时，车间主任就会和他的团队检查赌场设备的每一个部件，包括荷官的耙子、十一点牌的金属箍、轮盘球的直径，还要调节每张赌桌的桌腿底部，以确保赌桌平稳。

我询问荷官学校的情况，车间主任向我介绍了它的运作：据他所知，学校会不定期举行招生考试。候选人必须首先通过严格的体检，然后接受群体面试。面试官会考查候选人的个人生活和家庭情况，两者都要无可挑剔；之后要参加智力测试，结果必须高于平均水平；然后是记忆力测试，结果必须十分出众。另外，荷官年龄要在 23 岁到 40 岁之间，手指要求修长而灵活，动作要极为敏捷，发音必须准确，没有明显的口音，而且必须至少懂得一门外语———一般来说是意大利语或英语。此外，出于对安全的首要考虑，还有一个额外的要求：候选人必须在海水浴场协会（Société des Bains de Mer）工作过两年，可以是在那里当过秘书、保安、看守或消防员等。

通过这些初步考核后，候选人会跟随资深荷官实习 6~8 个月，每月底都有阶段测试。实习期结束后，还要通过一门可怕的"灾难课程"———学习处理各种可以想到的复杂状况和意料之外的突发事件。随后，他要进行第二次体检，然后在公共房间中进行最后的"审判"———据说在所有经历中，这才是最痛苦的。在六双眼睛的注视下，不时就会有候选人因为压力太大而晕倒在桌上的情况发生。几乎所有人都会因为紧张而大汗淋漓，以至于那些设备会从他们的指间滑落，特别是象牙球。如果他们能顺利通过最后的这轮考验，就能正式成为荷官，有可能在这个行业一直干下去。他们每天工作 6 小时，可以一直干到 60 岁或者 65 岁退休。他们领取固定薪水，也能从小费中提成，一般来说，提成是工资的两倍。

赌场老手会注意到各种规矩：荷官必须将轮盘称作"le cylindre"；在宣布下注金额时，荷官经常使用"金路易"这个词，尽管这种钱币已经退出流通 40 多年了；在过去，女人是不能赌博的，因此荷官总会说："Messieurs，faites vos jeux[1]。"这一传统可以追溯到认为女性嗜赌非常不雅的时代。

荷官几乎不可能作弊，上一次成功的作弊还是在二战之前。当时，两个意大利人收买了荷官。在玩十一点牌时，荷官用特殊的墨水将扑克牌做了记号，只有这两个意大利人用特殊染色的眼镜才能看到，这让他们在玩牌时能够知道其他赌客持牌的点数总和——这在赌博中时常具有决定性的意义。几个星期内，这套作弊手段都行之有效，之后才被一个起了疑心的赌场经理发现。打个比方，当其他玩家手上拿着一个 3 或者一个 2 的时候，他发现意大利人总是会"叫"4。

1　法语，意为"先生们，请下注"。

蒙特卡洛

对我来说，能与赌场媲美的景点是毗邻摩纳哥皇宫的海洋博物馆。博物馆正在重建，目标是成为世界上最优秀的水族馆，这一切由我的偶像雅克-伊夫·库斯托[1]船长负责。他带我参观了新建的实验室。如今，实验室里装备了各种现代仪器，可以测量海水的物理属性，也能研究其他深奥的海洋学难题。我还看到了最新的展览。在暗房里，深海生物生机勃勃地闪着磷光。此后不久，他就要宣布自己宏大的计划：在紧临水族馆的海面建造大型水族箱，海豚可以在其中公开表演（就像在迈阿密那样）。此外，还有其他精彩的海洋展览。

这个男人的精力极为充沛，他每年都会进行海洋探险和考察。这些考察在英格兰几乎闻所未闻。1958 年，他发明了一种喷气式的水下"飞碟"，可用于海底探测，如今这种"飞碟"已经开始小规模量产。1959 年初，他受雇于法国政府，负责勘测奥兰[2]到卡塔赫纳[3]的海底天然气通道。第一条输气管道将横穿欧洲，到达鲁尔工业区，甚至可能直接连接英格兰。这样一来，撒哈拉的天然气将一举解决整个欧洲大陆的能源问题。库斯托是这条天然气管道的技术总顾问，这个计划耗资 600 亿法郎。他还曾为英国石油公司勘探过波斯湾近海油田，此外

---

1 雅克-伊夫·库斯托（Jacques-Yves Cousteau, 1910—1997）：海洋及海洋生物研究者，同时也是潜水呼吸器和水下拍摄的发明者。他与路易·马勒（Louis Malle）合作的纪录片《沉默的世界》获得了 1956 年的戛纳电影节金棕榈奖。

2 奥兰（Oran）：阿尔及利亚西北部港口城市。

3 卡塔赫纳（Cartagena）：西班牙东南沿海港口。

也会做一些规模较小的项目。如今，他正在尝试建造折叠船，这种船用包裹着塑料的尼龙作为材料，样品大小为 19 米 × 7 米，由两台 600 马力的引擎驱动。在必要时，这种折叠船可与水下飞碟一起用于海洋探测，整套设备可由飞机运输。

可惜的是，库斯托的写作始终跟不上他的各种计划。他直到现在才开始考虑动笔写作《沉默的世界》[1]的续篇。与此同时，他也成立了自己的电影公司（他因电影《沉默的世界》进军娱乐业后，将自己的电影公司命名为 Requins associés，即"鲨鱼有限公司"），公司将拍摄一部 52 集的电视剧。

库斯托的电影《金鱼》（*The Golden Fish*）刚为他的公司赢得了好莱坞的奥斯卡奖。故事讲的是一个中国小男孩买彩票，赢了一条金鱼。他在自己的小房间里已经养了一只金丝雀。他每天去上学，鱼缸里的金鱼和笼中的金丝雀便成了朋友。金丝雀因为金鱼杂耍般的动作发出欢快的叫声，却被一只饥饿的黑猫听到了，它从窗外钻了进来。黑猫马上就要吃掉金丝雀了，而小男孩还走在回家的路上。金鱼为了朋友，决定牺牲自己，它从鱼缸里跳到桌上。黑猫放弃了金丝雀，慢慢向金鱼走去。小男孩会及时赶到吗？不会，他赶不到了。快点！快点！黑猫已经把金鱼叼在嘴里了！然而，就在小男孩走进房间的瞬间，黑猫一扭头，把金鱼扔回了鱼缸。

---

1 《沉默的世界》（*The Silent World*）：又名《海底世界》，是一部关于海底世界的纪录片。

蒙特卡洛

库斯托和他的潜水器

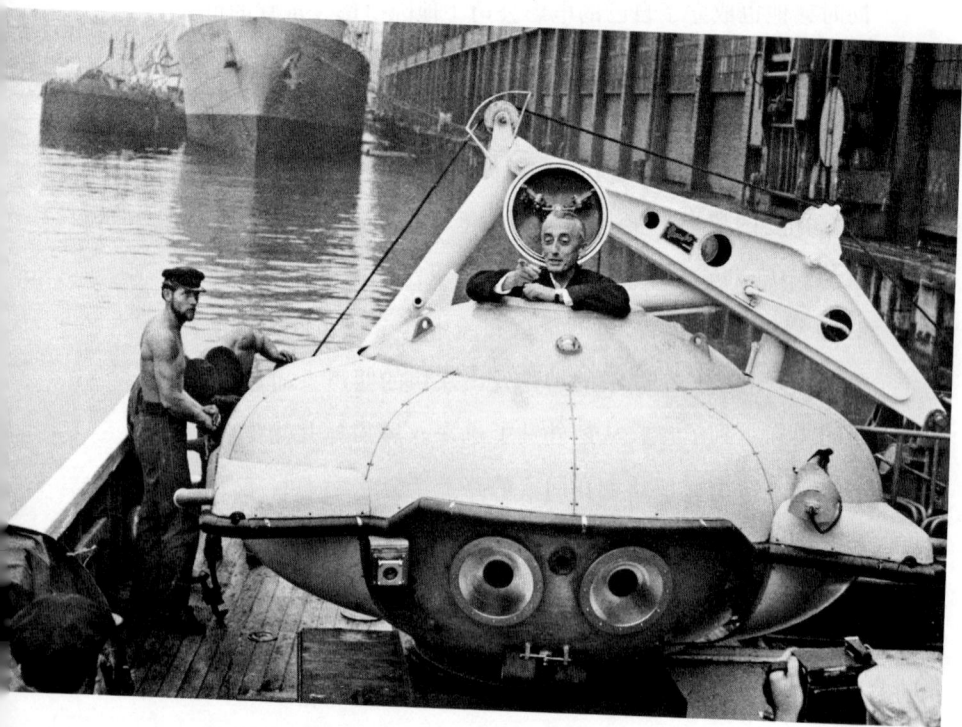

如今，库斯托著名的考察船"卡利普索"号（Calypso）正处在希腊海域。在这个寻宝和考古发掘已经结束的时代，库斯托的整个研究项目都是为了科学考察。然而，不管做什么，他都会倾注卓越的才华和热情。在他的公司待了一个上午，我的精神也为之一振，尤其是在游历了这么多的城市之后。不管这些城市多么激动人心，行程毕竟还是过于紧凑了。

然后，就到了踏上最后一段旅程的时间。沿着热闹喧哗的蔚蓝色海岸，向北穿过普罗旺斯（Provence）的橄榄园和奥弗涅[1]的奇妙迷宫，抵达温柔的卢瓦尔（Loire）河。然后朝西北方向走，径直穿过法国，到达勒图凯熙熙攘攘的小机场。

在机场餐厅，我吃了旅程中最后一顿美餐（在我私人的美食指南中可评为五星）。当看到别人的汽车刚从飞机上卸下来，正准备开始愉快的假期时，我突然感到一种强烈的嫉妒。即便已经飞过了海峡，我的心情依旧充满忧郁。在这六个星期的旅行中，有过多少精彩和惊奇、多少美妙与震撼、多少激动人心的风景和声音啊！

这一切都是如此美妙！旅行也总是如此美妙！

---

1 奥弗涅（Auvergne）：位于法国中部的大区，遍布绿色的群山和火山形成的峡谷。

2016 年，我在牛津大学做访问学者，常利用周末时间进行短途旅行。三月的一天，我去剑桥过周末。喝过艾尔啤酒的闲暇午后，路过一家叫作 G.DAVID 的旧书店。

G.DAVID 是剑桥最古老的一家二手书店。老板古斯塔夫·戴维是法国人，从 1896 年开始就在剑桥的露天市场摆摊卖书。后来，生意越做越好，他也顺理成章地在国王学院斜对面的小巷子里租下了店面。书店一开就是 100 多年，至今仍由戴维的后人经营。

我就是在这家书店的旅行书架上，发现了伊恩·弗莱明的《惊异之城》。

书是 1964 年 1 月的二次印刷，硬皮精装，品相不错，只要 5 英镑。翻开一看，内容是伊恩·弗莱明环游世界上 14 座著名城市的旅行随笔。

弗莱明还写过旅行文学？此前我并不知道。不过，一个显而易见的事实是：无论是邦德小说，还是 007 电影，都充满了迷人的异国情调。一个不曾广泛游历世界的人，大概没办法创造出詹姆斯·邦德这样的人物。

我看过全套 007 电影，也读过三四本小说。我很好奇一个邦德式的作家在现实世界中是如何旅行的。在《惊异之城》中，弗莱明一上来就坦承自己是一个拙劣的旅行者：不喜欢博物馆和美术馆，受不了在政府大楼吃午饭，对访问诊所和移民安置点更是毫无兴趣。他真正感兴趣的是"离开宽敞明亮的街道，走进身后的小巷……寻找一座城市隐秘而真实的脉动"。他是一名惊险小说家，在旅行中也"习惯了以一个惊险小说家的目光观看世界"。

比如，在东京，弗莱明为旅行做了如下安排："不见政客，不去博物馆、寺庙、皇宫，不看能剧，更不要感受茶道……我想见见刚来日本并受到热烈欢迎的毛姆，参观高级柔道馆，看一场相扑比赛，游览银座，泡一次最奢华的日式温泉，找一回艺妓，让日本最著名的算命大师给我算一卦……"

这样的旅行，自然注定了与大部分旅行文学不同的写作视角。弗莱明喜欢写酒店、赌场、夜生活。对黑帮、大亨、间谍抱有极高的热情。他乐此不疲地亲身体验，不时将对往事的追忆穿插其间——少年时代，他就在海外留学，后来又做过情报工作。

和奈保尔一样，每到一座城市，弗莱明都会拜访一些有趣的人。在香港，他住在渣甸洋行总裁的别墅里；在澳门，他拜访了当时的"黄金大王"；在洛杉矶和芝加哥，他访问了《花花公子》总部和知名的犯罪新闻记者；在日内瓦，他到卓别林家里做客……他坦言自己不善社交，然而他的观察力非常老到，又极具捕捉细节的天赋。因此，一旦这些拜访被移到纸上，就变成了一

译后记

个个精彩绝伦的故事。

弗莱明受过良好的教育，见识广泛，又毒舌。在那个没有互联网和谷歌的时代，他对旅途中遇到的诸多事物都显示出一副内行人的熟识。在柏林，他嘲讽柯布西耶的建筑理论；在维也纳的西班牙马术学校，他将利皮扎种马的故事娓娓道来；在那不勒斯，他来到阿佛纳斯湖，下到西比尔岩洞，回想起当年抄写《埃涅阿斯纪》的情形——这里正是埃涅阿斯跨过冥河、进入地府的地方。

弗莱明对赌场的各种门道都津津乐道。无论在澳门、拉斯维加斯还是蒙特卡洛，他都要进场一赌。他甚至有机会进入赌场的后台，饶有兴味地观看这个庞大的金钱帝国是如何运作的。弗莱明的女人缘也不错。一大特长是给夜总会的姑娘看手相。他握着澳门姑娘的手，说"她的心不受大脑约束；有艺术细胞，只是还未显露……在性上不太满足"。最后这句话招来了姑娘们嬉笑的否认，又把另外两个姑娘吸引过来。于是接下来的一个小时里，弗莱明"又看了几个手相，喝了几杯金汤力"。

某种程度上，弗莱明是一位典型的英国绅士。他成长于大英帝国最辉煌的年代，是见识过真正繁华的纨绔子弟。他经历过两次世界大战，随后目睹了英国的衰退。如果做一个不太恰当的类比，弗莱明的世界观有点像明末的张岱。张岱也曾是浮华子弟，然而"年至五十，国破家亡"。弗莱明启程环游世界之时，除了路透社外，曾经的大英帝国也只剩下区区三名驻外记者，世界各地的贸易站皆处于衰败之中。

"二战"后，英国人无暇顾及岛屿之外的世界。市面上几乎见不到吉卜林、康拉德或者毛姆那样，以海外为背景的文学作品。弗莱明希望用他的邦德小说和旅行随笔，重新照亮帝国渐渐远去的记忆。只不过，他悲伤而抑郁地发现，曾经率先开拓了大半个世界的英国，"如今的影响力却所剩无几"。

因此，弗莱明的笔调既骄傲、刻薄，又流露出一丝怀旧和无奈。这样的情绪或许最适合旅行文学——它使单纯的旅行见闻产生了一种复调感，变得更为精致而复杂。

从在剑桥旧书店买到这本书，到翻译完稿、付梓，用了一年半的时间。最大的希望是这本书不仅能给阅读它的人带来快乐，也能化为踏上旅途的动力。正如弗莱明在书中所写：这个世界远比我们想象的开阔，而我们需要的正是开阔的胸怀。

译后记

供图

图书在版编目（CIP）数据

惊异之城："007"的城市旅行 / (英) 伊恩·弗莱

明著；刘子超译. — 北京：北京联合出版公司，

2017.12

　　ISBN 978-7-5596-1222-9

　　Ⅰ.①惊… Ⅱ.①伊…②刘… Ⅲ.①游记 – 作品集

– 英国 – 现代 Ⅳ.①I561.65

　　中国版本图书馆CIP数据核字(2017)第264996号

The Ian Fleming Logo and the Ian Fleming Signature
are both trademarks owned by The Ian Fleming Estate,
used under licence by Ian Fleming Publications Ltd.
THRILLING CITIES by Ian Fleming 1963.
Authorized by Ian Fleming Publications Limited,London
Introduction Copyright © Jan Morris 2009
北京市版权局著作权合同登记号　图字：01-2017-8046号

惊异之城："007"的城市旅行

作　　　者：[英] 伊恩·弗莱明
译　　　者：刘子超
策　　　划：北京地理全景知识产权管理有限责任公司
策 划 编 辑：樊广灏　苏绍斌
责 任 编 辑：牛炜征
特 约 编 辑：樊广灏
图 片 编 辑：贾亦真
营 销 编 辑：张林林
装 帧 设 计：何　睦
制　　　版：北京书情文化发展有限公司

北京联合出版公司出版
（北京市西城区德外大街83号楼9层　100088）
北京联合天畅发行公司发行
北京中科印刷有限公司印刷　新华书店经销
字数 211千字　880毫米×1230毫米　1/32　印张：11
2017年12月第1版　2017年12月第1次印刷
ISBN 978-7-5596-1222-9
定价：58.00元